Le mystère d'Alexandra

*Du même auteur
aux Éditions J'ai lu*

Un héritage compromettant
N° 7819

Scandale à Ryland Castle
N° 8732

Par défi et par passion
N°8835

Leslie
LAFOY

Le mystère d'Alexandra

*Traduit de l'américain
par Edwige Hennebelle*

AVENTURES & PASSIONS

Vous souhaitez être informé en avant-première de nos programmes, nos coups de cœur ou encore de l'actualité de notre site J'ai lu pour elle ?

Abonnez-vous à notre *Newsletter* en vous connectant sur **www.jailu.com**

Retrouvez-nous également sur Facebook pour avoir des informations exclusives :
www.facebook/pages/aventures-et-passions
et sur le profil J'ai lu pour elle.

Titre original
THE PERFECT TEMPTATION

Éditeur original
St. Martin's Paperbacks, published by St. Martin's Press, New York

© Leslie LaFoy, 2004

Pour la traduction française
© Éditions J'ai lu, 2008

Pour Mary McBride et Kasey Michaels

1

Londres, Angleterre, janvier 1864

Le dos tourné à la cheminée, John Aiden Terrell regardait tomber la neige par la fenêtre. Il haïssait l'hiver, presque autant qu'il haïssait Barrett Stanbridge, l'homme qu'il en était venu à considérer comme le dernier des salauds. Quand il pensait à ce que celui-ci lui imposait au nom de l'amitié! Il venait de passer trois semaines en enfer, en grande partie par sa faute : Barrett avait exigé de lui une sobriété totale afin qu'il aille, soi-disant, jusqu'au bout de la souffrance qui le taraudait.

Et le froid! Comment oublier ce froid de l'hiver londonien, qui vous glace jusqu'aux os et vous paralyse les membres? Le simple fait de se rendre, chaque jour, de Haven House au bureau de Barrett constituait une épreuve dont ses doigts et ses orteils ne se remettaient pas avant midi. Aucune flambée ne parvenait à le réchauffer. Pour couronner le tout, ce matin, il y avait non seulement le froid, mais aussi la neige. Aiden doutait de sentir un jour revivre ses extrémités.

— Cela ne t'ennuie pas de t'en occuper? lança l'objet de son ressentiment sans même lever les yeux de ses papiers.

— Pas du tout, grommela Aiden après avoir soufflé dans ses mains bleues. Je ne vis que pour accéder à tes moindres désirs.

La tête toujours baissée, Barrett laissa échapper un grognement et fit un geste désinvolte en direction du service à café posé sur une desserte.

— Prends-en une tasse et arrête de te plaindre.

Aiden foudroya son ami du regard, puis la cafetière en argent flanquée d'un sucrier et d'un pot de crème.

— Ce n'est pas du café que je veux, mais du cognac.

— Il est 9 h 30 et tu n'auras pas de cognac. Pas maintenant… ni plus tard, d'ailleurs. Tu es en cure de désintoxication.

Il était en réalité 9 h 38, mais Aiden renonça à rectifier cette erreur. Cela n'aurait servi à rien, pas plus que de contester la mainmise de Barrett sur son existence. Il possédait encore un reste de fierté, même si elle avait été sérieusement mise à mal.

— Comme je l'ai déjà mentionné à maintes reprises, je ne suis pas intéressé le moins du monde par une cure de désintoxication, merci.

Tout en griffonnant dans la marge de son dossier, Barrett répondit :

— Et comme je te le rappelle chaque fois, ton père m'a demandé de te remettre dans le droit chemin. Je prends cette requête très à cœur.

— De ma vie, je n'ai jamais suivi le droit chemin et tu le sais aussi bien que lui, rétorqua Aiden. Franchement, j'aimerais mieux être mort plutôt que vivre cette existence ennuyeuse que tu trouves tellement confortable.

— Franchement, riposta son ami sans cesser d'écrire, quand je t'ai trouvé, je t'ai cru mort. Si un fiacre t'avait roulé dessus, je ne suis pas sûr que tu aurais senti quelque chose.

— Ce qui était précisément le but recherché.

Relevant enfin la tête, Barrett croisa son regard.

— Si tu avais été assez conscient pour te voir, tu aurais été mortellement embarrassé. Il y avait de quoi flanquer des haut-le-cœur à un porc.

Depuis qu'il avait dessoûlé et recouvré l'entendement, Aiden essuyait régulièrement ce genre de remarques d'une brutale honnêteté. Il commençait à en avoir assez.

— J'aurais mieux fait de ne pas venir à Londres !

Barrett se contenta de hausser un sourcil, mais Aiden entendit sa repartie muette : « C'est à Charleston que tu aurais mieux fait de ne pas aller. »

Pivotant abruptement, il tendit les mains vers les flammes. Il aurait voulu oublier cette journée, mais échoua une fois de plus.

— Avec le recul, tout paraît d'une clarté aveuglante, observa Barrett calmement. Tu ne peux pas te punir indéfiniment pour ce qu'on n'a pas vu sur le moment.

— Oh, mais si ! répliqua Aiden, rejetant en bloc compassion et pitié. Regarde-moi.

Un coup frappé à la porte lui évita un autre sermon. Au lieu d'entrer comme Barrett l'en priait, son secrétaire demeura sur le seuil, l'air guindé.

— Pardonnez-moi de vous déranger, monsieur. Une certaine Mlle Radford attend dans l'antichambre. Je lui ai suggéré de prendre rendez-vous pour demain, mais elle a refusé. Il s'agirait d'une affaire très urgente.

— Est-ce que ce n'est pas toujours le cas ? ironisa Barrett.

Il glissa un coup d'œil derrière son employé, et arqua les sourcils en esquissant un sourire.

— Débarrassez cette dame de son manteau, Quincy, et faites-la entrer, s'il vous plaît.

Saisissant l'occasion au vol, Aiden emboîta le pas au secrétaire.

— Je vais partir. Je ne voudrais pas me montrer indiscret.

— Tu restes où tu es, John Aiden.

C'était un ordre comme seul un ancien officier savait en donner. Aiden s'arrêta net. Par habitude, certes, mais surtout à cause d'une sensation aussi indéfinissable qu'irrésistible, ancrée au plus profond de lui-même. Les dents serrées, il fit demi-tour.

— Quel que soit le problème de cette dame, continua Barrett d'un ton sec, c'est à toi qu'il reviendra. Tu as besoin de te montrer utile, pour changer. Il serait temps.

Les piques moralisatrices de Barrett avaient au moins un avantage : elles le mettaient dans une telle rage que son sang bouillait. Avec un sourire perfide, Aiden revint vers le bureau.

— Alors, tu devrais savoir que ce que je vais lui dire, c'est qu'il n'y a rien à faire pour sa fichue bague tant que cette maudite neige n'aura pas fondu.

— Nous ignorons tout du motif de sa venue, rétorqua Barrett en se levant. Il peut s'agir d'une antiquité de grande valeur, ou d'une personne de sa famille, tout aussi précieuse, qui aurait disparu. Il y a peut-être une récompense considérable à la clé. Elle te reviendrait, bien sûr. L'argent est pour celui qui accomplit le travail.

— Je me moque de l'argent.

La seule chose qu'il désirait vraiment, c'était d'échapper un peu à la surveillance de Barrett. Et à celle de Sawyer, aussi. Entre eux deux, il n'y avait pas un seul instant de ses journées – et de ses nuits – qui lui appartienne en propre.

— Très bien, fit Barrett avec un haussement d'épaules. Tu n'as donc plus de fierté et tu te moques de gagner ta vie. Peut-être pourrais-tu, cependant, prendre en considération le plaisir considérable qu'on retire à être l'objet de la gratitude éperdue d'une jolie femme.

Aiden se hérissa aussitôt, mais Barrett ne lui laissa pas le temps de protester.

— Cela fera bientôt un an, enchaîna-t-il doucement. Tu as été vertueux assez longtemps.

Non seulement Barrett ne comprenait pas la profondeur de son chagrin, mais il n'avait même jamais feint de croire qu'il existait. Aiden ravala la boule qui lui obstruait soudain la gorge.

— Salaud, marmonna-t-il.

— C'est justement la raison pour laquelle ton père m'a choisi pour te sauver, rétorqua Barrett en tirant nonchalamment sur ses manchettes.

— Pour l'amour du ciel, j'ai vingt-six ans ! Être traité comme un enfant est insultant. Je ne veux ni n'ai *besoin* d'être sauvé. Tout ce que je demande, c'est qu'on me fiche la paix, bon sang !

— Cela t'a été accordé, lui rappela Barrett en fixant la porte des yeux. Ça n'a pas été un succès.

— Mlle Alexandra Radford, monsieur, annonça Quincy.

Le secrétaire s'écarta pour laisser entrer leur visiteuse. Elle glissait plus qu'elle ne marchait, environnée d'un nuage de soie qui, telles les plumes d'un paon, chatoyait de reflets changeants verts et bleus. Barrett nota cependant qu'il ne s'agissait pas d'une robe, mais d'un corsage et d'une jupe assortie. Selon toute vraisemblance, elle n'avait pas de femme de chambre pour l'aider à s'habiller.

Quant à la femme elle-même... Elle était de taille moyenne et arborait le teint frais de l'Anglaise type. À en juger par les quelques boucles qui s'échappaient de son élégant chapeau, ses cheveux étaient d'un noir de jais. Elle avait des traits fins et réguliers, et aucun homme, même à l'article de la mort, n'aurait pu ne pas remarquer les courbes dûment corsetées de sa silhouette. Cependant, malheur à celui dont le regard se serait attardé sur ce ravissant spectacle ! Car il était évident que Mlle Alexandra Radford se considérait, cœur et âme, à l'égale d'une duchesse. Une duchesse sans femme de chambre.

Réprimant un grognement, Aiden s'efforça d'afficher un sourire poli. Les femmes de la haute société – ou qui prétendaient en être – étaient une telle plaie ! Il existait certes quelques exceptions, mais Alexandra Radford ne semblait pas en faire partie.

— Bonjour, mademoiselle Radford, la salua Barrett avec affabilité, en se portant à sa rencontre.

Elle s'immobilisa, et il s'inclina légèrement sur la main qu'elle lui présentait.

— Barrett Stanbridge, pour vous servir.

— Bonjour, monsieur Stanbridge, répondit-elle d'une voix distinguée. Je vous suis infiniment reconnaissante de bien vouloir me recevoir alors que je n'ai pas pris rendez-vous.

— Je vous en prie, dit Barrett avec un large sourire, tout en esquissant un geste vers Aiden. Permettez-moi de vous présenter mon associé, M. John Aiden Terrell.

— Monsieur Terrell.

C'est à peine si elle abaissa son délicat petit menton pour le saluer. Mais ses yeux lorsqu'ils croisèrent ceux d'Aiden... Tonnerre, ils étaient d'une couleur à couper le souffle ! Ni vraiment bleus ni vraiment verts, ils se teintaient d'une pointe de gris. La jeune femme battit des paupières à deux reprises, et quelque chose vacilla au fond de son regard, juste avant qu'elle ne s'oblige à déglutir.

La curiosité d'Aiden, depuis si longtemps engourdie, en fut piquée. De toute évidence, il l'avait perturbée. Pour quelle raison ?

— Mademoiselle Radford, salua-t-il à son tour, sans cesser de la fixer.

— Asseyez-vous, je vous en prie, et dites-nous en quoi nous pouvons vous être utiles, suggéra Barrett, ce qui ramena l'attention de la jeune femme sur lui. Voulez-vous une tasse de café ? Aiden se fera un plaisir de vous servir.

« Aiden, le larbin obéissant », maugréa ce dernier en son for intérieur.

Comme elle s'asseyait, Mlle Radford croisa de nouveau son regard une fraction de seconde. Mais c'est à Barrett qu'elle s'adressa.

— Si cela ne vous dérange pas.

— Crème ? demanda Aiden d'un ton ironique. Sucre ?

— Ni l'un ni l'autre, merci, répondit-elle sans le regarder.

Intéressant... Il aurait parié qu'elle demanderait trois morceaux de sucre et un demi-pot de crème. Non par goût, mais plutôt pour avoir la satisfaction d'obliger quelqu'un à se plier à sa volonté.

— J'ai eu vos coordonnées par Mme Emmaline Fuller, l'entendit-il dire à Barrett. Son frère, Sawyer, est au service de M. Carden Reeves qui, selon elle, est un de vos amis proches.

— En effet, nous connaissons Sawyer. En fait, M. Terrell habite dans la maison des Reeves pendant leur séjour à l'étranger.

— Ils sont en Égypte, pour la construction d'un pont, intervint Aiden. Carden est architecte, précisa-t-il avec un sourire contraint, tout en lui tendant sa tasse de café.

— Merci, murmura la jeune femme, qui s'abstint soigneusement de lever les yeux sur lui.

Était-elle intimidée ou dédaigneuse, Aiden n'aurait su le dire. Quoi qu'il en soit, il n'avait pas question qu'elle continue à l'ignorer ainsi. Si on lui confiait cette affaire d'une insignifiance certaine, il la traiterait lui-même dès le départ. Avec un peu de chance, il déstabiliserait tellement la jeune femme qu'elle changerait d'avis et s'en irait. Ou alors, Barrett déciderait qu'il n'était pas apte à évoluer dans le monde civilisé et se chargerait lui-même de l'affaire.

S'appuyant avec désinvolture au coin du bureau, Aiden croisa les bras.

— Pourquoi avez-vous demandé à Mme Fuller qu'elle vous recommande un détective privé ? Auriez-vous perdu ou vous aurait-on volé un objet de valeur ?

— En vérité, je ne sais trop où et comment commencer, dit-elle, s'adressant à Barrett.

— Peut-être par le commencement ? suggéra Aiden d'un ton où perçait le sarcasme.

— Ne faites pas attention à lui, il manque de patience, le matin, dit Barrett. Qu'attendez-vous de nous, mademoiselle Radford ?

Elle se redressa, carra les épaules et releva le menton. Sa tasse ne trembla pas dans la soucoupe, mais un frémissement courut à la surface du liquide. Après avoir pris une profonde inspiration, elle lâcha :

— J'ai besoin de protéger un enfant.

— Le vôtre ? demanda Barrett, devançant Aiden.

— Si l'on veut. Je suis responsable de lui, de son éducation et de sa sécurité.

— En d'autres termes, vous êtes sa tutrice légale.

— Pas légale. En tout cas, pas au sens strict de la loi anglaise.

— Au sens de qui, alors ? demanda Barrett, le sourcil levé.

— De son père.

— Mademoiselle Radford, intervint Aiden avec un sourire forcé, j'ai bien peur de manquer de patience à n'importe quelle heure de la journée. Pourriez-vous, s'il vous plaît, commencer par le commencement et nous épargner ce petit jeu de questions/réponses ?

Elle lui jeta un regard meurtrier. Aiden sourit ; si elle s'imaginait le terrasser avec cette arme féminine... L'ignorant de nouveau ostensiblement, elle expliqua à Barrett :

— Mon père travaillait pour la Compagnie des Indes orientales. À sa mort, ma mère est entrée au service d'une famille indienne, en tant que tutrice. Quand elle est décédée, j'ai hérité de ses responsabilités.

— C'était il y a combien de temps ? s'enquit Barrett.

— J'ai repris son poste juste après la révolte des Cipayes.

— Il y a donc six ou sept ans. Vous ne deviez guère être qu'une enfant vous-même pour assumer une aussi lourde responsabilité.

— J'avais dix-neuf ans. Et je vous assure que j'étais, et que je suis toujours, tout à fait compétente.

Elle avait donc à présent environ vingt-cinq ans, calcula Aiden, tandis que Barrett s'employait à corriger ce qu'elle avait, de toute évidence, perçu comme une insulte. À son âge, non seulement une *demoiselle* n'était plus de première jeunesse, mais elle avait de surcroît perdu toute chance de contracter un mariage avantageux. Alexandra Radford avait quitté l'Inde trop tard.

— Comme vous le savez certainement, continua-t-elle, la révolte des Cipayes a bouleversé les structures politiques et économiques de l'Inde. Après l'effondrement de la Compagnie des Indes orientales, ses prérogatives ont été redistribuées à des dirigeants locaux.

— D'une manière qui n'a pas toujours été très bien acceptée, d'après ce que nous en savons, commenta Barrett.

Elle hocha la tête, et but une gorgée de café avant de reprendre :

— Les Indiens ont toujours aimé les intrigues politiques. Avec le pouvoir qui est à présent en jeu, cet intérêt s'est exacerbé et la lutte est devenue sans pitié. Il y a trois ans, craignant pour la vie de son fils, mon employeur m'a envoyée à Londres avec l'enfant. Nous resterons ici jusqu'à ce qu'il estime que l'Inde – et sa propre position – est redevenue sûre.

— Quel âge a l'enfant ? interrogea Aiden.

Il ne s'étonna pas que ce soit à Barrett qu'elle réponde :

— Dix ans.

— Et qu'est-ce qui vous fait croire qu'il est en danger ?

— J'ai remarqué qu'on nous suivait lorsque nous nous déplacions en ville. J'aimerais penser qu'il ne s'agit que d'un détrousseur surveillant une victime potentielle, mais vu les circonstances, je ne peux me permettre de croire à un danger aussi bénin.

Elle considérait un détrousseur comme un danger bénin ? Seigneur !

— Si ce... commença Aiden. Comment avez-vous dit que s'appelait ce garçon ?

— Je ne vous l'ai pas dit, répliqua-t-elle froidement. Il s'appelle Mohan.

— Si le père de Mohan est tellement inquiet pour sa sécurité, pourquoi ne vous a-t-il pas fait escorter une petite armée ? Pourquoi en êtes-vous réduite à recourir à nos services ?

Posant sa tasse sur le bureau, elle se tourna légèrement afin de lui faire face. Bien qu'obligée de lever la tête pour le regarder, elle trouva le moyen de remédier à ce désavantage.

— Une petite armée aurait attiré l'attention, monsieur Terrell, expliqua-t-elle de ce ton patient qu'on réserve aux faibles d'esprit. Or, c'est précisément ce que l'on cherche à éviter. Le père de Mohan a donc choisi de nous faire accompagner par deux de ses hommes les plus sûrs, censés jouer le rôle de domestiques à notre service.

« L'un des deux est mort de maladie durant la traversée. Pour ne pas risquer de dévoiler notre lieu de résidence, je n'ai pas demandé de remplaçant, et j'ai décidé de me débrouiller avec le garde qui restait. Comme je le pressentais, il suffisait tout à fait à nous protéger. Malheureusement, il y a quatre mois, il a été pris à partie lors d'une altercation dans la rue et a été grièvement blessé à la tête. Il est resté à demi paralysé et son esprit est retombé en enfance. Les médecins ayant déclaré que rien ne pourrait le guérir, j'ai dû me résoudre à le renvoyer dans sa famille il y a trois semaines. J'ai alors averti le père de Mohan de notre situation et lui ai demandé d'envoyer des remplaçants. Jusqu'à leur arrivée, j'aimerais que M. Stanbridge veille sur la sécurité de Mohan.

— Pourquoi n'avez-vous pas écrit au père de Mohan quand le garde a été blessé? s'étonna Aiden. Pourquoi avoir attendu d'être dans une situation désespérée?

Il ne lui avait pas échappé qu'elle avait réclamé les services de Barrett, pas les siens. Mais c'était une autre raison, qu'il ne parvenait pas à saisir, qui le poussait à la provoquer.

Les mâchoires serrées, elle inspira longuement. Bien que ses yeux lancent des éclairs, elle lui répondit avec un calme surprenant :

— J'avais l'espoir qu'il se rétablirait, monsieur Terrell, et que je n'aurais pas à envoyer de lettre. Je sais que le courrier est surveillé et que nos ennemis tenteront de remonter jusqu'à Mohan.

— Si jamais ces gens retrouvaient sa trace, intervint Barrett, que lui feraient-ils?

— Ils demanderaient d'abord une rançon. Et ensuite… ils le tueraient, purement et simplement.

— Il peut s'écouler plusieurs mois avant que les gardes du père de Mohan parviennent en Angleterre, observa Barrett.

Aiden reconnut là la manœuvre qui permettait d'aborder la question des honoraires.

— J'en ai bien conscience, répondit la jeune femme en glissant la main entre les plis de sa jupe. Et je suis prête à payer ce qu'il faudra.

— Les frais risquent d'être considérables, l'avertit Barrett.

— Le père de Mohan est un homme généreux et très soucieux de la sécurité de son fils, répliqua-t-elle avant de lui tendre, par-dessus le bureau, une bourse de soie noire fermée par un cordon doré. Il m'a laissé de quoi pourvoir aux besoins de son fils quelles que soient les circonstances.

Par-dessus son épaule, Aiden regarda Barrett dénouer le cordon, ouvrir la bourse et en vider le contenu dans sa paume. Ce ne fut qu'au prix d'un effort considérable qu'il réussit à ne pas contempler bouche bée le magnifique collier de diamants et de rubis. C'était un bijou d'une extrême délicatesse pour la possession duquel les élégantes Londoniennes se seraient sans doute entretuées.

— Si vous préférez de l'argent, reprit-elle comme Barrett le replaçait dans la pochette, je peux me charger d'échanger ce bijou.

Barrett se leva et glissa le petit sac dans la poche de sa veste.

— Ce ne sera pas nécessaire, mademoiselle Radford.

Aiden considéra la créature assise devant le bureau. Durant ce bref entretien, il avait appris quelques faits importants à son sujet ; l'un d'eux étant qu'elle ne fournissait de réponses détaillées que lorsqu'elle n'avait pas d'autre choix. Or, il y avait deux ou trois choses qu'il souhaitait savoir avant que Barrett ne remise le collier dans son coffre-fort, et désigne celui d'entre eux qui serait chargé de cette affaire.

— Juste par curiosité, commença-t-il. Des Indiens vont-ils venir frapper à notre porte pour réclamer la restitution d'un bijou de la couronne ?

— En aucun cas, assura-t-elle en se levant. Ce collier appartient à la famille de Mohan depuis des siècles.

Mlle Radford ne décevait pas son attente : elle lui disait la vérité, certes, mais pas *toute* la vérité.

— Le père de Mohan est-il roi ? demanda-t-il carrément.

Elle hésita une seconde avant de répondre :

— Il y a de nombreux rois en Inde, monsieur Terrell.

— J'en ai bien conscience. Le père de Mohan est-il l'un d'entre eux ?

Contournant son bureau, Barrett s'interposa entre eux.

— Mademoiselle Radford, je dois avouer que, tout en déplorant l'approche un peu brusque d'Aiden, je reconnais qu'il est fondé à poser cette question. Si nous voulons protéger correctement l'enfant, il nous faut savoir avec précision ce qu'il représente. Cela nous donnera une idée de ce que des hommes sont capables de faire pour arriver jusqu'à lui.

Elle les regarda tour à tour, s'efforçant visiblement de déterminer jusqu'à quel point elle devait se montrer honnête.

— Le père de Mohan est un rajah, finit-elle par murmurer.

— Et Mohan est l'héritier du trône ? avança Aiden.

— Oui.

— Où se trouve-t-il en ce moment ? demanda Barrett.

— Avec Emmaline Fuller.

Elle l'avait laissé avec une vieille femme ? Seigneur !

— J'espère qu'elle est plus coriace que Sawyer, fit remarquer Aiden. Dans le cas contraire, je ne vois pas ce qui sépare Mohan de ses ravisseurs.

— Je ne suis pas idiote, monsieur Terrell, rétorqua-t-elle. J'ai engagé deux hommes pour monter la garde à l'extérieur de sa boutique jusqu'à mon retour. Ils sont dûment armés, et ont la réputation de ne pas hésiter à se défendre si le besoin s'en fait sentir.

En d'autres termes, conclut Aiden, elle avait recruté deux crapules des bas-fonds.

— Pourquoi ne pas les garder jusqu'à ce que le rajah envoie ses propres gardes ? Ils vous coûteraient beaucoup moins cher que nous.

— Il faut respecter certaines convenances, répliqua-t-elle. Les deux hommes que j'ai engagés ce matin ne constituent pas une compagnie souhaitable pour Mohan. Mais pour un court moment, ils feront l'affaire.

— J'en suis certain, assura Barrett d'un ton amène. Tout comme je suis certain que vous trouverez Aiden parfaitement taillé pour ce rôle. Il a peut-être ses défauts, mais c'est un homme plein de ressources lorsqu'il y met de la bonne volonté.

— M. Terrell...

— ... sera le protecteur de Mohan, vingt-quatre heures sur vingt-quatre jusqu'à l'arrivée du ou des hommes du rajah. L'enfant et vous-même serez entre de bonnes mains.

Aiden pouvait pratiquement entendre cliqueter les rouages de son cerveau. S'il ignorait ce qu'elle pensait précisément, il ne lui avait pas échappé que son regard s'était assombri et qu'elle se mordillait la lèvre inférieure, signes qui n'indiquaient pas vraiment la « gratitude éperdue » à laquelle Barrett avait fait allusion un peu plus tôt.

— M. Terrell habitera avec nous ? hasarda-t-elle après un long silence, avec un sourire qui semblait un peu tremblant.

— C'est le meilleur moyen d'assurer la sécurité de l'enfant, expliqua Barrett. À moins, bien sûr, qu'un tel arrangement ne soit une source d'inquiétude pour vous.

Allait-elle arguer de sa réputation pour éviter de passer les semaines à venir en sa compagnie ? Car, à en juger par son air sombre, cette perspective ne l'enchantait pas du tout. Aiden décida de la pousser dans ses retranchements.

— Vous avez changé d'avis, mademoiselle Radford ?

— Non, répondit-elle trop rapidement, avec un frémissement dans la voix.

Puis elle recouvra son assurance et leva le menton avec la même hauteur qu'à son entrée dans le bureau.

— Je suppose que vous devez aller chercher vos affaires personnelles avant de nous rejoindre, Mohan et moi.

Si elle s'attendait qu'il joue les valets dociles, elle allait en être pour ses frais !

— J'enverrai chercher ce dont j'ai besoin, répondit-il, conscient qu'ils avaient une longue liste de problèmes à régler avant la fin de l'heure. Où dois-je les faire porter ?

— À *L'Éléphant bleu*, un magasin qui se trouve à Bloomsbury.

Aiden se força à conserver un visage impassible. Barrett, en revanche, ne fut pas assez rapide pour cacher sa surprise. Il la dissimula cependant en escortant la jeune femme jusqu'à la porte.

— Ma mère parle souvent de ce magasin, dit-il. Apparemment, c'est l'endroit rêvé pour trouver de l'argenterie et des bibelots d'Extrême-Orient.

Comme ils disparaissaient dans l'antichambre, le reste de la conversation fut perdu pour Aiden, qui d'ailleurs s'en moquait. S'il possédait une once de jugement, il ouvrirait la fenêtre et s'esquiverait pendant qu'il en était encore temps. Sauf que Barrett, déterminé à assumer ses responsabilités de frère de substitution, se lancerait aussitôt à sa poursuite.

Mieux valait donc afficher une coopération apparente. Cela lui permettrait de se soustraire à l'emploi du temps imposé par Barrett pour quelque temps. Et si jamais la duchesse avait dans l'idée de lui en infliger un à son tour, il dissiperait sans tarder cette illusion... en même temps que certaines autres.

— Quincy se charge de lui trouver un fiacre, annonça Barrett qui, sitôt revenu dans la pièce, se dirigea vers le coffre pour y enfermer le précieux bijou. J'enverrai un message à Sawyer de ta part, Aiden. Si tu as besoin d'autre chose, fais-le-moi savoir.

— Dis-moi, est-ce que je travaille aussi sur l'affaire des objets en argent ?

— Par un coup de chance extraordinaire, répondit son ami avec un sourire. Sois prudent, ajouta-t-il avec calme. Il se peut que notre Mlle Radford ne soit pas celle qu'on croit.

— Vraiment ? lança Aiden, ironique, en se dirigeant vers la porte. Je n'avais pas remarqué.

2

Une fois dans le fiacre, Alexandra croisa les mains sur ses genoux et déplora de n'avoir pas eu le courage de laisser libre cours à sa colère. Si Barrett Stanbridge était l'homme décrit par Emmaline – courtois, distingué et professionnel jusqu'au bout des ongles –, son associé, en revanche, était à peine civilisé.

John Aiden Terrell avait les cheveux trop longs et trop décolorés par le soleil pour prétendre à l'élégance. Ils étaient, en outre, indisciplinés. En bataille, presque ! Ce qui, devait-elle reconnaître à contrecœur, mettait merveilleusement en valeur les yeux verts les plus extraordinaires qu'elle ait jamais vus. Elle en avait eu le souffle coupé. Jusqu'à ce qu'elle remarque la lueur sardonique qui les animait. Associée à la grâce féline de ses mouvements et à ses larges épaules, elle avait songé à un fauve, au danger qui se dissimule sous ses manières indolentes, et avait retenu un tressaillement. Au prix d'un effort considérable, elle s'était attachée à ignorer Aiden et avait fini par recouvrer en partie son calme.

Lui, bien sûr, avait paru prendre un malin plaisir à essayer de la déstabiliser. Quand elle repensait à sa façon nonchalante de s'appuyer contre le bureau, ses cuisses musclées à hauteur de son regard ! Il était évident qu'il avait renoncé aux principes les plus élémentaires qui régissent la conduite publique d'un gentleman. Au mieux, cet homme était un gredin ; au pire, un hédoniste éhonté.

Alexandra regrettait à présent de n'avoir pas émis d'objection quand M. Stanbridge lui avait soumis son projet. Elle aurait dû dire qu'elle préférait éviter tout contact personnel avec John Aiden Terrell, qu'en sa présence, elle se sentait vraiment...

Non, *effrayée* n'était pas le terme exact. Il était tellement différent de tous les gentlemen qu'elle avait rencontrés jusqu'à présent qu'elle ne pouvait s'empêcher d'être intriguée. Elle avait un pincement au cœur chaque fois qu'elle croisait son regard, et elle retenait son souffle dès qu'il ouvrait la bouche. Quant à sa façon de se mouvoir... Seigneur, cet homme était un régal pour des yeux audacieux. Et tout cela était fort perturbant. Oui, *perturbée* était le mot correct. Elle aurait dû dire que la présence de John Aiden Terrell la perturbait affreusement lorsque M. Stanbridge lui avait demandé si elle voyait une objection à l'accueillir sous son toit.

Mais Terrell l'avait si bien piquée au vif que, par entêtement et fierté mal placées, elle s'était tue. Et se retrouvait maintenant piégée avec lui. Elle n'avait d'autre choix que de tirer le meilleur parti possible de cette situation, en se souvenant que la protection de Mohan importait plus que toute autre considération. Si jamais Terrell ne se montrait pas à la hauteur, elle n'hésiterait pas à le renvoyer chez lui. Avec un peu de chance, cela arriverait avant le coucher du soleil.

La porte du fiacre s'ouvrit et Terrell, tête nue, grimpa à l'intérieur et se laissa tomber sans cérémonie sur la banquette en face d'elle.

— Je suppose que vous avez donné votre adresse au cocher, dit-il en fourrant les mains dans les poches de son manteau.

Le véhicule s'ébranlant au moment où il posait la question, Alexandra s'abstint de répondre. Elle décida, en revanche, de ne pas perdre de temps pour asseoir son autorité sur lui en tant qu'employeur.

— Monsieur Terrell, j'aimerais mettre une chose au clair, attaqua-t-elle. Dans le bureau de M. Stanbridge, vous avez qualifié ma situation de désespérée. Il n'en est rien. Elle est simplement délicate, ce qui est très différent.

Arquant un sourcil, il esquissa un sourire ironique qui creusa une fossette dans sa joue.

— La différence entre « délicate » et « désespérée » tient généralement dans une fraction de seconde, rétorqua-t-il. En gros, le temps qu'il faut pour appuyer sur la détente d'un revolver.

— Un Indien n'utiliserait jamais une arme à feu, mais une arme blanche, répliqua-t-elle en luttant pour réprimer son irritation. C'est la tradition.

— Le savoir vous rend-il plus sereine ?

— J'ai appris à me défendre, répondit-elle en soutenant son regard.

— Vous seriez assez forte pour retourner l'arme de votre agresseur contre lui ?

— Je vous assure que je serais capable de retenir un agresseur suffisamment longtemps pour que Mohan ait une chance de s'enfuir, affirma-t-elle d'une voix égale.

— La saisirait-il ou resterait-il pour vous prêter main-forte ? demanda-t-il avec un nouveau sourire.

Cet homme avait la ténacité d'un fox-terrier. Mais il n'en possédait pas le charme, loin de là.

— Si une telle situation se présentait, Mohan a ordre de fuir en courant.

— Vous n'avez pas répondu à la question, observa-t-il. C'est une habitude, chez vous, apparemment.

Il se pencha en avant, les coudes sur les genoux, et, plongeant son regard dans le sien, s'enquit d'une voix ferme :

— Mohan est-il le genre d'enfant à penser d'abord à lui ?

Alexandra ne comprenait pas en quoi le sujet valait qu'on insiste à ce point, mais elle ne courait aucun risque à se montrer honnête.

— Je pense que, dans une situation dangereuse, Mohan agirait sottement et tenterait de me protéger.

— On ne peut reprocher à quiconque de se montrer galant et brave, contra-t-il en se redressant. Aujourd'hui, trop de jeunes gens ne pensent qu'à eux.

— Mohan ne peut s'offrir le luxe d'idéaux aussi élevés. Il est appelé à être rajah, un jour. Sa survie est bien plus importante que le fait de gagner la considération des autres.

— À quoi servirait d'avoir un lâche pour souverain ? railla-t-il. Qui le suivrait de son plein gré ? En supposant, bien sûr, que Mohan possède la force de caractère nécessaire pour mener des hommes.

Que savait Aiden Terrell des qualités indispensables à un chef, lui qui n'était qu'un sous-fifre louant ses services à quiconque le payait ?

— Mohan sera un jour un souverain compétent et très courageux.

— Et très sage, également ? demanda-t-il en haussant de nouveau un sourcil.

— Il est de ma responsabilité de veiller à ce qu'il acquière le savoir et l'expérience nécessaires afin d'exercer le pouvoir dans le souci d'améliorer le bien-être de son peuple.

Terrell soupira et, les lèvres pincées, s'abîma dans la contemplation de ses bottes. Un long moment s'écoula avant qu'il ne relève la tête.

— Est-ce que c'est une coutume, en Inde, d'éviter de répondre aux questions ?

— Je vous demande pardon ? dit Alexandra, surprise par ce brusque changement de conversation.

— Et voilà ! Vous venez de recommencer. Vous avez vraiment beaucoup de mal à donner une réponse directe, mademoiselle Radford. Depuis le peu de temps que nous connaissons, vos réponses ont été de trois sortes : une demi-vérité, une vérité qui n'a rien à voir avec la question, ou une tentative délibérée pour changer de sujet. Vous n'êtes entièrement honnête que lorsque vous y êtes forcée. Pour quelle raison ?

« Parce que c'est ainsi que l'on survit dans un palais indien », aurait-elle pu lui répondre. Chassant un flot de souvenirs, et ignorant l'étrange sentiment de mélancolie qui s'était emparé d'elle, Alexandra releva le menton et carra les épaules.

— Je ne vois pas en quoi mon comportement vous regarde, monsieur Terrell, répliqua-t-elle du ton qu'elle utilisait pour ramener le calme dans sa salle de classe. Vous êtes employé pour assurer la protection de Mohan, rien d'autre. Bien que votre devoir et le mien soient provisoirement les mêmes, notre association ne requiert pas le développement d'autre chose que d'une simple relation d'affaires.

La tête inclinée de côté, il lui adressa le plus doux des sourires.

— Cette réponse plutôt longue trouve sa place dans la colonne « changement de sujet ». Pourquoi agissez-vous ainsi ?

La conversation ne prenait pas – pas du tout, même – le tour escompté. Et cette impression de faire l'objet d'un siège déplaisait souverainement à Alexandra.

— Votre curiosité est pour le moins déplacée, monsieur Terrell, déclara-t-elle dans l'espoir que, honteux, il se montre plus déférent.

— Une vérité qui n'a rien à voir avec le sujet. Revenons-en où nous en étions quand vous avez essayé de me faire dérailler, dit-il en se penchant de nouveau en avant. Mohan fera-t-il un dirigeant plein de sagesse ?

— Il est trop tôt pour le dire, répondit-elle d'un ton sec. Après tout, il n'a que dix ans. Son jugement est encore celui d'un enfant.

Il ne fit aucun effort pour dissimuler son sourire.

— Cela vous a été physiquement douloureux, n'est-ce pas ?

— Et vous savourez grandement cette éventualité.

— Une vérité qui a moitié à voir avec le sujet... Cela vous fait une quatrième manière de répondre. Je suis impressionné.

Elle avait sans doute affaire à l'homme le plus insupportable de tout Londres. Voire de toute l'Angleterre, ou peut-être même de l'empire britannique dans son entier. La perspective d'endurer ses questions et ses commentaires durant les semaines à venir était plus qu'elle ne pouvait en supporter.

— Y a-t-il une raison qui expliquerait votre acharnement à m'aiguillonner ? demanda-t-elle, résolue à mettre un terme à leur dispute d'une façon ou d'une autre. Est-ce que je vous rappelle quelqu'un que vous détestez particulièrement ?

— Eh bien, vous ne paraissez pas avoir de difficultés à poser une question directe.

— Une vérité en relation avec la question, rétorqua-t-elle. Peut-être même une tentative pour changer de sujet. Mais pas une réponse.

Il lui adressa un large sourire qui fit tressauter son cœur dans sa poitrine.

— Vous ne semblez pas apprécier la dérobade plus que moi. Si nous concluions une trêve ? Ou préférez-vous que nous continuions à nous battre verbalement jusqu'à ce que l'un de nous deux fasse couler le sang ?

Une trêve ? Seigneur, non ! Pas question ! Elle devait veiller à conserver autant de distance que possible entre eux, car il avait le don de saper sa concentration, et de susciter des sentiments dont elle pressentait qu'ils pourraient devenir incontrôlables.

— Vos manières ne me plaisent guère, admit-elle. Vous êtes irrespectueux, sarcastique, et vous ne semblez que légèrement intéressé par la tâche qu'on vous a confiée.

Il émit un léger grognement, et son sourire s'élargit davantage.

— Il n'y a guère que quinze minutes qu'on m'a confié cette mission. Et j'ai consacré la plus grande partie de ce temps à essayer de vous soutirer des réponses directes. Sans grand succès, dois-je avouer. Ce qui implique que, jusqu'à présent, vous n'avez pas gagné mon respect.

Son sourire s'évanouit, et ses yeux prirent la couleur sombre d'une mer déchaînée comme il ajoutait :

— Quant au sarcasme... Je n'aime pas être traité comme un sous-fifre servile, mademoiselle Radford.

— Surtout par une femme, riposta Alexandra, dont le pouls s'accéléra face à sa colère manifeste.

— Surtout par une vieille fille à la suffisance exacerbée.

Touchée ! Il avait conclu, avec raison, qu'elle n'était pas du genre à se prosterner devant lui et à le supplier de la protéger. Et, puisqu'elle ne correspondait pas à son idée de la féminité, il ne se sentait pas obligé de jouer les saint George modernes. Ce n'était certes pas la première fois qu'on reprochait à Alexandra son manque de féminité, ce n'en était pas moins blessant pour autant. En vérité, inexplicablement, la pique l'avait atteinte plus profondément que jamais.

S'armant de toute la dignité dont elle était capable, elle lui adressa un sourire qu'elle espérait serein, et déclara :

— Apparemment, nous ne serons pas capables de travailler ensemble, monsieur Terrell. Il vaudrait mieux, je pense, demander au cocher de faire demi-tour.

— À condition que vous ayez bien compris une chose : je suis ce que Barrett Stanbridge peut vous offrir de plus ressemblant en matière de gentleman. Si vous recherchez une obséquiosité répugnante, il faudra vous adresser à un autre détective.

L'obséquiosité ne la dérangeait pas, au contraire, car il était rare que les hommes se comportent autrement envers elle. C'était l'un des avantages de son statut de tutrice royale, et de seule Britannique dans une maison princière indienne.

— M. Stanbridge conviendrait fort bien. Ses manières sont irréprochables.

Terrell la foudroya du regard, tout en esquissant un nouveau sourire railleur. Alexandra prit une profonde inspiration, et attendit.

— Si Barrett avait été le moins du monde désireux de s'interposer entre le petit rajah et ses ennemis, la relation entre vous et moi se serait achevée sur le seuil de son bureau. Mais puisque nous sommes tous deux assis dans ce fiacre de location…

Elle était acculée. Réprimant impitoyablement une bouffée de peur, Alexandra observa calmement :

— Il me faudra donc trouver un autre détective.

— Où ? lâcha-t-il avec un petit rire. Vous vous êtes déjà rendue dans toutes les agences respectables de la capitale.

— Pardon ? s'écria-t-elle, ébahie.

Comment le savait-il ?

Il cala ses larges épaules dans l'angle du véhicule, étendit ses longues jambes devant lui, croisa les bras sur sa poitrine et la gratifia d'un grand sourire. Alexandra éprouva comme une crispation au creux de l'estomac, tandis que sa peau s'échauffait et la picotait.

— Vous avez dit que le garde blessé avait pris le bateau pour l'Inde il y a trois semaines, commença-t-il. Vu votre détermination à protéger votre pupille, je suppose que vous n'avez pas passé tout ce temps à oublier d'engager un remplaçant. J'imagine que vous avez fait le tour des agences ayant pignon sur rue, et que vous avez eu recours à Emmaline quand vous n'avez trouvé personne à votre convenance. Barrett est un détective très privé, auquel on ne s'adresse que sur recommandation. La conclusion s'impose : vous n'avez qu'une alternative, mademoiselle Radford. Moi, ou vous débrouiller seule.

Finalement, il ne serait peut-être pas si mauvais que ça comme protecteur de Mohan. Alexandra n'était pas disposée à le lui dire, mais elle était agréablement surprise par la précision et la clarté de son raisonnement. Elle n'avait cependant pas l'intention de lui laisser le contrôle de la situation.

— Quelle expérience et quelles références possédez-vous, monsieur Terrell ?

À l'étincelle qui s'alluma dans son regard, elle devina ce qu'il pensait : changement de sujet. Heureusement, il s'abstint de la tourmenter une nouvelle fois.

— Relativement peu, en vérité. J'ai eu dix ans un jour, et j'ai des frères plus jeunes que moi, je sais donc à peu près ce qui se passe dans la tête d'un garçon. En dehors de ça... Barrett a décrété que je devais faire quelque chose de ma vie, continua-t-il après avoir haussé les épaules. Et j'ai découvert qu'il était plus facile d'acquiescer que de me battre avec lui sur ce sujet.

— Choisissez-vous toujours la voie la plus facile ?

— Rarement, en fait. Je suis en train de me corriger, en ce moment.

Alexandra haussa les sourcils, s'interrogeant quant à ses progrès.

— C'est difficile et laborieux, reconnut-il, comme s'il avait lu dans ses pensées. Mais, la vie d'un enfant étant en danger, je me débrouillerai pour faire mon devoir.

Elle fut sensible à la résignation crispée qui transparaissait dans sa voix ; elle-même avait passé sa vie à traîner des pieds d'un devoir à un autre. Néanmoins...

— Je ne trouve pas cette attitude très rassurante, monsieur Terrell.

Son sourire s'effaça lentement et, comme la première fois qu'elle l'avait titillé, ses yeux s'assombrirent.

— Je ferai ce qu'il faut pour protéger Mohan aussi longtemps que ce sera nécessaire. Et je me moque complètement de ce que vous pourrez penser de moi.

— Ce qui résume parfaitement mon sentiment sur ce que vous pensez de moi, riposta-t-elle, sans comprendre pourquoi sa rebuffade l'affectait aussi profondément.

— Parfait. Nous sommes donc d'accord. Pour la première fois.

— Et sans doute la seule.

— Non. Il y a un autre point essentiel. Je suis responsable de la protection de cet enfant, et j'aurai des décisions à prendre. Vous devez accepter de les respecter.

— Seulement si je les trouve sages. Je ne vais pas abdiquer tout bon sens en votre faveur.

Au cours du long silence qui s'ensuivit, la voiture ralentit, puis s'arrêta devant la boutique d'Emmaline.

— Je suis un homme plutôt raisonnable, dit alors Terrell en se penchant pour saisir la poignée de la portière. Je suis prêt à discuter des problèmes qui pourraient surgir, mais seulement jusqu'à un certain point. Une fois ma décision prise, je ne tolérerai ni résistance ni protestation, pas plus de votre part que de celle de Mohan.

— L'empereur a parlé, lança Alexandra d'un ton glacial.

La fossette qui se creusa dans sa joue quand il sourit la fit de nouveau tressaillir intérieurement.

— Je suis capable d'égaler les plus grands. Vous avez trouvé à qui parler, duchesse.

Sur ce, il lui adressa un clin d'œil et sauta à bas de la voiture. Alexandra demeura clouée sur son siège, à la fois indignée et frappée de stupeur. *Duchesse ?* Et que signifiait exactement ce clin d'œil ? Qu'il plaisantait ? Que la pique n'était pas aussi cruelle qu'il y paraissait ?

Il attendait sur le trottoir couvert de neige, la main tendue, à l'évidence certain qu'elle allait accepter son aide pour sortir du fiacre.

— Quand l'enfer sera aussi froid que Londres, marmonna-t-elle en rassemblant ses jupes pour descendre seule.

La neige crissa sous ses bottines tandis que des flocons tombaient en averse drue sur ses épaules. Elle les ignora, de même qu'elle prit soin d'ignorer les sourcils froncés de Terrell.

— John Aiden ! s'exclama une voix féminine.

Alexandra releva la tête. Elle n'avait jamais rencontré la séduisante jeune femme brune qui s'avançait vers eux, en revanche, elle reconnut la femme de chambre chargée de paquets qui la suivait. Quand elle croisa le regard de cette dernière, elle sut aussitôt qu'elle ne trahirait pas leur relation. Sa maîtresse, Mme Geoffrey Walker-Hines, serait mortifiée qu'elle soit révélée.

— J'avais entendu dire que vous étiez de retour à Londres ! s'écria la jolie brune en tendant les mains vers Terrell avec un sourire radieux. Comme je suis heureuse de vous revoir, Aiden, susurra-t-elle en battant des paupières.

— Moi aussi, je suis heureux de vous revoir, Rose, répondit-il avec une politesse et un sourire qu'Alexandra trouva forcés. Vous êtes rayonnante, comme toujours. Comment va Geoffrey ? Et le jeune Geoffrey ?

L'allusion à son mari et à son fils n'empêcha pas la femme de renoncer à toute convenance. Utilisant les mains de Terrell pour garder l'équilibre, elle se hissa sur la pointe des pieds et déposa un baiser sur sa joue... en pressant au passage ses seins contre son large torse.

— Tous deux se portent à merveille. Nous avons une fille, à présent, continua-t-elle sans lâcher les mains de Terrell, qui avait rougi. Elizabeth a presque deux ans. Il faut absolument que vous veniez dîner à la maison afin de faire sa connaissance.

Alexandra vit qu'il déglutissait avec peine tout en réfléchissant à toute allure.

— Je viendrai à la première occasion, promit-il avec un sourire de plus en plus contraint.

— Je préviendrai Geoffrey afin qu'il s'assure d'avoir dans sa cave votre cognac préféré. Et n'hésitez pas à amener votre compagne.

En prononçant ces derniers mots, elle fixa sur Alexandra un regard ouvertement hostile. Toutes les conversations que celle-ci avait eues avec la femme de chambre et la gouvernante de cette femme lui revinrent en un éclair. Mais elle eut beau chercher, elle ne trouva rien qui justifiât une quelconque animosité. Leurs transactions s'étaient déroulées dans la plus grande discrétion.

— Je vous présente mes excuses, mesdames, dit Terrell en prenant Alexandra par le coude et en désignant son interlocutrice de l'autre main. Mme Geoffrey Walker-Hines... Mlle Alexandra Radford...

Rose Walker-Hines gratifia Alexandra d'un sourire que seule une femme pouvait percevoir comme venimeux.

— Si vous êtes avec Aiden, vous devez avoir la patience d'une sainte.

— Pas vraiment, répondit Alexandra avec honnêteté, avant de proférer un énorme mensonge. Je suis enchantée de faire votre connaissance.

— Moi de même, assura faussement la femme, qui reporta alors son attention sur Terrell. L'invitation est lancée, vous venez quand vous voulez, comme toujours.

Je suis si heureuse que vous soyez rentré. Vous nous avez manqué.

De contraint, le sourire de Terrell se fit crispé. Il s'inclina légèrement.

— Saluez Geoffrey de ma part.

— Je n'y manquerai pas, assura-t-elle en montant dans sa voiture.

Puis elle se pencha par la fenêtre.

— À bientôt, très cher Aiden.

Ce dernier lui fit signe de sa main libre. Son sourire ne vacilla pas quand il murmura sans bouger les lèvres :

— Pour information, Geoffrey Walker-Hines ne vaut pas la corde pour se pendre.

— Nous sommes d'accord sur un second point, reconnut Alexandra. J'en suis vraiment fort surprise.

Sans lui lâcher le coude, il baissa les yeux sur elle.

— Vous le connaissez ?

— Pas personnellement. Leurs domestiques vendent des pièces de l'argenterie familiale depuis six mois pour payer les factures de la maison.

— Comment le savez-vous ?

— Il se trouve que j'achète et que je vends toutes sortes d'objets en argent, répondit-elle, en songeant qu'il posait plus de questions qu'un enfant de trois ans.

— C'est une demi-réponse... mais je peux déduire le reste. Il n'est pas besoin d'être un génie pour deviner que les Walker-Hines sont dans une situation financière délicate. Geoffrey est non seulement un joueur impénitent, mais il a toujours eu un faible pour les maîtresses aux goûts trop dispendieux pour lui.

John Aiden Terrell entretenait-il, lui aussi, des maîtresses ou préférait-il de brèves liaisons avec des femmes mariées ? À en juger par le baiser que Rose Walker-Hines lui avait... Consternée, Alexandra se morigéna. La vie privée de Terrell ne la regardait absolument pas.

— On ne peut s'empêcher de se demander pourquoi elle l'a épousé, fit-elle remarquer, espérant dissimuler le véritable cours de ses pensées.

— Elle a jugé qu'il valait mieux être la femme de Geoffrey que de finir...

Il s'interrompit net, mais Alexandra n'avait entendu ces mots que trop souvent.

— ... vieille fille, acheva-t-elle à sa place en dégageant son coude d'un geste ferme. Sur ce point, nous ne serons jamais d'accord, monsieur Terrell. Il vaut mieux ne pas se marier que d'être malheureuse.

Le regard de son compagnon s'assombrit brutalement tandis que sa bouche se durcissait. D'une voix tendue, il riposta :

— Il y a des sorts plus terribles que de supporter un mariage malheureux, mademoiselle Radford, croyez-moi. Nous entrons ? ajouta-t-il en indiquant la porte de la boutique.

Alexandra acquiesça d'un signe de tête. Elle ne le connaissait pas, elle se souciait très peu de lui, mais elle ne se serait pas pardonné de s'être montrée cruelle, même involontairement.

— Je suis désolée si j'ai touché un point sensible. Ce n'était pas mon intention.

Le sourire qu'il lui adressa était pâle, mais reconnaissant. La prenant de nouveau par le coude, il ouvrit la porte.

— Emmaline sait-elle que Mohan est un futur souverain ? chuchota-t-il.

— Elle est la seule à le savoir. Je n'avais d'autre choix que de le lui dire. Sinon, elle n'aurait pas compris pourquoi il était si urgent que je trouve un détective privé répondant à certains critères.

— Ainsi, vous avez vu tous les autres.

— Je n'ai pas dit cela.

Alexandra l'entendit rire dans son dos. Le son roula jusqu'à elle, la baignant d'une douce chaleur réconfortante. Son corps se détendit tandis que son esprit la mettait en garde : l'habileté d'Aiden Terrell à la comprendre était un danger comme jamais elle n'en avait affronté. Un frisson glissa lentement le long de sa colonne vertébrale, et elle en savoura la profondeur en essayant d'identifier le sentiment qu'il suscitait en elle. Ce n'était pas de l'appréhension ; ce n'était pas non plus, loin de là, de la répugnance. Plutôt, une espèce de soif ou de...

Quand elle prit conscience qu'il s'agissait d'un mélange d'impatience et de plaisir anticipé, le souffle lui manqua. Dieu du ciel ! Que lui prenait-il ? Elle devait à tout prix se tenir aussi loin que possible de ce tigre. Si seulement elle s'était exprimée quand Barrett Stanbridge lui en avait donné la possibilité ! Si seulement elle pouvait engager quelqu'un d'autre.

De nouveau, elle se dégagea, puis elle se dirigea d'un pas résolu vers le fond du magasin.

— Suivez-moi, s'il vous plaît, lui intima-t-elle tout en espérant que, par quelque miracle, il ferait demi-tour et sortirait de sa vie.

3

Aiden ne voulait pas la suivre, pas plus qu'il ne voulait remarquer le balancement suggestif de ses jupes. Il n'empêche qu'il fit l'un et l'autre, en se persuadant qu'un simple regard ne constituait pas une trahison au sens strict. Et puis, il fallait bien qu'il rencontre le garçon dont il devait assurer la protection. Fort de ces certitudes, il emboîta le pas à la jeune femme entre les étalages de chapeaux, de gants et de réticules, jusqu'à ce qu'elle disparaisse – sans même un regard en arrière – derrière un rideau qui donnait sans doute dans l'arrière-boutique.

Aiden s'arrêta, l'œil sur la tenture. Comme il envisageait de rebrousser chemin, un cri aigu retentit et la duchesse demanda, d'une voix indignée :

— Mais, que faites-vous ?
— Son Excellence voulait du thé et des biscuits, répondit une femme, sans doute Emmaline Fuller.
— Mohan !

Aiden sourit et franchit le rideau à l'instant où une voix d'enfant disait d'un ton hautain :

— Oui, mademoiselle Alexandra ?

« Mademoiselle Alexandra » était pour le moment hors d'état de répondre, car elle était fort occupée à aider une femme d'un certain âge, plutôt frêle, à se relever. La tâche était d'autant plus ardue que la femme, à genoux, portait un plateau d'argent chargé d'un service à thé, dont elle refusait apparemment de se séparer. Mohan, un garçon svelte à la peau d'un bronze très clair, contemplait la scène en souriant du haut d'un fauteuil, les pieds posés sur une pile de coussins recouverts de velours.

— Emmaline, pour l'amour du ciel, vous êtes anglaise! gronda doucement la duchesse. Vous savez bien que vous n'avez pas à faire la révérence devant qui que ce soit, hormis notre propre reine.

— Mais... Son Excellence dit que vous faites la révérence devant lui tout le temps, argua Emmaline en levant sur la duchesse un regard incrédule.

— Il s'appelle Mohan, pas « Son Excellence », et c'est un grand fabulateur, répliqua Alexandra, tandis qu'Aiden se précipitait vers Emmaline et la débarrassait d'office de son plateau.

La duchesse le remercia d'un signe de tête, mais continua de s'adresser à son amie.

— Je n'ai jamais fait la révérence devant lui, ni devant son père. Mohan sera puni pour avoir cherché à vous humilier.

— Je n'ai pas humilié Mme Fuller, protesta l'enfant. Je lui ai gracieusement et gentiment offert l'occasion d'exprimer son respect pour ma personne et ma condition.

Aiden tint sa langue. Pour le moment en tout cas, la sagesse voulait qu'il aide Emmaline à se remettre sur ses pieds, en laissant à la duchesse le soin de discipliner son pupille. Grâce à leurs efforts conjugués, Emmaline fut debout quelques secondes plus tard. Les mains sur les hanches, la duchesse fit alors face au jeune tyran.

— Nous reviendrons sur les détails de cet incident une fois rentrés à la maison. Tu vas néanmoins présenter tes excuses à Mme Fuller sur-le-champ.

Il était manifeste que l'enfant rêvait d'envoyer sa gouvernante au diable. Le ressentiment se lisait dans ses yeux sombres, et la colère irradiait de son petit corps raidi de morgue. Si la duchesse avait des manières impériales, elles ne soutenaient pas la comparaison avec celles de cet enfant.

— Mohan? insista-t-elle d'une voix crispée.

Aiden la félicita intérieurement de sa fermeté, avant de remarquer, consterné, qu'un sourire rusé se dessinait sur les lèvres du garçonnet.

Au lieu de se tourner vers Emmaline, il soutint d'un air provocateur le regard de sa tutrice, puis lâcha avec condescendance :

— Madame Fuller, je regrette sincèrement que Mlle Alexandra considère votre attitude comme incorrecte.

Mlle Alexandra releva le menton, mais elle semblait trop choquée pour trouver la réponse adéquate. Soucieux de la laisser régler elle-même le problème, Aiden se retint d'intervenir. Jusqu'à ce que l'enfant affiche un sourire victorieux.

— Ça suffit, jeune homme, déclara-t-il en s'avançant vers lui. Nous allons reprendre au début.

Mohan arqua un sourcil sombre et le toisa.

— Vous êtes ?

Aiden réprima une violente envie de l'attraper par les revers de sa veste parfaitement coupée. Avec un calme inversement proportionnel à l'effort que celui-ci exigeait, il répondit :

— Je suis l'homme qui va t'étendre sur ses genoux pour te flanquer une fessée si tu ne présentes pas tes excuses.

— Vous n'oseriez pas, fit l'enfant avec un rire méprisant.

Par tous les diables ! Si lui-même s'était avisé de s'adresser à un adulte de cette manière quand il était enfant...

— Au cas où tu souhaiterais t'asseoir à table les jours qui viennent, je te déconseille de me provoquer.

— Mademoiselle Alexandra, cet homme est grossier, déclara Mohan avec un petit geste dédaigneux de la main.

— Brutal et méchant, aussi, ajouta Aiden, fermement décidé à ne pas laisser sa tutrice renoncer à la confrontation.

Le garçon avait dépassé les bornes et devait être remis à sa place.

— C'est ta dernière chance de faire preuve de politesse, continua-t-il. Lève-toi et présente tes excuses à Mme Fuller comme Mlle Radford te l'a demandé.

Mohan le foudroya du regard. Alexandra Radford semblait démangée par l'envie de tordre le cou à quelqu'un, mais sans savoir par qui commencer. Quant à Emmaline, son regard allait de l'un à l'autre tandis qu'elle triturait nerveusement le tissu de sa jupe.

— Mon Dieu, finit-elle par dire. Ce n'est pas si important que ça...

— Si, ça l'est, répliqua Alexandra Radford, qui fixa sur son pupille un regard impérieux. Mohan, tu es censé présenter des excuses, et nous resterons ici aussi longtemps qu'il le faudra pour les obtenir. Tu n'auras rien à boire ni à manger durant tout ce temps.

Ce fut au tour de Mohan de les regarder l'un après l'autre. Il décida visiblement qu'Emmaline ne constituait pas une alliée très solide ; il croisa alors le regard d'Aiden durant une fraction de seconde, mais il suffit que celui-ci esquisse un mince sourire pour qu'il détourne aussitôt les yeux vers sa tutrice. Bien qu'il ne vît pas le visage de cette dernière, Aiden devina, comme le garçon perdait peu à peu de sa superbe, qu'elle n'était pas disposée à céder, elle non plus. Les yeux baissés, Mohan finit par murmurer :

— Je regrette...

— Non, coupa Aiden. Tu vas te lever et regarder Mme Fuller dans les yeux pendant que tu lui parles.

Cela prit encore un certain temps, mais Mohan se résigna finalement, non sans douleur, à se mettre debout. Il fallut encore quelques secondes supplémentaires avant qu'il croise le regard d'Emmaline. Elle lui sourit d'un air encourageant, et il prit une profonde inspiration.

— Je regrette d'avoir abusé de votre gentillesse, madame Fuller. Cela ne se reproduira plus, débita-t-il sans reprendre son souffle.

Emmaline laissa échapper un soupir de soulagement.

— Merci, Mohan. Tes excuses sont acceptées.

— Voilà une affaire réglée, déclara Alexandra Radford, de toute évidence aussi soulagée que son amie. Mohan, voici M. John Aiden Terrell, continua-t-elle avec un geste gracieux de la main. Il a été engagé pour te protéger jusqu'à ce que ton père ait envoyé quelqu'un pour remplacer Lal. Monsieur Terrell, voici Mohan Singh. Et, bien sûr, Mme Emmaline Fuller, propriétaire de ce magasin, sœur de Sawyer et mon amie.

Il salua le garçon d'un bref hochement de tête, qui ressemblait assez à un avertissement. Puis il se tourna vers Emmaline et s'inclina devant elle en souriant.

— C'est un grand plaisir, madame.

— Sawyer dit toujours grand bien de vous, monsieur Terrell. Je suis heureuse de vous rencontrer enfin, et je suis soulagée de savoir Alexandra et Mohan en de si bonnes mains.

Il ne faisait aucun doute que les sentiments d'Emmaline concernant la situation étaient plus positifs que les leurs, mais Aiden s'abstint de le souligner. La route était suffisamment accidentée pour qu'il ne soit pas nécessaire d'y ajouter de nouveaux obstacles.

— Et, j'en suis sûre, enchaîna Mlle Radford en se dirigeant vers la tenture qui séparait la pièce du magasin, vous le serez davantage encore lorsque nous serons partis. Je vous remercie infiniment d'avoir surveillé Mohan ce matin.

Emmaline lui emboîta le pas, avec l'intention évidente de la raccompagner jusqu'à la porte.

— Cela ne m'a pas dérangée du tout, Alexandra. Si vous avez de nouveau besoin de moi, n'hésitez pas.

Comme Mohan s'élançait en avant pour devancer tout le monde, Aiden l'attrapa par le col de sa veste, l'arrêtant net dans son élan.

— Tu vas apprendre les bonnes manières, même s'il t'en coûte beaucoup, annonça-t-il calmement. Les dames passent toujours en premier. Ce n'est que lorsqu'elles atteindront le seuil que tu t'excuseras de les contourner pour ouvrir la porte et la leur tenir. Est-ce clair?

Le «oui» de Mohan fut prononcé à contrecœur, mais Aiden le lâcha pourtant et lui fit signe de le précéder dans le magasin. Les deux femmes se trouvaient à quelques pas de la porte. Se tournant vers son amie, les sourcils froncés, Alexandra Radford demanda :

— Emmaline? Je viens juste de m'en rendre compte... Où sont les gardes que j'ai engagés?

— Je n'en ai aucune idée. Tout à l'heure, ils étaient là, sur le trottoir, et puis, un instant plus tard, il n'y avait plus qu'un sergent de ville qui passait la tête à l'intérieur du magasin pour demander si tout allait bien. Je lui ai dit que oui, et il est parti. Eux ne sont pas revenus.

— Eh bien, dit Alexandra avec un haussement d'épaules, si jamais ils revenaient pour réclamer leurs salaires, envoyez-les-moi, s'il vous plaît.

Aiden leva les yeux au ciel. *S'ils* revenaient? Seule la prison de Newgate les empêcherait.

— Je suis si heureuse que vous n'ayez plus à louer les services de gens aussi peu recommandables, avoua Emmaline. Soyez prudente si jamais ils réapparaissaient.

— Je suis *toujours* prudente, Emmaline.

Certes, songea Aiden en sortant du magasin le dernier, si l'on considérait qu'engager des crapules relevait de la plus extrême prudence. Désormais, n'importe quel voyou de ce quartier de Londres connaissait l'existence d'un enfant dont l'enlèvement pouvait rapporter gros.

Alexandra Radford ne dit rien quand il la rejoignit après avoir salué Emmaline. Elle se contenta de tourner les talons et de se mettre en marche. Mohan l'imita, laissant Aiden avec sa propre décision. S'il n'avait pas été aussi certain que Barrett le rattraperait et ferait de sa vie un enfer, voire lui briserait un os ou deux...

— Entre deux maux... marmonna-t-il en enfonçant les mains dans ses poches.

Il les suivit des yeux. À quelque distance, suspendue à l'extrémité d'une tige métallique par une chaîne épaisse, se balançait une enseigne bleue en forme d'éléphant. Pour ceux qui manquaient d'esprit de déduction, les mots *À l'Éléphant bleu, objets en argent, artisanat d'Inde et d'Extrême-Orient* figuraient sur le corps de l'animal.

Avec un soupir, Aiden récapitula les tâches variées qui lui incombaient. Malheureusement, elles se compliquaient de minute en minute. En tête venait celle qui consistait à protéger un futur rajah, ce qui paraissait simple a priori. Le premier accroc s'était produit avant même qu'il quitte le bureau de Barrett, quand il avait compris, en entendant le nom de sa boutique, que la ravissante Mlle Radford figurait sur la liste des receleurs possibles d'objets en argent volés.

Elle n'avait pas le profil, bien sûr. Il n'empêche qu'elle avait su où recruter deux voyous pour la journée. Et puis, Aiden savait que son intuition l'avait parfois trompé. Par exemple avec Rose Walker-Hines, qu'il n'aurait jamais imaginée d'une lasciveté aussi provocante. Après qu'elle lui en eut donné la preuve, il en avait profité durant quelques mois délicieux. Mais tout cela appartenait au passé ; il n'y avait aucune chance pour qu'il connaisse un jour ce genre de plaisirs illicites avec la très guindée et très distante Alexandra Radford. Non qu'il ne fût pas enchanté de lui enseigner...

Aiden se figea, consterné de la désinvolture avec laquelle il trahissait non seulement sa résolution, mais aussi son honneur. Il avait fait une promesse sacrée, que diable ! Il l'avait tenue pendant presque une année, sans être tourmenté une seule fois par la tentation ou le regret. Et voilà que, soudain, son esprit empruntait des chemins inavouables qui lui laissaient entrevoir de délectables possibilités.

Il devait s'efforcer de se concentrer sur les tâches purement intellectuelles qui l'attendaient. Penser à Alexandra Radford autrement que comme à son employeur ou à une voleuse potentielle ne le mènerait nulle part. Mieux valait qu'il s'attache aux aspects les plus déplaisants de son travail plutôt que d'imaginer Alexandra Radford étendue nue sur...

« Les aspects déplaisants ! » s'intima-t-il sévèrement. Mohan Singh ! Voilà qui était terrible. Comme si la protection de ce garçon, en parallèle avec l'enquête discrète sur les vols d'argenterie, ne suffisait pas, on lui imposait l'enfant le plus pénible et le plus mal élevé qu'il eût jamais connu. À la limite, pourquoi se donner la peine de le protéger ? Quiconque serait assez stupide pour l'enlever ne le supporterait pas longtemps et le ramènerait très vite. Et, pendant son absence, lui-même se retrouverait seul avec sa tutrice et...

— Bon sang ! grommela-t-il, furieux contre les visions sensuelles qui se pressaient dans son esprit.

— Monsieur Terrell ?

Il cilla et, reprenant pied dans la réalité, s'aperçut qu'il était devant la vitrine de *L'Éléphant bleu*. Alexandra Radford l'observait froidement depuis le seuil de la boutique.

— Avez-vous l'intention d'entrer sous peu ? Ou puis-je fermer la porte ?

Alexandra remarqua son hésitation, et ravala l'offense. Il était déjà suffisamment désagréable de constater qu'il détestait l'étalage qu'elle avait passé des heures à installer, mais le voir si réticent à entrer dans le magasin...

Elle pivota, avec la ferme intention de ne pas se laisser affecter. Après tout, pourquoi se soucier de son opinion ? Ce n'était pas un client, et encore moins un ami ou une relation. Aiden Terrell n'était rien de plus qu'une présence masculine – ô combien ! – dont le seul rôle était de décourager d'éventuels ravisseurs. Elle ne lui demandait pas d'apprécier quoi que ce soit, hormis le fait que c'était elle qui, à la fin, paierait ses gages. Ou plutôt, c'était le rajah, rectifia-t-elle en repoussant la porte sans se retourner.

— Excusez-moi.

Alexandra sursauta en entendant sa voix si proche et en percevant une résistance contre la porte. Par-dessus son épaule, elle vit qu'il avait un pied dedans, un pied dehors, et qu'il agrippait le battant d'une main solide. Leurs regards se croisèrent, et elle abandonna immédiatement sa position pour se réfugier de l'autre côté du paillasson, le cœur battant stupidement la chamade.

Derrière elle, le carillon tinta comme Aiden refermait la porte sur le monde extérieur.

Mohan, qui gravissait l'escalier, s'arrêta et se retourna.

— Je n'aime pas vos manières, monsieur Terrell. Elles sont irrespectueuses.

— Ceux qui manquent de respect envers autrui n'ont aucun droit d'en exiger pour eux-mêmes, répliqua Terrell avec calme. On ne mérite le respect que si on en fait preuve.

Une vérité inattaquable, dut admettre Alexandra qui se débarrassa de ses gants en s'abstenant avec soin de le regarder. Pourquoi diable parvenait-il si aisément à froisser sa susceptibilité ? ne put-elle s'empêcher de se demander.

— Le moment est mal choisi pour une discussion de ce genre, dit-elle en levant les yeux vers Mohan. Monte dans ta chambre.

— Ce n'était qu'une innocente plaisanterie.

— Mentir et humilier les autres n'est jamais innocent, Mohan, répliqua-t-elle, contrariée par son obstination. Seul un être mesquin agit ainsi, et tu vaux mieux que cela. À présent, va méditer dans ta chambre sur ce qui fait qu'une personne est honorable. Je te rejoins sous peu pour discuter de ta conduite de ce matin.

Il hésita une seconde, regarda au-delà d'elle, puis, avec un soupir ostensible, pivota et grimpa les marches bruyamment. Après avoir fermé les yeux, Alexandra commença à déboutonner son manteau, tout en se demandant si l'on pouvait déclarer une journée terminée avant qu'il soit midi. Elle en avait déjà assez supporté pour que celle-ci figure parmi les plus longues de sa vie.

— Montre-t-il toujours autant de morgue ?

Non, la journée n'était pas terminée, puisqu'il restait Terrell. Avec un léger soupir, Alexandra ouvrit son manteau. À peine avait-elle commencé à s'en débarrasser qu'il s'approcha d'elle pour l'y aider. Le geste était celui d'un gentleman, mais il eut des conséquences inattendues : le souffle d'Alexandra se bloqua dans sa gorge, et son cœur battit plus fort.

— Pour une raison qui m'échappe, il est particulièrement désinvolte aujourd'hui, répondit-elle, en essayant désespérément d'ignorer les doigts de Terrell glissant le long de ses bras.

Ce geste n'était pas supposé être sensuel, mais elle le perçut comme tel. Elle en fut à la fois si troublée et déconcertée qu'elle s'écarta de quelques pas, en veillant à ce que cet éloignement ait l'air le plus naturel possible.

— Il n'était pas convenable de le menacer d'un châtiment corporel, monsieur Terrell. On ne flanque pas une fessée à un futur rajah.

— Vous ne connaissez pas grand-chose à l'éducation des garçons, n'est-ce pas? dit-il en posant son manteau sur le dos d'une chaise, avant de commencer à déboutonner le sien.

— Puis-je vous rappeler que Mohan n'est pas un garçon ordinaire?

Il laissa tomber son vêtement sur celui d'Alexandra, puis tira sur ses manchettes d'un air absent.

— Son attitude princière le dissimule peut-être, répliqua-t-il en cherchant son regard, mais, sous celle-ci, il y a un garçon semblable à n'importe quel autre enfant. Et, ayant été moi-même un garçon de dix ans, je peux vous assurer que tous réclament des limites aussi nettes et fermes que possible.

Alexandra ne désirait rien d'autre que d'établir des limites fermes, surtout en ce qui concernait ses relations avec Aiden Terrell. Ignorant cependant comment s'y prendre sans avoir l'air d'une petite souris effrayée, elle jugea, pour l'heure, préférable de limiter leur conversation à Mohan.

— Il est tout à fait légitime que vous ayez une opinion, monsieur Terrell. Mais je suis responsable de lui, c'est donc à moi d'établir les règles.

— Tandis que moi, je ne suis qu'un valet temporaire, résuma-t-il, les yeux jetant des éclairs.

— Un peu brutal, mais exact. Si vous voulez bien me suivre, à présent, ajouta-t-elle en désignant l'escalier, je vais vous montrer votre chambre.

Alexandra n'avait pas besoin de se retourner pour percevoir sa colère. De temps à autre, il étouffait une espèce de soupir rageur, et elle en déduisit que rien ne lui aurait plu davantage que de marcher volontairement sur l'ourlet de sa jupe.

Demain, se promit-elle, demain, elle trouverait un moyen de se contenir en sa présence. Elle pourrait alors déployer son énergie et sa présence d'esprit à jouer les pacificatrices et à chercher un terrain d'entente avec lui. S'il le fallait, elle irait même jusqu'à ravaler sa fierté, et lui présenterait ses excuses pour s'être montrée si ombrageuse aujourd'hui.

— Voici votre chambre, annonça-t-elle en ouvrant grande la porte. La deuxième porte donne dans celle de Mohan. Ma chambre donne également dans la sienne, de l'autre côté.

D'un battement de paupières, Aiden chassa la nouvelle vision sensuelle qui surgissait dans son esprit.

— C'est... intéressant, dit-il, en espérant que cette réponse était suffisamment diplomate.

Il voulait à tout prix éviter de la froisser plus qu'il ne l'avait déjà fait. Alexandra Radford avait du répondant, et cela, venait-il de découvrir en montant l'escalier derrière elle, semblait déchaîner en lui les fantasmes les plus sauvages. Et la vue du divan bas, drapé de soie et garni d'une profusion de coussins rouge sombre et noirs, ne risquait pas de les dissiper. Jamais il n'avait vu de pièce aussi parfaitement, aussi clairement destinée à une entreprise de séduction.

— Je suis consciente que la décoration n'est pas adaptée au goût occidental. C'était la chambre de Lal, et donc aménagée pour lui plaire. J'ai renvoyé ses effets personnels avec lui, mais, comme son remplaçant sera aussi indien, je ne vois pas la nécessité de tout changer. J'espère que vous la trouverez néanmoins confortable.

Confortable ? Seulement s'il y avait une femme nue et consentante derrière le paravent sculpté déployé dans un coin ! Faute de quoi, il allait passer chaque nuit à se débattre dans ces draps de soie, consumé par le désir d'en trouver une. Maudit soit Barrett! S'il n'avait pas été là, Aiden serait en ce moment même affalé dans une quelconque taverne, en proie à une ivresse bienheureuse, et non pas obligé de combattre ses instincts les plus vils.

— Quelque chose ne vous plaît pas, monsieur Terrell?

Il sursauta, accrocha un sourire sur ses lèvres et répondit hypocritement :

— Pas du tout. C'est une chambre étonnante, et je suis sûr que je m'y trouverai très bien.

— Parfait. Je vous laisse donc la découvrir en toute intimité.

Il avait besoin d'échapper à ses fantasmes, pas de se vautrer dedans, que diable!

— Cela peut attendre, dit-il en lui attrapant le poignet comme elle tournait les talons.

Elle écarquilla les yeux et, même s'il n'avait pas senti les battements précipités de son pouls sous ses doigts, il aurait vu celui-ci palpiter dans le délicieux petit creux, sous son oreille. Son propre cœur accéléra traîtreusement son rythme.

— Je dois faire le tour de la maison, se hâta-t-il d'expliquer. Aussi bien des parties publiques que des parties privées. Plus tôt ce sera fait, plus vite je pourrai repérer ses points faibles et y remédier.

— Mais Mohan attend.

La voix d'Alexandra Radford n'était qu'un murmure rauque qui chatouilla chacun de ses sens. Il la lâcha, par crainte de ce qui pourrait arriver s'il continuait à la tenir ainsi. Après avoir reculé d'un pas, il se sentit suffisamment en sécurité pour répliquer :

— Que Mohan attende. Il a amplement matière à réflexion.

Elle mourait d'envie de fuir, il le lut dans son regard. Pourquoi? Il l'ignorait. Mais il regretta aussitôt de l'avoir acculée en essayant de trouver lui-même une échappatoire. Il était sur le point de revenir sur sa demande quand elle leva le menton.

— Très bien, dit-elle, de cette voix douce, dangereusement séduisante. Le mieux serait peut-être de retourner à la porte d'entrée, de visiter le rez-de-chaussée, puis l'étage.

Elle rassembla ses jupes afin qu'elles ne le frôlent pas comme elle se dirigeait vers l'escalier. Aiden expira profondément. Il avait promis à Mary Alice qu'il n'y en aurait pas d'autre. Jamais. Il le lui avait promis.

Une voix familière résonna dans sa tête : « Cela fera bientôt un an. Tu as été vertueux assez longtemps. » Aiden se pinça la racine du nez. Un an. Lui qui s'était engagé pour l'éternité. Bon sang, Barrett Stanbridge méritait la mort !

4

Debout au milieu de la boutique, les mains pressées contre la poitrine, Alexandra tentait de discipliner les battements de son cœur. C'était absolument ridicule de se sauver devant un homme dans sa propre maison, surtout quand cet homme était là pour assurer votre protection et celle de votre pupille ? Il lui fallait impérativement contrôler ses réactions face à Aiden Terrell. Elle était son employeur, que diable ! Quand elle était tutrice au palais, elle avait eu affaire des centaines de fois à des subordonnés, et celui-ci n'était en rien différent des autres. Fermant les yeux, elle prit une ample inspiration.

— Du calme, se répéta-t-elle. Du calme.

Au bruit du pas de Terrell dans l'escalier, son cœur s'emballa de nouveau et le mantra perdit tout effet. Elle rouvrit alors les yeux et laissa les bras retomber le long de son corps, déterminée à prendre le contrôle de la situation avant qu'il ne s'en charge.

À peine l'avait-il rejointe qu'elle désigna les marchandises autour d'elle et déclara d'une voix cassante :

— Comme vous l'avez sans aucun doute compris, le rez-de-chaussée est consacré au magasin. J'ai essayé d'arranger les objets de manière que mes clients puissent les imaginer aisément chez eux.

Terrell hocha la tête en jetant un regard à la ronde.

— Avez-vous rapporté tout cela d'Inde ?

— Il reste très peu du chargement initial, répondit-elle, immensément soulagée d'avoir trouvé le ton juste : impersonnel et distant. Je reçois régulièrement des marchandises d'un correspondant à Dwarka. Une cargaison doit d'ailleurs arriver d'un jour à l'autre.

— Encore faut-il qu'il sache où vous trouver, observa-t-il en laissant glisser les doigts sur un châle de cachemire.

— Il s'agit de l'oncle favori de Mohan, en qui j'ai toute confiance.

De nouveau, il hocha la tête. Cette fois, cependant, ce geste fut d'abord accompagné d'un petit fredonnement, qui céda ensuite la place à un silence prolongé. Il finit par se tourner vers elle et croisa les bras sur sa poitrine.

— Puis-je vous poser une question plus personnelle ?

— J'imagine que vous répondre non ne vous empêchera pas de la poser.

— C'est vrai, admit-il avec un sourire qui fit étinceler ses yeux. Permettez-moi de formuler autrement ma demande : si je vous posais une question personnelle, me donneriez-vous une réponse franche et honnête ?

— Je ne peux pas vous le dire tant que je ne connais pas la question, répliqua-t-elle, prudente.

— Je comprends... Pourquoi le magasin ? lâcha-t-il tout en examinant un cadre finement sculpté. Pourquoi Londres ? Le père de Mohan aurait pu acheter un domaine à la campagne et vous y cloîtrer tous deux en toute sécurité. Pourquoi a-t-il agi ainsi ? Pourquoi a-t-il choisi d'installer la tutrice princière comme commerçante au cœur d'une immense cité ?

C'est ce qu'il considérait comme un sujet personnel ? Alexandra remercia le ciel de sa clémence. S'appuyant contre son bureau, elle se détendit, soudain plus confiante dans sa capacité à traiter avec Aiden Terrell.

— Même si, ces dernières années, la Compagnie des Indes orientales s'est effondrée en tant qu'instance gouvernementale, commença-t-elle, il est évident que le contrôle britannique sur l'Inde ne va pas cesser de sitôt. Les rajahs le savent, bien sûr, et considèrent que pour exercer leur pouvoir de manière efficace dans ces conditions, ils doivent comprendre les Anglais.

Il reposa le cadre et en souleva un autre sans émettre de commentaire. Plus surprenant, sans poser d'autre question.

— L'une des raisons qui l'ont poussé à envoyer Mohan en Angleterre, continua Alexandra, tandis qu'il caressait du pouce le bois sculpté, était de l'immerger dans la culture anglaise afin de le préparer au mieux à son futur rôle. Le confiner à la campagne ne lui permettait pas d'atteindre ce but. Londres constitue le cœur de l'empire, et c'est donc à Londres que Mohan doit recevoir son éducation.

— C'est une réponse partielle, même si elle est tout à fait acceptable. À présent, si vous voulez bien répondre de manière aussi détaillée à l'autre partie de la question. Pourquoi vous a-t-il établie comme commerçante ? Pourquoi ne pas vous avoir simplement installée dans une maison et offert un train de vie princier ?

— C'était son intention, au départ. Mais je lui ai démontré que Mohan tirerait davantage de profit s'il se frottait à une réalité plus terre à terre. Le rajah a fini par se rendre à mon avis.

— Parvenez-vous toujours à vos fins ?

— Non, pas toujours...

Il reposa le petit cadre, sans en reprendre un autre, cette fois. Mais il ne la regardait toujours pas, ce qu'elle trouvait surprenant. Cela ne lui ressemblait pas.

— ... mais le plus souvent.

Levant brusquement les yeux, il lui adressa un autre de ses éblouissants sourires.

— Voilà qui ne m'étonne pas le moins du monde.

Elle, en revanche, semblait décontenancée. Aiden s'en rendit compte au sourire contraint qu'elle lui retourna. Bien qu'elle s'efforçât visiblement de paraître naturelle, ce fut d'un geste vague, un peu tremblé, qu'elle lui indiqua le fond de la boutique.

— Si vous voulez bien me suivre, je vous montrerai les autres pièces.

Il n'y eut rien de vague, cependant, dans la manière dont elle tourna les talons. Sur les mers, Aiden avait vu des flottes royales battre en retraite avec moins de précipitation. Elle avait pourtant répondu à ses questions avec facilité et bonne grâce jusqu'à ce que... il lui fasse un compliment – enfin, un genre de compliment. Et lui adresse un sourire. C'était à partir de cet instant qu'elle s'était troublée.

— Voici l'un de nos trois ateliers, annonça-t-elle, interrompant le cours de ses réflexions.

Aiden s'arrêta sur le seuil. Les étagères qui garnissaient les murs, du sol au plafond étaient chargées de tissus soigneusement pliés. Un tapis bleu sombre, orné de motifs compliqués, recouvrait le sol. Une table gigantesque, semblable à celles qu'on trouve dans les bibliothèques, occupait le centre de la pièce, et un mannequin se dressait dans un coin. Tout était bleu, vert, pourpre, ou dans des combinaisons de ces trois couleurs.

Il la suivit quand elle se dirigea vers la pièce adjacente. Si le premier atelier était consacré aux couleurs froides, celui-ci présentait les couleurs les plus chaudes : rouge, jaune et orange. Le tapis était coordonné, et on y trouvait aussi une grande table et un mannequin.

Comparé aux deux autres, le dernier atelier le déçut un peu. Il était séparé en deux avec, d'un côté, les noirs et les gris ; de l'autre, les blancs et les beiges. Le tapis était blanc tandis qu'une étoffe noire était drapée sur le mannequin. Aiden fronça les sourcils en s'apercevant, si étrange que cela pût paraître, qu'il se sentait frustré par l'absence générale de couleur.

Il s'interrogeait encore sur sa réaction quand la propriétaire des lieux continua jusqu'à la pièce suivante dans laquelle, cette fois, elle entra. Des étagères s'alignaient également sur les murs, chargées non pas de tissus, mais d'objets en argent : services à thé et à café, plateaux, coupes, plats et couverts. Un peu partout, des caisses s'entassaient dont certaines, ouvertes, laissaient apparaître leur contenu étincelant. Si des objets volés se dissimulaient dans cette caverne d'Ali Baba, il n'était pas près de mettre la main dessus.

— Je ne crois pas avoir jamais vu une collection aussi… impressionnante, risqua-t-il.

— C'est un peu écrasant, non ? dit-elle en rectifiant la disposition d'un service à thé sur l'une des étagères. Au départ, mon intention n'était pas de faire le commerce de l'argent. Mais j'ai eu l'occasion d'en vendre un peu, et les profits étaient si intéressants que je n'ai pas pu résister. Pour Mohan, ç'a été très instructif, aussi.

— Je n'imagine pas un rajah se préoccupant du genre de cuillères utilisées sur la table royale.

— En fait, la leçon a porté sur la différence entre apparence et réalité, précisa-t-elle en arrangeant des couverts. Mme Walker-Hines en est un parfait exemple. En public, elle présente sa situation financière comme un modèle de solvabilité. Pas plus tard que ce matin, elle sortait de chez Emmaline en exhibant sa femme de chambre les bras pleins de paquets. En privé, cependant, elle vend son argenterie pour payer ses factures.

— Et elle charge ses domestiques de la transaction, compléta Aiden.

— Bien sûr, car elle doit sauver les apparences. Si cela venait à se savoir, elle pourrait toujours prétendre qu'elle n'était au courant de rien, et faire accuser ses domestiques de vol.

— Un procédé assez méprisable, commenta-t-il en s'appuyant de l'épaule à une étagère, les bras croisés.

Il trouvait fascinante sa manière de manipuler les objets : elle ne se contentait pas de les toucher, elle les caressait quasiment.

— Pour les gens tels que Rose Walker-Hines, les apparences comptent souvent plus que l'intégrité, continua-t-elle, sans paraître avoir conscience de son regard admiratif. C'est une leçon que Mohan trouve particulièrement difficile à comprendre. La prétention est une notion assez étrangère aux philosophies de son pays.

Aiden n'était pas convaincu ; jusqu'à présent, le garçon lui avait semblé plus que prétentieux. Mais il se garda bien d'exprimer son point de vue, car Alexandra

Radford se montrait assez soucieuse d'épargner son tyrannique protégé.

— *Aux* philosophies? répéta-t-il, jugeant le sujet moins dangereux. Il y en a plus d'une?

Elle hocha la tête tout en continuant de réarranger vaisselle et bibelots.

— L'hindouisme est un système de croyances et de pratiques à la fois complexe et très souple. Dans cette maison, il n'y a qu'un seul précepte religieux que nous respectons absolument : l'interdiction de consommer de la viande de bœuf. Si vous tenez à en manger, il vous faudra aller dîner dehors. À part cette concession, mon objectif est que la vie quotidienne de Mohan soit aussi anglaise que possible.

— Comment le prend-il?

— C'est un enfant très tolérant. Avec une vision du monde typiquement indienne.

— Si vous vouliez bien m'expliquer ce que cela recouvre.

Non seulement, sa curiosité était sincère, mais il découvrait, avec étonnement, qu'il aimait beaucoup le son de sa voix.

Elle pinça les lèvres pendant quelques instants, comme pour se concentrer, puis sourit.

— Je vais essayer de faire simple… L'univers – et tout ce qu'il contient – change en permanence. Ce qui est, est, et il n'existe rien de plus en cet instant-là. Ce qui vient, vient. Ce qui part, part. Sachant cela, on peut façonner sa destinée pour une vie prochaine en pratiquant la bonté en paroles, en actions et en pensées. Les tâches, les leçons et les défis de votre vie actuelle existent dès la naissance, déterminés par les actions de la vie précédente, et donc inéluctables.

— C'est un peu fataliste à mon goût.

— Seulement en surface.

Avec l'impression de prendre un risque, il demanda :

— Partagez-vous cette façon de voir?

Elle éclata de rire ; un rire doux et léger. Comme son chuchotement un peu plus tôt, il lui enflamma les sens.

— Étant anglaise, je me considère comme maîtresse de ma destinée. Ma tâche, en tant que tutrice princière, est d'essayer d'insuffler un peu de ce point de vue dans celui de Mohan.

— Vous y parvenez ?

— Il y a de bons et de mauvais jours, monsieur Terrell.

Comme en toutes choses... Si Aiden ne considérait que ces quelques dernières minutes, il pouvait appeler cela un bon jour. Tous deux semblaient avoir trouvé un moyen de converser sans s'affronter.

— Pensez-vous pouvoir m'appeler simplement Aiden ? hasarda-t-il pour essayer de consolider ce pont fragile. Quand nous ne sommes que tous les deux, bien sûr. « M. Terrell » me donne toujours l'impression que mon père est dans les parages, et cette éventualité me rend un peu nerveux en ce moment.

— J'y réfléchirai, promit-elle. J'en déduis, continua-t-elle avec un sourire, qu'il désapprouve quelque chose que vous avez fait.

— C'est le moins qu'on puisse dire.

Peu soucieux de s'étendre sur les détails, Aiden indiqua du menton la fenêtre au fond de la pièce et changea délibérément de sujet.

— Est-ce la cuisine ?

— Oui. Venez, je vais vous présenter à Preeya. C'est notre cuisinière et notre gouvernante.

Un petit vestibule séparait la pièce de la porte ouvrant sur la cour de derrière, au bout de laquelle se trouvait la cuisine. Un portemanteau en cuivre se dressait dans un coin, chargé de différents vêtements, mais la jeune femme ne s'arrêta pas pour en prendre un. Elle était déjà dehors quand Aiden se sentit poussé à jouer les gentlemen.

— Vous ne voulez pas un châle ou autre chose ? lui cria-t-il. Dites-moi lequel vous préférez et je vous l'apporte.

Elle rit de nouveau, un peu moqueuse cette fois.

— Il n'y a pas loin à aller, et il ne fait pas si froid que cela. Comparé aux températures himalayennes, en tout cas.

— J'ai entendu dire que la région de l'Himalaya était l'une des plus belles de l'Inde, dit-il en courant pour la rattraper. Est-ce vrai ?

— Durant les mois les plus chauds, ça ressemble à l'idée que les Anglais se font du paradis. Nombre de militaires britanniques passent l'été dans la région afin d'échapper aux terribles températures du Sud. Il y a beaucoup de neige en hiver, évidemment. Comme dans toutes les hautes montagnes.

— Est-ce que cela vous manque ?

Son sourire vacilla, et il n'en resta plus qu'une trace forcée et dépourvue de joie. Sans le vouloir, Aiden avait touché un point sensible et le regrettait grandement. Il préférait, et de loin, l'Alexandra Radford détendue à celle qui était sur la défensive.

— Vous n'êtes jamais à court de questions, répliqua-t-elle, en passant devant lui pour ouvrir la porte de la cuisine. Preeya, je t'amène un visiteur !

Ce furent là les derniers mots qu'il comprit. Alexandra Radford s'entretint ensuite, en ce qu'il supposa être de l'indien, avec la femme qui s'activait devant le fourneau. Petite et ronde, les cheveux gris, elle était chaussée de pantoufles richement brodées et paraissait drapée dans une dizaine de mètres de tissu. Elle délaissa ses casseroles pour se tourner vers Aiden et, joignant les mains devant elle, s'inclina légèrement en disant quelque chose qui ressemblait à :

— *Namastay.*

Il n'avait aucune idée de ce que cela signifiait, ni même s'il avait entendu correctement. Mais, jugeant poli de lui rendre son salut, il l'imita. Il en fut doublement récompensé, par un radieux sourire de sa part, et par un hochement de tête approbateur de celle d'Alexandra Radford.

Après quoi, Preeya se pencha de nouveau sur son fourneau tandis qu'Alexandra recommençait à parler indien. Non, pas indien, rectifia Aiden, se souvenant d'une lointaine leçon à l'école. La langue la plus couramment parlée en Inde n'était pas l'indien, comme la logique l'aurait voulu, mais l'hindi. De toute manière, vu ce qu'il en savait, elle aurait pu aussi bien s'exprimer dans un des dialectes les moins courants. Sa connaissance personnelle de l'Inde se limitait aux cartes de navigation de l'océan Indien.

Il ne connaissait pas davantage la cuisine indienne, mais il fut tout de suite sensible aux effluves puissants qui baignaient la pièce. C'est à peine s'il discerna quelques pointes de cannelle et de clous de girofle parmi ces parfums inconnus. Des piments séchés étaient accrochés à une ficelle, dans un coin ; il en avait vu de semblables dans les cuisines des îles des Caraïbes, notamment dans celle de sa mère, à Saint-Kitts. Sur une table se trouvait un panier de riz. En dehors de ces deux éléments, tout le reste lui parut exotique.

Il ne tarda pas à être incommodé par la chaleur étouffante. Avec le feu qui ronflait dans la cheminée et celui du fourneau, la condensation était telle que les fenêtres ruisselaient. Il résista à l'envie de desserrer sa cravate et son col, mais ne put s'empêcher de jeter un regard vers la porte. Si seulement il pouvait retourner dans la cour ! Du coin de l'œil, il vit Preeya tapoter le bras d'Alexandra Radford avec un petit rire. Celle-ci leva les yeux au ciel en secouant la tête. Preeya brandit alors une immense cuillère en un geste qui ne nécessitait aucune traduction. « Sors de ma cuisine ! » était une injonction que tout le monde comprenait. Aiden sourit en se demandant combien de fois la cuisinière de sa mère l'avait ainsi chassé de son domaine.

Alexandra lui laissa à peine le temps de saluer Preeya avant qu'il ne retrouve, soulagé, le froid merveilleusement revigorant de la cour. Mais, quand il dut de nouveau presser le pas pour rattraper la jeune femme, quelque chose se rebella en lui. Pourquoi diable la suivait-il ainsi docilement, lui laissant la conduite des opérations ?

À la périphérie de son champ de vision, Alexandra perçut un mouvement rapide. Elle fit volte-face, le cœur battant, les mains levées instinctivement pour parer une attaque. Et recouvra une partie de son sang-froid à la vue d'Aiden Terrell suspendu à une branche basse du pommier. Une partie seulement... Car, étiré comme il l'était, ses vêtements moulaient son corps ferme et musclé. Dieu du ciel, cet homme était athlétique ! Depuis ses larges épaules jusqu'à son abdomen, sans parler de son...

Le rouge lui monta aux joues et elle releva vivement les yeux. Le sourire éclatant d'Aiden, ses prunelles vertes étincelantes, eurent, comme toujours, un effet dévastateur. Son cœur bondit dans sa poitrine et son pouls s'accéléra brutalement.

— Monsieur Terrell ? commença-t-elle, incapable de détacher les yeux du spectacle qu'il offrait.

— Mon père n'est pas ici, répliqua-t-il en arquant le bas du corps pour accroître son balancement.

— Aiden, corrigea-t-elle promptement, je suis gelée jusqu'aux os. Pouvons-nous retourner à l'intérieur, s'il vous plaît ?

« Gelée, mon œil ! » songea Aiden en resserrant sa prise sur la branche. Ce n'était pas le froid qui colorait les joues de la duchesse. Elle affectait d'être de marbre, mais à en juger par sa rougeur, cette façade semblait sur le point de voler en éclats.

Sa conscience le titilla bien un instant, mais son esprit rebelle reprit aussitôt le dessus. Après tout, il n'y avait rien de mal à tester la bonne volonté d'une femme à être séduite.

Il décida néanmoins d'en rester là pour le moment et, choisissant un endroit propice pour sauter, il prit son élan. Laissant échapper un petit cri, Alexandra se couvrit les yeux au moment où il lâchait la branche. Ayant à peine touché le sol, il regarda en riant par-dessus son épaule, histoire de voir si elle avait succombé à la curiosité. C'était le cas, et elle s'empourpra davantage en constatant qu'il l'avait prise en flagrant délit.

— À présent, parlez-moi de Preeya, dit-il en la rejoignant, reprenant délibérément le contrôle de la conversation. Comment s'est-elle retrouvée ici, avec vous ?

— Preeya était la troisième femme de l'un des oncles du père de Mohan, du côté de sa mère, répondit Alexandra, consciente de son débit précipité, mais incapable d'y remédier. À la mort de son mari, le rajah l'a prise sous sa protection. En partie, je crois, parce que ce dernier a vécu chez son oncle quand il était jeune, et que Preeya s'était montrée très maternelle avec lui. Quoi qu'il en soit, elle considère comme un honneur d'avoir été envoyée en Angleterre avec nous.

— Elle ressemble assez à une mamie gâteau, fit remarquer Aiden en se précipitant pour lui ouvrir la porte.

— Une mamie indienne, peut-être. Elle n'a pas la moindre intention d'adopter les façons de faire britanniques.

— C'est ce que j'ai cru deviner. Vous savez, ajouta-t-il avec un petit rire ironique, je ne suis pas aussi stupide que j'en ai l'air.

Bien que désinvolte, ce commentaire était destiné à la désarmer. Alexandra fut ulcérée qu'il cherche aussi ouvertement à la manipuler, et la juge incapable de voir dans son jeu. Déterminée à le détromper, elle pivota pour lui faire face.

— Je suis loin de considérer que vous avez l'air stupide, monsieur Terrell. Et...

— Nous en étions rendus à Aiden, coupa-t-il avec un sourire qui lui fit pétiller les yeux. Ne faisons pas marche arrière.

— Et je doute sincèrement, continua-t-elle sans prêter attention à son interruption, qu'il existe une femme au monde qui ne vous trouverait pas diaboliquement séduisant. Je suis d'ailleurs prête à parier qu'un certain nombre d'entre elles ne se sont pas montrées avares de compliments, verbaux ou autres.

« Quant à vos facultés intellectuelles... J'avoue honnêtement que je n'ai là encore aucun doute. Vous m'apparaissez comme un homme à qui la vie offre peu d'occasions de donner la pleine mesure de son intelligence. J'ai l'impression que, la plupart du temps, vous vous contentez de mener votre existence en amateur.

Le sourire d'Aiden s'effaça et il la considéra en silence, l'œil sombre. Consciente d'avoir touché une corde sensible, Alexandra saisit sa chance de quitter le terrain sur cette petite victoire.

— Si vous voulez bien m'excuser, je crois que Mohan a eu amplement le temps de réfléchir. Preeya apportera le repas quand elle sera prête. Comme il n'y a pas d'heure fixe, mieux vaut que vous demeuriez à portée de voix. La salle à manger se trouve en face de ma chambre. Je vous verrai...

— Il me faudra inspecter chacune des pièces de l'étage avant ce soir, l'interrompit-il froidement.

— Je me libérerai après le repas. Comme vous l'avez peut-être remarqué, nous n'avons pas de majordome ou de portier. Vous souhaiterez sans doute...

— ... rester non loin de la porte, car Sawyer va arriver avec mes affaires, acheva Aiden.

Il avait compris que ce qu'elle voulait surtout, c'était mettre entre eux autant de distance que possible. Si le fait qu'elle désire se soustraire à sa compagnie le chagrinait, il comprenait ce qu'elle ressentait. Lui aussi avait besoin de temps et de distance. Il ne s'en expliquait pas encore les raisons, mais il lui était très difficile d'aligner deux idées cohérentes quand elle était près de lui.

— Je vous verrai au déjeuner, dit-elle avant de tourner les talons.

Le cœur battant, Alexandra gagna en hâte le premier étage. Comme elle s'était trompée en pensant que sa relation avec Aiden Terrell serait celle d'employeur à employé! C'était impossible, pour la bonne raison qu'Aiden Terrell ne ressemblait en rien aux personnes qu'elle avait connues. Il n'était pas grossier comme son père, ni infaillible comme le rajah, ni égocentrique comme les membres de la famille princière ou de la Cour.

En revanche, elle le savait déjà curieux, direct, fascinant et scandaleusement séduisant. Il pouvait se montrer incroyablement impulsif, mais n'en était pas moins lucide. Il se moquait de ce que l'on pensait de lui. Par-dessus tout, c'était un homme honnête, qui ne se souciait pas outre mesure d'être un gentleman, mais ne pouvait s'empêcher d'en être un.

Dire qu'elle l'avait d'abord considéré comme un simple subalterne de Barrett Stanbridge ! Elle n'avait jamais commis d'erreur aussi grossière. Aiden Terrell était son propre maître, cela ne faisait aucun doute.

Il y avait un point sur lequel elle ne s'était pas trompée : c'était bel et bien un tigre. Il aimait la chasse et l'excitation que procure une poursuite menée avec brio. Ce qui signifiait qu'à moins d'observer une extrême prudence, elle courait un grand danger. Parce qu'elle trouvait tout, en lui, incroyablement attirant.

5

Alexandra s'arrêta sur le palier et regarda avec envie la porte de sa chambre. Malheureusement, le devoir lui commandait d'aller voir Mohan.

Il s'était conduit de manière impardonnable, ce matin. Et, si elle avait trouvé horrible qu'Aiden soit obligé de le menacer pour qu'il obéisse, elle comprenait qu'il ait réagi ainsi. Ce genre de comportement n'était pas toléré chez les enfants anglais, ce qu'elle avait tenté d'expliquer à Mohan à de nombreuses reprises. Sans succès, jusqu'à présent ; mais elle était obligée de continuer.

Quand elle frappa à la porte du garçon, il ne répondit pas. Gagnée par la colère, elle frappa de nouveau. Pas de réponse. Elle renonça alors à tout protocole.

Mohan était assis en tailleur sur son lit, les bras croisés.

— Je ne vous ai pas donné la permission d'entrer.

— Est-ce que tu te souviens de la conversation que nous avons eue la semaine dernière sur l'importance de faire bonne impression dès la première rencontre ? dit-elle sans relever sa remarque.

— Je n'aime pas cet homme.

— Je crois que c'est réciproque, Mohan, répliqua-t-elle. C'est à cause de *toi* que vos relations sont parties du mauvais pied. Il est donc de *ta* responsabilité de réparer les torts que tu as causés.

— Je veux qu'on le renvoie, se contenta-t-il de déclarer avec un haussement d'épaules.

— C'est impossible, car il n'y a personne pour le remplacer jusqu'à ce que les hommes de ton père arrivent.

Tu n'as d'autre choix que de t'adapter à la situation, ce qui implique de te montrer poli, et même amical. En outre, continua-t-elle sans se soucier de sa mine renfrognée, tu as indirectement donné une mauvaise impression de l'Inde à M. Terrell. Si tu ne la corriges pas, si tu ne lui montres pas que ton peuple est aimable et gracieux, non seulement il conservera cette image, mais il la transmettra aux autres. Tu ne souhaites sans doute pas que...

— Je veux retourner à la maison, l'interrompit Mohan. Je veux rentrer aujourd'hui.

Alexandra ne fut pas étonnée. Quel enfant ne souhaiterait pas être avec ses parents, ses frères, ses sœurs et ses cousins ?

— Je le comprends très bien, assura-t-elle, sincère. J'espère que, bientôt, ton...

— Je vous ordonne de préparer mon départ.

— Certainement pas, répliqua Alexandra, dont la compassion céda le pas à la colère.

— Les gens sont sales, en Angleterre.

S'exhortant à la patience, elle prit une profonde inspiration et compta jusqu'à cinq.

— À part Londres, tu n'as pas vu grand-chose de l'Angleterre, ton jugement repose donc sur l'ignorance. De plus, je te ferai remarquer qu'on trouve des gens sales partout, et que l'Inde est loin d'être épargnée.

Mohan eut un reniflement méprisant.

— Je n'en ai jamais vu en Inde.

— Parce que tu vis dans un palais, répliqua-t-elle, et que les gens sales n'y sont pas admis. As-tu une raison particulière de te montrer aussi contrariant, aujourd'hui ?

Il se redressa.

— Je suis un prince. Je n'ai pas à expliquer ou à justifier ma conduite.

En cet instant, l'approche de la discipline défendue par Aiden Terrell semblait fort séduisante à Alexandra.

— Ce genre d'attitude mène aux révolutions de palais, Mohan, observa-t-elle, déterminée à ne pas céder de terrain. Mais nous n'en sommes pas encore là. Ton attitude est inacceptable, et très déplaisante pour ceux qui t'entourent. Tu prendras donc ton déjeuner ici, tout seul. Et tu resteras dans ta chambre jusqu'à ce que tu te juges capable de te comporter correctement.

Sur ces mots, elle tourna les talons. Au moment où elle s'apprêtait à refermer la porte, Mohan lui lança :

— Je ne mangerai rien !

— À ta guise. Je te rappelle simplement qu'un enfant peut survivre vingt et un jours sans manger. Cette manifestation infantile n'aura d'autre effet que de gaspiller de la nourriture.

— Je vous déteste ! hurla-t-il quand elle fit tourner la clé dans la serrure. Je déteste l'Angleterre ! Et la reine aussi !

Le front appuyé contre le panneau de bois, Alexandra ferma les yeux. Mohan n'avait que dix ans, il était loin de son foyer, de sa famille, perdu dans un monde très différent du sien. Elle comprenait d'autant mieux ce qu'il ressentait qu'elle l'avait éprouvé quand sa mère et elle avaient trouvé refuge dans le palais du rajah.

Elle était un peu plus âgée que Mohan lorsque son monde avait été bouleversé. Mais elle s'était adaptée, s'efforçant d'avoir confiance en l'avenir. Malheureusement, elle ne parvenait pas à insuffler au jeune garçon la force nécessaire.

Ni l'exemple qu'elle lui donnait ni les explications dont elle n'avait pas été avare n'avaient eu d'effets visibles sur son attitude. L'enfermer était-il le seul recours ? Cela sonnait comme un aveu d'échec. Si elle avait été un professeur compétent, elle n'aurait pas eu besoin de prendre des mesures aussi drastiques.

Certes, elle n'en avait pas été réduite aux châtiments corporels, se consola-t-elle en se dirigeant vers sa chambre. Une fois la porte refermée, elle se laissa tomber sur les coussins moelleux du divan en rotin. Oui, elle pouvait au moins se targuer de ne pas s'être délestée des problèmes de discipline sur Aiden Terrell...

Y avait-il vraiment des raisons d'en être fière ? se demanda-t-elle soudain. Elle était si lasse de devoir jouer le rôle de mère, de tutrice, de mentor, de père et d'amie. Épuisée de se battre sur tous les fronts sans résultat. Ferait-elle preuve d'une faiblesse coupable si elle déléguait une petite partie de ses responsabilités ? Durant un très court moment ?

Après tout, elle se moquait de ce qu'Aiden Terrell pensait d'elle. Il ne partagerait leur vie que pendant quelques semaines, un mois tout au plus. Après quoi, elle ne le reverrait plus. Alors, que lui importait qu'il la juge faible et incompétente ?

Seule sa fierté serait blessée, ce qui la laissait face à cette alternative : la ravaler, ou persévérer malgré tout comme elle le faisait depuis cinq ans, et comme sa mère l'avait fait avant elle. La suggestion de Preeya n'était pas réaliste. Faire d'Aiden Terrell son amant et son mari ? Et un père de substitution pour Mohan ? Il y avait de quoi rire !

Avec un lourd soupir, Alexandra se laissa aller contre les coussins, les yeux fermés. Juste une courte sieste, se promit-elle.

Assis dans une bergère – le seul meuble anglais de toute la boutique –, Aiden observait les lieux, s'interrogeant sur ce qu'ils lui révélaient de la personnalité d'Alexandra Radford.

Il n'y avait rien de simple ni d'évident dans la manière dont les marchandises étaient disposées. Chaque fois qu'il faisait le tour de la pièce du regard, il découvrait de nouvelles choses. Non loin de lui, sur une table, un petit miroir serti dans un cadre d'argent était à demi caché par un amoncellement de réticules aux broderies exubérantes ; un peu plus loin, parmi les statuettes en teck et les assiettes en porcelaine de Chine bordée d'or, se dressait un chandelier de cuivre orné de perles semi-précieuses. Aucun objet n'était ostentatoire, même si tous paraissaient plutôt élégants et coûteux.

On percevait un ordre délibéré dans ce chaos apparent, mais cela ne lui en apprenait pas plus sur la propriétaire des lieux. Il n'en fut pas étonné ; Alexandra Radford de toute évidence n'était pas du genre à se dévoiler d'emblée.

Elle n'accordait pas aisément sa confiance, même à ses alliés. Était-ce pour protéger Mohan ? Ou sa méfiance avait-elle des racines plus profondes ? Et si c'était à *lui* qu'elle ne faisait pas confiance, tout bonnement ? Un sourire lui vint aux lèvres tandis qu'il se rappelait ses yeux brillants et ses joues en feu, un peu plus tôt dans la cour. Peut-être était-ce à elle-même qu'elle ne faisait pas confiance.

Puis il reprit son sérieux. Le problème n'était pas de savoir si Alexandra Radford était disposée à se laisser séduire ou non, mais pourquoi elle se montrait aussi méfiante. Il était chargé d'une mission et il devait trouver un moyen de lui prouver qu'il était digne de confiance.

Pour compliquer la tâche, Mohan s'était montré particulièrement détestable. Aiden était prêt à parier qu'à l'étage, à cet instant précis, sa tutrice devait avoir envie de se taper la tête contre le mur.

Quelqu'un frappa soudain contre la vitrine. Reconnaissant Sawyer, Aiden se leva pour aller lui ouvrir.

— Bienvenue en enfer, dit-il au majordome des Reeves.

— Vous semblez pourtant agréablement installé, fit remarquer Sawyer. Je suis sûr que lady Lansdown adorerait passer une journée dans ce magasin.

— Ça ne correspond pas du tout au goût de Seraphina en matière de décoration, contra Aiden.

— Ce sont l'abondance et le choix des couleurs qui lui plairaient, monsieur. Elle apprécierait énormément les dons artistiques de votre employeur actuel.

— Alexandra Radford, des dons artistiques ? Sawyer, vous ne pourriez être plus éloigné de la vérité. Elle ne ressemble pas du tout à Seraphina. Elle est stricte, réservée et attachée aux convenances.

— Si je puis me permettre, monsieur, ces qualités n'excluent pas un tempérament artistique.

— Alors, il est profondément enfoui, grommela Aiden.

— Il faut se méfier de l'eau qui dort, monsieur. J'ai apporté vos affaires, comme M. Stanbridge me l'a demandé, poursuivit Sawyer en levant la valise qu'il tenait à la main. Où dois-je les ranger ?

Aiden aurait pu s'en charger lui-même, mais il tenait à ce que Sawyer voie la décoration excentrique de sa chambre. Choquer le digne majordome l'amusait toujours.

— Suivez-moi, répondit-il en le précédant dans l'escalier.

Après avoir ouvert la porte en grand, il s'effaça pour permettre à Sawyer de se rendre compte par lui-même.

— Alors, qu'en pensez-vous ? s'enquit Aiden comme il haussait légèrement un de ses sourcils gris.

— À première vue, voilà un refuge d'un luxe et d'un confort étonnants.

Déçu, Aiden cessa de sourire. Il indiqua le divan posé à même le sol.

— Je n'ai pas dormi par terre depuis au moins vingt ans !

— Vous aviez donc six ans à l'époque, monsieur, commenta Sawyer, imperturbable, en s'avançant dans la pièce.

— Merci, Sawyer.

— Puis-je vous poser une question, monsieur ? demanda le majordome en soulevant le couvercle d'un coffre richement sculpté.

— Allez-y, soupira Aiden.

— Êtes-vous familier de la culture indienne ?

— Pas du tout. Si vous l'êtes, j'apprécierais que vous partagiez vos connaissances avec moi.

— Personnellement, dit Sawyer en transférant le contenu de la valise dans le coffre, je ne suis jamais allé là-bas. Néanmoins, au cours de mon service dans l'armée de Sa Majesté, j'ai rencontré pas mal d'hommes ayant séjourné en Inde. S'ils exprimaient quelques réserves sur la nourriture, trop épicée selon eux, ils semblaient tous avoir apprécié les autres aspects de la culture indienne. En particulier le goût des indigènes pour les plaisirs terrestres qu'ils m'ont décrit en termes très favorables.

— Quelles sortes de plaisirs terrestres ? demanda Aiden, intrigué.

— La nourriture, la boisson et... euh... le confort, monsieur.

Avec Sawyer, il fallait écouter attentivement. Car ses hésitations en disaient souvent plus long que ses paroles.

— Pourriez-vous préciser ce que vous entendez par « confort » ?

— Il sera suffisant de dire que la satisfaction des besoins physiques, à tous les niveaux, est considérée comme une quête justifiée, et que son accomplissement est un état des plus enviables.

À la différence de Sawyer, Aiden ne considérait pas cette réponse comme suffisante, la « satisfaction des besoins physiques » couvrant de nombreux champs de l'activité humaine.

— J'ai l'impression d'entendre parler la duchesse, se plaignit-il, tout en sachant que Sawyer, suivant sa détestable habitude, ne s'étendrait pas davantage.

— La duchesse, monsieur ?

— Mlle Radford. Croyez-moi, ça lui sied parfaitement. Quant à son pupille, il présente toutes les caractéristiques d'un rejeton de Satan.

Sawyer toussota discrètement.

— Mlle Radford a passé beaucoup de temps en Inde, si j'ai bien compris... Les personnes dans son cas ont tendance à s'exprimer d'une manière qui trahit leur expérience.

— Elle a vécu là-bas toute sa vie. À l'exception des trois dernières années, qu'elle a passées à Londres, ajouta Aiden tout en testant la fermeté du divan du bout de sa botte.

— Je dirais alors que l'aménagement de votre chambre témoigne de la compréhension qu'a Mlle Radford du mode de vie indien. Si j'avais la chance d'être à votre place, je crois que je serais tenté de faire mes délices de l'occasion exceptionnelle qui m'est offerte.

— L'occasion exceptionnelle ? répéta-t-il en croisant les yeux de Sawyer.

Ce dernier s'apprêtait à développer lorsque son regard se posa sur la porte, par-dessus l'épaule d'Aiden. Refermant la bouche, il se redressa de toute sa hauteur.

— Pardonnez mon intrusion, monsieur Terrell, dit une voix féminine. J'ignorais que votre domestique était arrivé.

Aiden se retourna et, désignant le majordome, fit les présentations.

— Mademoiselle Radford, permettez-moi de vous présenter Sawyer. Sawyer, Mlle Alexandra Radford.

— Emmaline dit grand bien de vous, assura-t-elle. Je suis très heureuse de faire votre connaissance.

— Moi de même, mademoiselle, fit Sawyer en s'inclinant avec respect. Si je puis me permettre, ajouta-t-il avec un sourire sincère, que votre magasin est un délicieux festin pour les sens.

— Oh, merci, Sawyer ! C'est très gentil de votre part. Je fais en sorte que la présentation soit en permanence attrayante. Voulez-vous déjeuner avec nous ? Preeya prépare toujours plus de nourriture qu'il n'en faut.

— Je vous remercie mais, malheureusement, cela m'est impossible aujourd'hui. Je me suis arrêté chez Emmaline en venant et je lui ai promis de déjeuner avec elle.

— Peut-être une autre fois, dans ce cas. Ce sera avec grand plaisir.

Le sourire de la jeune femme était loin d'être aussi radieux quand elle se tourna vers Aiden.

— Vous pourrez vous joindre à nous dès que vous serez libre, monsieur Terrell.

À peine avait-elle disparu que Sawyer observa doucement :

— Mlle Radford semble être plutôt posée et aimable, monsieur.

Oui, elle pouvait être délicieusement affable quand elle le voulait. Ce qui semblait être le cas avec tout le monde, sauf lui.

— Je vais vous raccompagner, proposa Aiden en se renfrognant.

Ils se tenaient sur le seuil de la boutique lorsque Sawyer déclara après s'être éclairci la voix :

— Je maintiens ce que j'ai dit et recommandé tout à l'heure, monsieur.

L'expression d'Aiden trahit sans doute sa perplexité, car le majordome ajouta :

— Attachez-vous à explorer les merveilles des eaux profondes pendant que vous en avez la possibilité. Vous n'oublierez ni ne regretterez jamais cette immersion.

— Merci d'avoir apporté mes affaires, répondit Aiden, qui savait que le conseil de Sawyer était bien intentionné. Je passerai à la maison de temps à autre.

— Très bien, monsieur. Si vous me prévenez un peu à l'avance, je demanderai à la cuisinière de vous préparer un ragoût de bœuf.

Après avoir salué, il pivota et se dirigea vers le magasin de sa sœur.

Aiden verrouilla la porte tout en se livrant à d'intenses réflexions. Sawyer savait que les Indiens ne mangeaient pas de bœuf ; ce qui éclairait l'ensemble de ses propos d'une lumière différente. Considérant de nouveau le riche arrangement de couleurs, de matières et de motifs autour de lui, Aiden reconnut que le magasin constituait, effectivement, un festin pour les sens. Ainsi que pour l'âme, du reste. Plus il s'en imprégnait, plus il se sentait... libéré, comme si quelque chose lui soufflait que tout était possible, soudain.

Lentement, une pensée émergea, dissipant, tel le soleil à l'aube, l'ombre qui l'environnait. Quand il avait promis qu'il n'y en aurait pas d'autre, cela signifiait qu'il n'aimerait jamais une autre femme. Or, il existait une différence significative entre faire l'amour et aimer. Les deux n'allaient que rarement ensemble. Dieu savait qu'il n'avait pas éprouvé le moindre sentiment pour Rose, qu'il n'avait appréciée que parce qu'elle était toujours prête à faire ce qu'il voulait, où il voulait, et quand il le voulait.

Évidemment, il ne s'attendait pas qu'Alexandra Radford se montre aussi dévergondée, mais si elle était disposée à se laisser séduire, pourquoi laisserait-il passer une telle opportunité ? Ce ne serait qu'une brève liaison qui ne violerait en rien sa promesse.

Il fut très étonné de ne pas y avoir songé plus tôt. La vérité, c'est qu'il avait passé l'année écoulée dans un tel état d'abrutissement alcoolique qu'il avait été incapable de la moindre réflexion. Il était vexant d'admettre que son père et Barrett avaient peut-être eu raison de lui imposer la sobriété, mais devait rendre à César ce qui était à César.

C'est avec un grand sourire qu'il se dirigea vers l'escalier. Il y avait, bien sûr, de nombreuses étapes à franchir avant que quelque chose soit possible. La première était de gagner la confiance d'Alexandra, et cela ne s'annonçait pas facile. Peut-être qu'en se montrant gentil avec Mohan... Mais l'idée de serrer les dents face à son insolence ne lui plaisait pas du tout. Il trouverait une solution, se promit-il en pénétrant dans la salle à manger.

Alexandra était assise à l'une des extrémités de la table, une assiette couverte d'une cloche d'argent devant elle. Preeya occupait l'un des côtés. En face d'elle étaient disposés des couverts en argent et une serviette de lin. Devant la dernière place se trouvait également une assiette couverte. Ne sachant où s'asseoir, Aiden hésita ; Preeya lui désigna le siège en face d'Alexandra.

— Je vous prie d'excuser mon retard, mesdames, dit-il en s'asseyant après avoir remercié la cuisinière d'un sourire.

Un échange rapide en hindi s'ensuivit, à l'issue duquel Alexandra déclara :

— Preeya estime que ça vaut la peine d'attendre un homme séduisant.

— Lui avez-vous dit qu'elle nourrissait sans nécessité ma fatuité naturelle ?

— Quelque chose d'approchant, répliqua-t-elle en découvrant son assiette.

Preeya l'imita, et Aiden fit de même, déconcerté une fois de plus.

— Nous n'attendons pas Mohan ?

— Mohan déjeune seul dans sa chambre, aujourd'hui, répondit Alexandra sans le regarder.

— J'en conclus, dit-il en espérant ne pas s'aventurer sur un terrain dangereux, que son temps de réflexion personnelle n'a pas été très productif.

Avec un sourire crispé, elle avoua :

— Cette journée compte parmi les pires.

Il y avait des chances pour que ce ne soit que le début des provocations de la part du jeune garçon. Mais Aiden jugea préférable de ne pas en faire la remarque et se concentra sur son assiette. Celle-ci était garnie de poisson, accompagné de riz auquel se mêlaient apparemment des morceaux de fruits, le tout assaisonné d'une épice d'un jaune vif qui lui aurait débouché le nez s'il avait été enrhumé.

— Comment se déroulent les journées de Mohan, d'ordinaire ? s'enquit-il en piquant sa fourchette dans un morceau de poisson. Est-ce qu'il étudie ?

— En général, la matinée est consacrée aux études, et l'après-midi au magasin. Le soir, nous lisons ou nous jouons à différents jeux de société.

Le pauvre enfant, songea Aiden, il devait périr d'ennui ! Et soudain, ce fut la révélation : il avait trouvé le moyen de remédier au problème de discipline de Mohan. Alexandra, reconnaissante, lui accorderait sa confiance. Et la confiance était la clé qui ouvrirait toutes les portes. Pour cela, il lui suffisait de prendre le contrôle de l'existence du jeune garçon. Ce plan était brillant. Et si facile !

Barrett avait raison. Quand il voulait bien s'en donner la peine...

6

L'estomac d'Alexandra se changea en plomb, et son cœur se mit à battre la chamade. Le sourire de cet homme, et ses yeux verts étincelant de malice... Si elle ne se ressaisissait pas, c'était elle qu'il allait manger pour son déjeuner, et pas le poisson.

— Eh bien, rien d'étonnant à ce que Mohan soit insupportable, commenta-t-il en brandissant sa fourchette. Je le serais aussi, à sa place. En vérité, si vous me faisiez mener ce genre de vie, je m'enfuirais ou je m'ouvrirais les veines. Il devient fou d'ennui, mademoiselle Radford, enchaîna-t-il sans lui laisser le temps de protester. Des livres, des registres de comptes, des jeux de société ? Les jeunes garçons ont besoin de courir, de jouer, de se dépenser. Ils ont bien trop d'énergie pour rester enfermés entre quatre murs toute la journée.

— Mohan n'est pas prisonnier, se défendit-elle. Il nous arrive fréquemment de sortir en ville.

— Pour faire quoi ?

— Nous assistons à des ventes aux enchères. Nous allons voir les bateaux dans le port, et nous nous rendons tous les jours au marché. Quelquefois, nous allons au théâtre.

— Voilà qui est palpitant ! railla-t-il.

— Et que voudriez-vous qu'il fasse de son temps ?

— Est-ce que quelqu'un lui a appris à monter à cheval ?

— Nous ne possédons pas de cheval, monsieur Terrell, répliqua-t-elle.

— Est-ce qu'il sait jouer au cricket ?

— Avec qui jouerait-il ? Et où ? Dans la rue, au milieu des voitures ?

— Et le football ? Le rugby ?

— Seigneur Dieu, non ! s'exclama-t-elle, horrifiée.

Comme il piquait sa fourchette dans la nourriture, elle espéra que l'interrogatoire était terminé. Mais il revint à la charge.

— Et la luge ? Le patin à glace ? Il y a plus mâle comme passe-temps, mais les enfants trouvent ça amusant, en général. Surtout en hiver, quand il n'y a pas grand-chose d'autre à faire.

— Mohan ne s'intéresse à aucun sport, déclara-t-elle avec une fermeté polie.

— A-t-il des animaux ? Un chien ? Un chat ? Peut-être un lézard ou bien un serpent ou deux ?

Alexandra réprima un frisson. Des reptiles comme animaux domestiques ?

— Il n'a jamais émis le désir d'en avoir un.

Il se remit à manger, mais Alexandra ne caressa pas de vains espoirs, cette fois. Il ne cédait pas, il se contentait de changer d'angle d'attaque.

Preeya avait suivi leur échange en les regardant tour à tour, mais sans rien dire. Au moins ne risquait-elle pas de se rendre compte de l'incapacité de sa maîtresse à parer les attaques d'un homme insistant.

— Il ne sait pas chasser, pêcher, naviguer ?

— Monsieur Terrell, répondit-elle avec un soupir, Mohan sera un jour rajah. Il n'a pas besoin de savoir faire tout cela.

— En tant que souverain, il sera horriblement ennuyeux ; en tant qu'homme, il s'ennuiera terriblement, rétorqua-t-il. Mais pour le moment, c'est un garçon qui se conduit mal tout simplement parce que cela lui offre un peu d'excitation. Le pauvre n'a rien d'autre dans son existence. Pourquoi le garder enfermé ainsi ? Est-ce parce que vous ne pouvez pas vous offrir les services d'un moniteur d'équitation ?

— Nous avons des moyens financiers considérables, répondit-elle en soutenant son regard. C'est un problème de sécurité. Lal, le garde qui est reparti en Inde, soutenait que Mohan serait beaucoup plus facile à enlever s'il se promenait en ville. Je considère, moi aussi, qu'il est mieux protégé entre les murs de cette maison.

— Si j'avais l'intention de l'enlever, je serais assurément heureux de savoir où le trouver !

— Je dois aussi le protéger contre les blessures accidentelles, continua Alexandra, soucieuse de lui montrer le bien-fondé de ses choix. Il pourrait faire une chute de cheval et se briser le cou, ou tomber du bateau et se noyer. Et je refuse d'évoquer seulement les blessures reçues par les irresponsables qui jouent au football ou au rugby. J'ai promis à son père de le protéger de *tout*.

— Alors, vous devriez interdire à Preeya d'allumer son fourneau, répliqua-t-il du tac au tac. Parce qu'elle risque de mettre le feu à la cuisine, puis à la maison tout entière, et de provoquer la mort de Mohan.

En entendant son nom, Preeya dressa l'oreille. Alexandra lui assura que la discussion n'avait rien à voir avec elle avant de reporter son attention sur Aiden.

— Vous êtes ridicule. Vraiment ridicule.

Comme elle s'y attendait, il ne se le tint pas pour dit.

— Pas plus que vous. Le simple fait de vivre est risqué. Ouvrir les yeux et descendre de son lit le matin est très périlleux. On peut glisser sur le tapis, tomber et se fracasser le crâne sur le montant du lit. Vous ne pouvez, ni ne devez traiter Mohan comme s'il était en porcelaine. Il a besoin d'être considéré comme un enfant normal, et autorisé à prendre des risques raisonnables. Son attitude s'en trouverait améliorée, et vous ne seriez pas aussi insatisfaite.

— Je ne suis pas insatisfaite, mentit Alexandra en reposant sa fourchette de crainte qu'il ne remarque le tremblement de sa main.

— Mon œil !

Alexandra cilla, choquée non pas tant par son langage que par le fait qu'il avait si clairement identifié ce qu'elle ressentait. Elle qui s'était donné tellement de mal pour le dissimuler ! Atterrée par cet échec, elle déglutit et s'obligea à inspirer. Puis elle afficha un sourire qu'elle espérait serein.

— Nous ne serons donc pas d'accord sur ce point. Pas plus que sur le sujet des activités quotidiennes de Mohan.

« Finalement, songea Aiden, ce ne sera pas si facile que ça. » Il avait sous-estimé son indépendance et sa tendance à jouer les mères poules.

— Dites-moi, mademoiselle Radford... savez-*vous* monter à cheval ?

— Non, concéda-t-elle avec un soupir.

— Et chasser, naviguer ou pêcher ?

Il crut qu'elle allait lui jeter sa fourchette à la figure.

— Bien sûr que non. Pas plus que patiner. Et je ne jouerais pas au cricket, au football ou au rugby même si vous posiez un pistolet contre ma tempe.

— Voudriez-vous apprendre ? Pas les sports les plus rudes, précisa-t-il avec un petit rire comme elle écarquillait les yeux. Mais, l'équitation, par exemple. Apprendre à monter à deux personnes ne demande guère plus d'efforts qu'à une.

— Vous présumez que je donne mon consentement pour que Mohan pratique ces activités. Je pensais pourtant m'être montrée très claire quand...

— Je ne présume rien de la sorte, coupa-t-il en souriant. Et votre position était très claire. À présent, laissez-moi vous présenter la mienne : je me moque que vous me donniez votre consentement ou pas. J'ai pris une décision et elle sera appliquée.

Elle le regarda fixement, les yeux de nouveau écarquillés, les lèvres joliment entrouvertes.

— Il s'agit là, mademoiselle Radford, reprit-il en posant sa serviette à côté de son assiette, d'une de ces occasions auxquelles j'ai fait allusion tout à l'heure, dans la voiture. C'est moi qui décide. Mohan et vous acquiescez sans protester.

— Vous vous conduisez en véritable... dictateur, bredouilla-t-elle.

— J'étais né pour commander, avoua-t-il avec un haussement d'épaules. Il se trouve que je le fais très bien, et que vous n'êtes pas en position de vous opposer à moi. J'aimerais finir le tour de la maison, comme il était convenu, ajouta-t-il en se levant. Quand vous serez prête, bien sûr. Je vous attends sur le palier.

Il ne lui laissa pas le temps d'objecter. Se tournant vers Preeya, il s'inclina.

— Je vous remercie pour ce repas. Je n'ai pas la moindre idée de ce que j'ai mangé, mais c'était délicieux.

Sans cesser de sourire, il quitta la salle à manger. L'un dans l'autre, la discussion avait pris le tour qu'il souhaitait... même s'il ne pouvait exclure l'éventualité qu'Alexandra Radford le rattrape afin de lui signifier son renvoi immédiat.

Alexandra regardait fixement son assiette encore à moitié pleine. Que ferait-il si elle refusait de se lever et de trotter avec obéissance derrière lui ? Posant la main sur son bras, Preeya lui dit :

— Se disputer avec un homme n'est jamais une bonne chose. Ils n'aiment pas penser que les femmes sont aussi fortes qu'eux.

— Les femmes sont aussi capables que les hommes dans tous les domaines, soutint Alexandra avec colère.

— Je suis d'accord. Mais cela ne signifie pas que les hommes aiment le savoir. Il y a beaucoup à gagner à les contenter, et à les laisser dans une ignorance bienheureuse.

— Quoi, par exemple ?

— À part une maison plus sereine et une digestion facilitée, cela fait d'eux des amants beaucoup plus attentionnés.

Pour l'amour du ciel, elle venait à peine de faire la connaissance de cet homme ! Certes, il était séduisant et incroyablement bien bâti. Certes, il s'exprimait bien et, le plus souvent, avec distinction. Mais ce n'étaient pas là des critères sur lesquels on fonde une relation intime.

— Comme je l'ai dit la dernière fois que tu m'en as parlé, je n'ai pas l'intention de faire de lui mon amant. Il ne m'intéresse pas de cette manière, un point c'est tout.

Preeya lui tapota la main en laissant échapper un gloussement.

— Ma chérie, je ne connais personne qui mente aussi mal que toi. Tu devrais vraiment arrêter, car c'est gênant pour toi.

Ce n'était pas la première fois qu'on le lui disait. Plutôt que de protester inutilement, Alexandra changea son angle d'attaque.

— Il est bien trop imbu de son propre point de vue pour être ne serait-ce que supportable.

Preeya la considéra un instant, un petit sourire au coin des lèvres.

— J'ai écouté vos paroles et j'ai regardé vos visages. À entendre et à voir, cela ressemblait beaucoup à une querelle d'amoureux.

— Eh bien, ce n'était pas le cas.

— De quoi discutiez-vous aussi passionnément ?

— De l'éducation de Mohan, répondit Alexandra, soulagée de la tournure que prenait la conversation. Il soutient que cet enfant devrait passer ses journées à monter à cheval, à chasser, à pêcher, à faire du bateau et toutes sortes de sports violents.

Preeya s'adossa à sa chaise avec un hochement de tête.

— Ton gentleman considère Mohan comme un garçon, et toi comme un prince.

— Mohan *est* un prince, rétorqua Alexandra.

— Vous avez tous deux raison, déclara Preeya d'une voix posée, car Mohan est à la fois un garçon *et* un prince. Vous devriez peut-être chercher un moyen de le faire profiter de la sagesse et de l'expérience que vous possédez chacun de votre côté.

Comme toujours, Preeya parlait d'or. La colère d'Alexandra s'évapora sur-le-champ, lui laissant un goût amer dans la bouche. Au prix d'un gros effort, elle retint des larmes d'impuissance.

— Ce n'est pas *mon* gentleman, protesta-t-elle, se raccrochant à la seule certitude qu'il lui restait.

— Il désire beaucoup le devenir, observa doucement Preeya. Pour quelle autre raison offrirait-il de t'aider avec Mohan ? Personne ne le lui demande. Il ne le fait que pour te prouver son intérêt.

Alexandra ne voulait pas de son intérêt, ni de son aide pour tout autre chose qu'assurer la sécurité de Mohan. Elle ne voulait pas avoir besoin de lui. Avoir besoin de quelqu'un vous rendait faible, vulnérable et faisait de vous son obligé. Or, suffisamment d'obligations pesaient déjà sur elle.

— Il y a une autre vérité à laquelle tu devrais réfléchir, ma chérie, continua Preeya. Il sait que tu fais semblant de ne pas le trouver attirant. Ses yeux sont du genre à voir à travers mille voiles. Tu devrais peut-être te demander s'il n'est pas inutile et sot de continuer à t'en envelopper.

Inutile, sans doute. Mais, sot ? Il serait encore plus sot de laisser tomber ces voiles et d'autoriser Aiden Terrell à accéder directement à son âme.

— Alexandra ? reprit Preeya du ton de la conversation. Que signifie « mâle » ?

Comme à son habitude, elle avait sélectionné le mot le plus épineux de la conversation.

— Cela veut dire viril, expliqua Alexandra en s'appliquant à paraître détachée. Très masculin...

— Comme ton gentleman.

— Oui, sauf que ce n'est pas le mien, corrigea-t-elle avec lassitude.

Preeya haussa les sourcils, puis lui adressa un large sourire tout en se levant.

— Il est dans sur le palier. Il n'est pas sage de faire attendre un homme trop longtemps. Mais juste assez longtemps pour qu'il ne considère pas ton apparition comme assurée.

Alexandra eut la désagréable impression que ce dernier conseil s'appliquait à autre chose que sa simple promesse de montrer à Aiden Terrell les chambres de l'étage. Mais elle était trop accablée pour y réfléchir plus avant. À son tour elle se leva et, après avoir remercié Preeya pour le repas, se prépara à honorer une promesse qu'elle aurait préféré n'avoir jamais faite.

Aiden ignorait de quoi les deux femmes avaient pu parler, mais l'effet sur Alexandra était évident. Il avait vu des naufragés dérivant sur un radeau qui possédaient plus d'entrain.

— Pour votre information, dit-il, dans l'espoir qu'elle retrouve un peu de son énergie, j'apprécie un bon match de rugby.

Elle le remercia d'un grognement délicat et leva les yeux au ciel tout en le contournant.

— Cela ne m'étonne pas le moins du monde, lança-t-elle par-dessus son épaule, avant de disparaître dans une pièce toute proche. Voici le salon, la pièce à vivre, ajouta-t-elle. C'est là que nous nous réunissons.

À la différence de la salle à manger, l'ameublement n'était pas uniquement anglais. Il y avait bien un canapé, une bergère – la jumelle de celle du rez-de-chaussée – et quelques éléments en bois sculpté, mais le reste ressemblait beaucoup à la chambre attribuée à Aiden.

Des tapis épais, ornés de dessins compliqués, recouvraient le sol. Des châles à motif cachemire étaient drapés sur une espèce de chaise, et il y avait des coussins de toutes tailles et de toutes couleurs un peu partout. Ce qu'il supposa être des lampes n'était rien de plus que des cylindres de cuivre, percés d'une multitude de trous. Sur une petite commode, à droite de la cheminée, trônait une statue de femme nantie de ce qui ressemblait à quatre bras curieusement tordus. Devant elle étaient alignés des petits pots remplis de minces bâtons.

— Ce salon paraît très confortable, commenta-t-il, soucieux de ne pas la vexer. Un mélange intéressant des styles anglais et indien.

Tout en hochant la tête, elle ramassa un coussin qu'elle jeta d'un geste désinvolte en direction de la chaise.

— Le côté indien étant bien plus confortable et accueillant.

— À vous entendre, on croirait que vous avez été quelque peu déçue par vos compatriotes.

— Il est difficile de soutenir que la manière de vivre britannique est supérieure quand votre dos souffre de la raideur impardonnable d'un canapé anglais.

— Alors pourquoi ne pas l'admettre et vous prélasser dans les coussins ?

— On m'emploie parce que je suis anglaise, répondit-elle en jetant un coup d'œil dans l'un des tubes en cuivre. Et parce que je suis anglaise, ma manière de vivre est considérée comme digne d'être connue et imitée. Si je suggérais que l'indienne est meilleure, je ne servirais à rien.

Elle retira le reste d'une bougie, le jeta dans une corbeille, puis elle prit dans la petite commode une nouvelle bougie, longue et large, de couleur brune, qu'elle replaça avec précaution dans le cylindre.

— Alors votre vie est un mensonge ? hasarda-t-il.

— Je n'ai jamais prétendu que c'était une existence idéale, répondit-elle avec un haussement d'épaules. Elle est, néanmoins, plutôt tranquille.

— Tant que vous êtes capable de jouer le jeu.

— Ne pas s'attarder sur les incongruités aide beaucoup.

— « Ce qui est, est », dit-il, se rappelant ce qu'elle lui avait dit des croyances de Mohan.

— Vous apprenez vite, monsieur Terrell. Je suis très impressionnée, assura-t-elle en passant devant lui pour retourner sur le palier.

Elle pivota, ce qui eut pour effet d'empêcher Aiden de sortir du salon, et tendit le bras à gauche.

— Ma chambre est là-bas, dit-elle, avant d'amorcer un geste en direction de l'autre extrémité du palier.

— J'aimerais la voir, s'il vous plaît, dit Aiden, qui avait deviné son intention.

Son bras retomba lentement tandis qu'elle le dévisageait, soupesant sa réponse.

— Mes appartements privés ne vous regardent en rien.

Il n'y avait pas d'agressivité dans son ton, mais une circonspection qui intrigua Aiden.

— Je suis désolé de vous contredire, répliqua-t-il avec douceur mais fermeté. Il y a trois chambres de ce côté du couloir. J'en ai vu une, la mienne. Elle se trouve à l'extrémité et compte cinq fenêtres et deux portes, l'une ouvrant sur ce couloir, l'autre dans la chambre de Mohan. Deux des fenêtres donnent sur l'arrière de la maison, les trois autres, à l'est, sur la ville. Si je voulais entrer par effraction dans la maison, il me suffirait de grimper le long d'un des arbres du côté est et de casser une vitre.

Arquant l'un de ses délicats sourcils, elle continua de le regarder sans se départir de sa méfiance. Il ne se laissa pas décourager.

— L'architecture anglaise étant prévisible, votre chambre est sans aucun doute la réplique de la mienne. J'ai besoin de voir ce qui se trouve devant vos fenêtres. Oui, je sais, ajouta-t-il avant qu'elle ne le suggère, je pourrais très bien sortir et faire le tour de la maison. Il se trouve que je suis ici, et qu'il est plus simple que vous m'ouvriez la porte.

— Mes fenêtres sont parfaitement sûres, affirma-t-elle.

— Je veux m'en rendre compte par moi-même. S'il vous plaît.

Elle se mordit la lèvre inférieure, et il comprit qu'elle finirait par céder. Pour gagner sa confiance, il décida de ne pas la brusquer. Dieu qu'elle était belle, avec ses boucles brunes encadrant son visage, l'air embarrassé, réticent, mais déterminé à ne pas le montrer ! Elle paraissait si jeune, si vulnérable, si différente de ce qu'elle prétendait être.

Sans un mot, elle tourna les talons et se dirigea vers sa chambre. Avec un soupir de soulagement, Aiden lui emboîta le pas en hâte de crainte qu'elle ne change d'avis.

La main sur la poignée de la porte, elle se retourna.

— Il n'y aura aucun commentaire de nature personnelle.

Réprimant une forte envie de rire, Aiden dessina une croix rapide sur son cœur, puis leva la main, paume à l'extérieur.

Il regretta sa promesse dès qu'elle eut ouvert la porte. Devant les fenêtres, des panneaux de bois artistement chantournés filtraient la lumière, qui se décomposait en une myriade de délicates volutes. Hormis le lit à colonnes, le mobilier de la chambre n'avait rien d'anglais. La courtepointe était d'un or profond, presque couleur ambre. Aux quatre coins de la pièce s'entassaient des coussins moelleux recouverts de soieries de toutes les couleurs de l'arc-en-ciel. Un épais tapis aux motifs rouges, or et verts dissimulait presque tout le parquet. Différents objets d'or et d'argent étaient posés sur une coiffeuse, pur chef-d'œuvre d'ébénisterie.

Cependant, tout cela pâlit quand il remarqua, sur le lit, les quelques effets sans doute disposés là par Preeya après la lessive. Se détachant de manière saisissante sur la courtepointe sombre, un corset immaculé, orné de dentelle et de rubans, voisinait avec une culotte tout aussi suggestive, et une chemise de nuit safran, coupée dans une étoffe arachnéenne.

À l'évidence, rien de tout ceci n'était de facture anglaise. Ni ne reflétait cette réserve si typiquement britannique. Non seulement Alexandra Radford avait un goût excellent, mais elle comprenait à merveille ce que les hommes considéraient comme irrésistiblement érotique. Qui l'aurait deviné ? Pas lui, en tout cas. Mais cette découverte inattendue figurait parmi les plus plaisantes qu'il ait jamais faites.

Jugeant plus sage de n'en rien laisser paraître, Aiden s'approcha de l'une des fenêtres. Après avoir repoussé le volet, il constata qu'elle donnait sur la rue. Personne ne pouvait s'introduire dans cette pièce à moins qu'Alexandra Radford ne lui ouvre la porte.

Ce qui n'était pas susceptible de se produire, se rappela-t-il. Toutes ces délicieuses parures vouées à être cachées et ignorées ! Condamnées à n'être pas touchées par des mains masculines ! Une tragédie qu'il devait s'employer à empêcher.

— En avez-vous vu assez ? s'enquit-elle en retournant vers la porte.

« Oh, que non ! », répondit-il en lui-même. Réprimant un sourire, il s'obligea à croiser son regard. Son amusement se dissipa aussitôt comme il s'approchait d'elle. Il y avait tant d'émotions différentes dans ses yeux, embarras et courage, peine et désir… Il aurait voulu la prendre dans ses bras, l'attirer à lui et appuyer la joue sur ses boucles sombres. Rien de plus. Mais c'était encore trop tôt.

Il était juste et honnête, cependant, qu'il l'avertisse de ses intentions. Après avoir humecté ses lèvres soudain sèches, il s'éclaircit la voix et répondit :

— Assez, oui. Pour le moment.

7

Alexandra parvint à déglutir. Quant à respirer... L'expression d'Aiden le lui interdisait. Si elle bougeait, si elle tentait de parler, il l'embrasserait. Et elle ne lui résisterait pas, elle le savait au plus profond d'elle-même.

— La chambre de Mohan, dit-il doucement sans la quitter des yeux, avant de s'éclaircir la voix une nouvelle fois. S'il vous plaît.

Il lui offrait un sursis. Il suffisait qu'elle tourne la tête, regarde ailleurs, et le charme serait rompu. Il suffisait qu'elle tende la main vers lui, et il la prendrait dans ses bras.

Dieu merci, en reculant d'un pas, Aiden l'empêcha de se ridiculiser. Elle pivota, en proie à un curieux mélange de soulagement et de déception, et gagna la chambre de Mohan, les jambes flageolantes.

Comme précédemment, l'enfant ne répondit pas. Quand elle entra, il était assis à la même place, les bras croisés, le menton relevé avec défi. Cette fois, cependant, le sol entre son lit et la porte était jonché de débris de nourriture.

Alexandra laissa échapper un cri étouffé. Derrière elle, Aiden réprima un grognement.

— Mohan! s'écria-t-elle, furieuse. Tu vas nettoyer ces saletés immédiatement!

Il releva le menton d'un cran.

— Preeya peut s'en charger.

— Il n'en est pas question. Elle a trop de travail pour te suivre avec un balai et une pelle. C'est toi qui es responsable de ce désastre, et c'est toi seul qui le répareras. Sur-le-champ.

Mohan garda un silence provocateur tout en la foudroyant du regard. Alexandra passa en revue les différentes punitions à sa disposition, avant de choisir l'isolement. Sans repas, cette fois, s'il ne nettoyait pas ce gâchis.

— Très bien. Dans ce cas, je...

— Nous sortons, coupa Aiden Terrell d'un ton froid. Tu as cinq minutes pour te rendre présentable, jeune homme. Ne les gaspille pas.

Alexandra se retourna, stupéfaite qu'il ose s'interposer.

— Monsieur Terrell...

— Cela attendra un instant. La chambre de Preeya, s'il vous plaît.

Il n'était pas question qu'elle proteste contre cette usurpation de pouvoir devant Mohan. Mais il ne perdait rien pour attendre.

Quand elle eut ouvert la porte de Preeya, il jeta un coup d'œil dans la chambre puis hocha la tête.

— Vous voulez voir aussi le grenier? demanda-t-elle.

Elle espérait qu'il acquiescerait. Le grenier lui paraissait l'endroit idéal pour mettre les choses au clair.

— A-t-il des fenêtres?

— Il y a six lucarnes; trois de chaque côté. Et un œil-de-bœuf à chaque extrémité. Je ne me souviens pas de la vue qu'on a de chacun. Il faudra que vous alliez vous en rendre compte par vous-même.

Il la considéra un instant, les sourcils arqués, puis esquissa un sourire.

— Cette description suffira pour le moment. Dans quel état est la remise pour les voitures?

Alexandra cligna des yeux, déconcertée par ce brusque changement de sujet.

— Je vous demande pardon?

— La remise à voitures, répéta-t-il. Le bâtiment en pierre qui se trouve à l'arrière, à côté de la cuisine. Il ouvre par un double vantail.

— Je sais très bien de quel bâtiment il s'agit, répliqua-t-elle. Pourquoi cette question ? Il est vide, et je ne vois aucune raison de s'inquiéter de sa sûreté.

— Nous irons y jeter un coup d'œil avant de partir, déclara-t-il en rebroussant chemin vers la chambre de Mohan.

— Vous n'avez pas répondu à ma question, monsieur Terrell.

Sans lui accorder un regard, il s'appuya des deux mains à l'encadrement de la porte.

— Le temps est écoulé, Mohan. Allons-y. Si tu n'as pas levé tes fesses de ce lit dans deux secondes, continua-t-il après une pause, je t'inflige une correction qui t'empêchera de t'asseoir pendant un mois.

Alexandra s'apprêtait à intervenir quand, laissant retomber les bras, il ajouta :

— Prends ton manteau. Tu en auras besoin.

Mohan avait cédé ! Alexandra relâcha son souffle comme son pupille franchissait le seuil en enfilant son manteau à grands gestes rageurs.

— Où m'emmenez-vous ?

— À l'aventure, répondit Aiden Terrell en désignant l'escalier. Je te retrouve au rez-de-chaussée dans un instant. Descends.

Les poings serrés, Mohan obtempéra en traînant les pieds.

— Votre compte, à la banque... demanda Aiden à Alexandre, il est à votre nom ou à celui de Mohan ?

Alexandra réfléchit à toute allure. Elle ne risquait rien à lui dire la vérité ; sa signature était requise pour chaque transaction.

— Nous en avons chacun un. Je mets sur le mien ce que rapporte le commerce de l'argenterie, et sur celui de Mohan, les bénéfices de *L'Éléphant bleu*. Je suis sa tutrice légale.

— Parfait, dit-il en se dirigeant vers l'escalier. Rejoignez-nous dans la remise à voitures quand vous aurez fini de boutonner votre manteau, de chercher votre sac, d'enfiler vos gants et de coiffer votre chapeau. Essayez de ne pas mettre trop longtemps, nous avons beaucoup à faire cet après-midi.

Il avait déjà descendu la moitié des marches lorsqu'il lança :

— Et n'oubliez pas d'emporter la lettre de crédit de Mohan.

Alexandra demeura clouée sur place. Il était un peu plus de 14 heures... Quatre heures auparavant, elle possédait encore une autorité sans appel sur cette maison et les gens qui y vivaient. À présent...

Comment un homme pouvait-il s'imposer si complètement en si peu de temps ? Aiden Terrell élevait la voix, et Mohan obéissait. Il lui présentait une requête, et elle y accédait, même si c'était à contrecœur. Lorsqu'elle parvenait à élever une protestation, il l'ignorait. Et, comme si tout cela ne suffisait pas, il avait l'air de désirer l'embrasser sans qu'elle se sente le moins du monde insultée, et encore moins réticente.

Il avait suffi qu'il passe la porte pour qu'elle soit aussitôt privée de raison. Que lui arrivait-il ? À la cour princière, elle avait la réputation de ne pas se soumettre à la domination des hommes. Certains officiers de l'armée de Sa Majesté la redoutaient, et même le rajah évitait de la contrarier ! Mais pas Aiden Terrell. Lui se contentait de tracer son sillon sans accorder la moindre attention à sa résistance.

Qu'avait-il dit ? Qu'il était né pour commander ? Il n'avait pas menti, et sans doute disait-il aussi la vérité en prétendant qu'elle avait trouvé à qui parler. C'était vraiment le plus exaspérant des hommes. Pour ne rien arranger, il était aussi diablement séduisant, et absolument charmant quand il s'en donnait la peine. Ces cheveux ébouriffés, cette fossette, ces incroyables yeux verts...

Alexandra s'obligea à chasser ces images de son esprit. S'il lui restait une once de fierté, elle retournerait s'asseoir dans le salon et prendrait un livre. Elle refuserait d'aller chercher son manteau et de courir docilement jusqu'à la remise à voitures. Cela dit, si elle agissait ainsi, il ne se donnerait pas la peine de venir la chercher. Non, il se contenterait de hausser les épaules, puis emmènerait Mohan Dieu sait où pour faire Dieu sait quoi.

Il s'était habilement débrouillé pour ne pas lui laisser le choix. Agacée, Alexandra tapa du pied et, les dents serrées, alla chercher ses affaires.

Aiden tira les verrous, poussa les battants de la porte, et regarda Mohan jeter un coup d'œil dans la remise obscure.

— C'est sale! décréta ce dernier d'une voix qui trahissait sa fascination.

Aiden sourit et passa devant lui.

— Ce bâtiment est en très bon état. Un coup de balai et une bonne aération feront des miracles. Si tu veux ouvrir les fenêtres de ce côté-ci, continua-t-il avec un geste de la main gauche, je m'occupe de celles de ce côté-là.

— À quoi sert ce bâtiment?

— À abriter les équipages et à accueillir des chevaux, répondit Aiden, dont le sourire s'élargit quand il entendit Mohan ouvrir la première fenêtre.

— Nous n'avons pas d'équipage. Et, comme vous le voyez, nous n'avons pas non plus de chevaux. Pourquoi ouvrir les fenêtres d'un bâtiment vide?

— Si tu étais un cheval, tu aimerais que ta nouvelle écurie sente le moisi et le renfermé?

— Nous allons avoir des chevaux? demanda Mohan avec un désintérêt étudié.

— Cinq, répondit Aiden en se dirigeant vers les stalles. Trois pour la monte, et deux d'attelage.

— Nous allons aussi avoir une voiture?

— Quel intérêt d'avoir des chevaux d'attelage et pas de voiture?

— Est-ce que ce sera une voiture ouverte pour qu'on puisse nous admirer quand nous irons en ville?

Aiden ne put retenir un petit rire, se souvenant de celui qu'il était au même âge.

— Si c'est ce que tu souhaites. Mais garde à l'esprit que les mois qui viennent vont être très froids.

— Est-ce que j'aurai le droit de choisir la voiture ?

— Avec quelques conseils.

— Mlle Alexandra ne connaît rien aux voitures, fit remarquer Mohan, non sans une certaine circonspection.

— Alors, dit Aiden en ouvrant la dernière fenêtre de son côté, c'est une chance que je m'y connaisse, non ?

— Mlle Alexandra est au courant de ce que nous allons faire ?

Le tour était joué. Ils étaient à présent complices, unis contre l'esprit rationnel et les craintes féminines d'Alexandra Radford, duchesse et mère poule. Aiden s'assurerait que cela n'aille pas trop loin, bien sûr, car c'était lui l'adulte. Mais il était temps que ce garçon quitte les jupes de sa tutrice et que, de gré ou de force, celle-ci accepte de lui octroyer un peu de liberté.

Il sortit de la stalle et s'adossa à la barrière.

— En gros, oui, répondit-il.

— Elle est d'accord ? demanda Mohan en escaladant la barrière pour s'asseoir dessus.

— Elle finira par se rendre à mon point de vue, assura Aiden avec un sourire.

Le garçon eut l'air de trouver son optimisme un peu excessif.

— Mlle Alexandra peut se montrer assez têtue, vous savez.

— Je l'ai remarqué, en effet.

— Mon père dit que tant qu'elle n'aura pas appris à être moins têtue, elle ne fera pas une bonne épouse.

— Alors, c'est une bonne chose qu'elle ne soit pas mariée, commenta Aiden, diplomate.

— Mon père dit qu'elle ferait une maîtresse on ne peut plus acceptable, cependant.

Aiden se mit à rire.

— Je l'imagine mal être très intéressée par ce genre d'arrangement, non ?

— Mon père est rajah, répliqua l'enfant avec sérieux, et on doit lui obéir. Même Mlle Alexandra. Et même si elle n'est pas d'accord avec lui.

Mohan pensait donc que le rajah pouvait ordonner à Alexandra Radford d'être sa maîtresse ? De toute évidence, il ignorait la manière dont se nouait ce genre de relations. Une bribe de conversation lui revint alors en mémoire.

— Dis-moi, lui a-t-il déjà ordonné de s'incliner devant lui ?

— À Mme Radford, oui, répondit Mohan avec un grand sourire. C'était la mère de Mlle Alexandra. Mais elle lui a expliqué les coutumes anglaises et mon père, qui est un homme sage et honorable, a trouvé une solution, qui est valable pour Mlle Alexandra aussi. Elle baisse le menton pour reconnaître la présence et l'autorité de mon père.

— C'est très accommodant de la part de Mlle Radford, observa Aiden, ironique.

Il devait reconnaître que le rajah s'était sorti avec honneur de cette situation épineuse.

— À la cour, il y en a qui pensent que Mlle Alexandra manque de respect, et ils n'acceptent pas sa présence.

L'amusement d'Aiden s'évanouit – Mohan s'était exprimé d'un ton allègre, mais une lueur d'inquiétude voilait son regard sombre.

— Dans ce cas, je parie qu'ils ont été contents qu'elle parte pour l'Angleterre, avança-t-il avec prudence.

— Ils s'opposeront à son retour. De toutes leurs forces.

— Si tu essaies de me dire quelque chose, Mohan, parle sans détour.

Le garçon mit un moment à choisir ses mots.

— Mlle Alexandra a peur que les ennemis de mon père ne viennent ici pour me faire du mal. Moi, je pense que les amis de mon père viendront à Londres eux aussi, et qu'ils tueront Mlle Alexandra.

— Est-ce qu'elle connaît ces gens ? interrogea Aiden, qui sentit son estomac se nouer. Les soupçonne-t-elle de lui être à ce point hostiles ?

— Si vous avez remarqué qu'elle est têtue, répondit le garçon en sautant de la barrière, vous avez sûrement vu aussi qu'elle est très intelligente et observatrice.

Aiden l'avait noté, en effet. Et il constata avec surprise que Mohan l'était aussi, qui faisait preuve d'une maturité supérieure à celle d'un enfant de son âge.

— Penses-tu que certains sont déjà ici ?

— Les ennemis de mon père, oui, peut-être. Mais pas ses amis.

— Ils viendront sans doute quand tu repartiras en Inde, réfléchit Aiden à voix haute. Jusque-là, ils ont intérêt à la laisser avec toi.

— Vous êtes un homme très intelligent, monsieur Terrell, déclara Mohan, dont le regard se mit à pétiller. Je crois que je pourrais me laisser persuader que Mlle Alexandra a fait preuve de sagesse en vous engageant.

— « Persuader » ?

— J'aimerais un étalon blanc pour me promener dans Londres.

Aiden se mit à rire.

— Ce que tu aimerais et ce que tu obtiendras sont deux choses fort différentes.

Mohan l'étudia un instant avant de hausser les épaules.

— Ça ne coûtait rien d'essayer.

— Tu as raison. Qui ne tente rien n'a rien. Voyons si nous pouvons trouver des balais pour nettoyer un peu cet endroit avant que Mlle Radford ne nous rejoigne.

Aiden s'attendait plus ou moins que Mohan prétende que nettoyer l'écurie était le travail de Preeya. Mais quand le garçon se dirigea vers la sellerie sans mot dire, il considéra cela comme un signe favorable. Il le laissa explorer les lieux à sa guise, sachant qu'il apprécierait sa liberté et en ferait bon usage.

Toujours adossé à la barrière, il s'abîma dans la contemplation de ses bottes poussiéreuses. Combien de temps s'écoulerait avant que le rajah rappelle son fils et la tutrice de celui-ci en Inde ? Une semaine ? Un mois ? Un an ? Les assassins arriveraient-ils après la missive ou Alexandra serait-elle morte avant même de l'avoir reçue ?

Il lui appartiendrait de veiller sur elle la semaine suivante. Peut-être même serait-il encore là dans un mois. Mais si on les rappelait tous les deux une fois que le remplaçant de Lal serait arrivé... Il lui faudrait s'assurer, avant de partir, que ce dernier comprenne bien qu'Alexandra avait autant besoin de protection que Mohan. Il pourrait alors s'en aller la conscience tranquille. Mais pourquoi diable ne lui avait-elle rien dit ?

Rarement une sortie avait laissé Alexandra aussi perplexe. Assis en face d'elle, Aiden Terrell regardait par la fenêtre ou la dévisageait comme si elle appartenait à une espèce animale bizarre. À plusieurs reprises, elle fut tentée de lui demander poliment ce qui le préoccupait, mais Mohan ne lui en laissa pas l'occasion. Depuis que la voiture de louage s'était ébranlée, il n'avait cessé de parler.

Dieu seul savait ce qui s'était passé dans l'écurie avant son arrivée. Mais, à coup sûr, c'était important. Mohan était plus excité et plus heureux qu'elle ne l'avait jamais vu, ce qui lui apparaissait comme plutôt encourageant. D'un autre côté, elle s'étonnait du calme pensif qu'observait Aiden. Elle reconnaissait néanmoins à son silence cette intensité délibérée si typique. Pour autant qu'elle pouvait en juger, Aiden Terrell ne faisait pas les choses à moitié.

Dès que la voiture s'arrêta, Mohan se jeta sur la portière, l'ouvrit et sauta dehors avant qu'elle puisse le rattraper.

— Mohan ! cria-t-elle. Va doucement et sois prudent !

Aiden descendit à son tour et lui tendit la main. Alexandra accepta son aide, l'estomac contracté par la crainte. Ils se trouvaient dans un champ enneigé dans lequel s'alignaient des rangées de voitures de toutes sortes. Et Mohan s'était précipité vers elle sans hésiter.

— Laissez-le courir et grimper, conseilla Aiden en lui lâchant la main pour lui offrir son bras. Il ne va rien abîmer.

— À part lui-même, protesta-t-elle comme le garçon disparaissait entre les grosses caisses noires.

— Non seulement les enfants sont souples, mais ils cicatrisent vite. En outre, la seule manière pour lui de connaître ses limites, c'est de les repousser.

— Et s'il se blesse ? insista Alexandra, en essayant d'apercevoir son pupille.

— Il aura quelque chose d'intéressant à raconter aux autres garçons. Ne sous-estimez jamais la valeur sociale d'une belle cicatrice. Plus elle est spectaculaire, mieux ça vaut.

— Les hommes sont d'étranges créatures, monsieur Terrell.

Il rit doucement, et sentit que la main sur son bras se détendait un peu.

— Avez-vous une préférence en matière de voiture ? Mohan en veut une ouverte pour qu'on l'admire quand il paradera en ville.

« Paradera » ? Que le ciel vienne en aide à Londres si on confiait un jour les rênes à Mohan !

— Je pense qu'une voiture fermée serait beaucoup plus pratique.

— Comment ? Vous ne voulez pas qu'on vous admire lors de vos promenades dans Londres ? la taquina-t-il.

— Premièrement, on ne remarque ni n'admire que les femmes les plus extravagantes, répliqua-t-elle, heureuse de constater que son humeur pensive s'était dissipée. Je ne suis qu'une commerçante peu digne d'attirer l'attention de quiconque. Deuxièmement, moins Mohan se montrera, mieux cela vaudra.

— Nous pourrions lui mettre un sac sur la tête pour résoudre le problème.

— Ne soyez pas ridicule !

— Cela dit, il faudrait lui attacher une corde autour de la taille, continua-t-il sans se laisser démonter. Sinon, il risquerait de foncer dans quelque chose et de l'endommager. Et puis, avec un sac sur la tête, il ne pourrait pas monter à cheval ou conduire une voiture. Non pas que cela *vous* rende malheureuse.

— Monsieur Terrell, je sais que vous me trouvez...

— Que faudrait-il pour que vous parveniez à m'appeler Aiden ?

— Beaucoup plus de familiarité que ne l'exige la prudence.

Il s'arrêta net et lui fit face, un sourcil levé, la joue creusée d'une fossette par son sourire.

— La prudence est très surestimée, *Alexandra*.

— Je ne vous ai pas donné la permission de...

— Je sais. Mais je ne l'ai pas non plus demandée, n'est-ce pas ?

Quel homme présomptueux !

— Vous faut-il toujours...

— Oui. J'ai découvert que c'était la façon la plus rapide et la plus facile de vaincre les résistances. Lesquelles sont entièrement futiles, vous savez, ajouta-t-il, l'œil pétillant. Autant vous abstenir de cet effort et profiter du fait que quelqu'un d'autre, pour une fois, prend la direction des opérations. Si cela peut vous aider, imaginez que vous êtes en train de danser.

— Je ne danse jamais, déclara-t-elle avec fermeté.

— Pourquoi ?

— Parce que je n'aime pas être menée. J'ai tendance à écraser les orteils.

— Vous avez simplement besoin d'un peu d'entraînement et d'un bon partenaire, assura-t-il avec un sourire de plus en plus large. Ce n'est qu'une question de confiance et de conviction.

— Je me suis toujours demandé pourquoi c'est l'homme qui dirige la manœuvre, tandis que la femme est censée suivre avec une confiance aveugle.

— Pour la bonne raison qu'en général, nous pouvons voir par-dessus vos têtes. C'est un avantage certain quand on essaye de guider quelqu'un à travers une foule de gens. Puisque vous ne dansez pas, poursuivit-il sans prêter attention à son grognement de protestation, je suppose que Mohan n'a pas appris à danser. Nous aurons donc à ajouter des leçons de danse à ses activités. Il risque de n'être pas plus enthousiaste que vous à cette perspective. Les garçons détestent danser. Ce n'est que lorsqu'ils sont un peu plus âgés qu'ils sont capables d'apprécier l'aspect tactique de la chose.

— Tactique ? répéta-t-elle, perplexe.

— Je vous montrerai plus tard.

— Je ne pense pas, répliqua Alexandra.

Elle ne se souvenait que trop de l'attirance qu'elle avait ressentie dans sa chambre. Accepter de se retrouver dans ses bras serait de la pure folie.

Il se mit à rire, l'œil pétillant.

— Êtes-vous toujours aussi têtue ?

— Monsieur Terrell ! Mademoiselle Alexandra !

Tous deux tournèrent la tête en direction de Mohan, figé à quelque distance.

— Ici ! cria-t-il en pointant le doigt sur sa gauche. La voiture parfaite ! Venez voir !

— Ne croyez pas être quitte, la prévint Aiden Terrell. Nous terminerons cette conversation plus tard.

Alexandra se jura qu'il n'en serait rien. Pas question de lui donner l'occasion de la pousser dans une direction où elle ne souhaitait pas aller. Si elle avait appris une chose au sujet d'Aiden Terrell, c'était que lui offrir à la plus minuscule des ouvertures équivalait à la reddition.

Il pouvait sourire autant qu'il voulait, ses yeux pouvaient pétiller, elle ne se laisserait plus troubler. Il était son employé, et temporaire par-dessus le marché. Peu importait son charme ou son insistance plaisante.

Et surtout, peu importait que le simple fait de le regarder lui échauffait le sang et éveillait son désir. Elle était forte. Elle était indépendante d'esprit, de corps et d'âme. Aucun homme ne la posséderait jamais, et surtout pas John Aiden Terrell. Elle n'avait pas l'intention d'être une autre de ses Rose Walker-Hines. Ce serait vraiment trop embarrassant d'être séduite, puis rejetée avec la même désinvolture.

Pensant raffermir sa résolution, Alexandra coula un regard dans sa direction. Il le surprit et le soutint, avec un sourire entendu, le sourcil haussé. Son esprit lui souffla qu'elle aurait dû être scandalisée par ses manières. Son cœur lui chuchota que c'était l'homme le plus fascinant qu'elle ait jamais rencontré.

Il lui fallut user de toute sa volonté pour détourner les yeux. Mais elle fut en revanche incapable d'imposer silence au battement assourdissant et traître de son cœur, ou d'étouffer la certitude qui montait en elle.

— Elle n'est pas belle, mademoiselle Alexandra ?

Alexandra battit des paupières, et retomba brutalement sur terre. Mohan était assis sur le siège de ce qui devait être l'équipage le plus imposant et le plus outrageusement voyant jamais construit.

— Eh bien, elle est certainement...

Elle hésita, cherchant désespérément un commentaire le plus neutre possible.

— ... rouge, acheva-t-elle lamentablement.

— Et avec ce qu'il faut de doré, murmura Aiden. Je croyais que tu voulais une voiture ouverte ? lança-t-il à Mohan.

— Les gens me verront sûrement dans celle-ci, non ? répliqua le garçon en souriant jusqu'aux oreilles.

— Je ne vois pas comment ils pourraient te manquer, répondit Alexandra, horrifiée.

Se détournant, elle fixa le regard sur la voiture voisine – un coupé de ville noir tout à fait conventionnel – et chuchota à Aiden :

— Pour l'amour du ciel, ne le laissez pas choisir cette chose !

— Jusqu'où êtes-vous prête à aller pour ne pas être vue dedans ? demanda-t-il, réprimant manifestement une forte envie de rire.

— C'est du chantage, l'accusa-t-elle à voix basse.

Il lui adressa un sourire éclatant.

— Et c'est vraiment laid. Jusqu'où ?

Certaine que c'était un homme bien, et que sa dignité serait intacte quand il s'en irait, elle répondit :

— Dites un prix. En restant dans les limites du raisonnable, s'il vous plaît.

— Vous allez m'appeler Aiden.

Une requête d'aspect tout à fait bénin... Mais aussi, la première brique arrachée au mur qu'il avait l'intention d'abattre.

— Seulement en privé. Il y a des convenances à respecter à cause de Mohan.

— Bien sûr. Et puis, ajouta-t-il avec un sourire de plus en plus malicieux, vous me laisserez vous apprendre à danser.

Une bouffée de panique la submergea.

— Je ne veux pas apprendre à danser.

Il jeta un coup d'œil en direction de la voiture où se trouvait Mohan.

— Vous préférez être vue là-dedans ?

— Vous êtes impitoyable.

— En effet. Est-ce un « oui » ?

Le sort en était jeté. Il fallait en passer par là. Les intentions, la logique et la rationalité étaient inutiles. On ne pouvait pas plus échapper à sa destinée que la nier.

— Que Dieu me vienne en aide, chuchota Alexandra, les yeux fermés, en se confiant à la main puissante du destin.

C'était ce qui ressemblait le plus à un « oui », et elle ne lui offrirait pas davantage. Aiden résista à l'envie de lui planter un baiser reconnaissant sur la joue. À la place, il lui couvrit la main de la sienne.

— Vous ne le regretterez pas, souffla-t-il, sincère. Je vous le promets, Alexandra.

Elle eut un sourire tremblant, mais évita soigneusement de le regarder. Ses doutes manifestes renforçaient la résolution d'Aiden. Il ferait en sorte qu'elle ne regrette pas d'abandonner sa réserve à son profit. Au bout du compte, Alexandra Radford en viendrait à penser qu'il était la meilleure chose qui lui soit jamais arrivée.

— Pourquoi ne pas vous asseoir ? proposa-t-il en la conduisant vers un équipage voisin.

Quand elle eut pris place sur le marchepied, il lui adressa un clin d'œil et ajouta :

— Regardez le maître à l'œuvre. Mohan ! appela-t-il en se retournant. Descends de là une minute.

— Elle n'est pas parfaite, monsieur Terrell ?

Alexandra s'adossa à la portière de la voiture et attendit. Le maître ? Le maître de quoi ? s'interrogea-t-elle.

— Vois-tu, Mohan, commença Aiden, l'aspect extérieur n'est qu'une partie de la perfection. Si elle ne roule pas comme il faut, peu importe qu'elle soit belle ou pas. D'où l'utilité d'en inspecter la structure avant de prendre une décision. Je te suggère donc de l'examiner avec attention.

Ils firent le tour de la voiture à pas lents, sans dire un mot, comme si leur intention était de mémoriser ses horribles ornements.

— Oh, voilà qui est troublant, murmura Aiden alors qu'ils revenaient à leur point de départ. Regarde, Mohan, continua-t-il en promenant l'index sur le haut de la roue, tu vois ce creux, là ?

L'enfant s'approcha et imita son geste.

— Il a dû y avoir un objet sur la route.

— C'est possible, acquiesça Aiden. Où ça pourrait être quelque chose de beaucoup plus sérieux.

Il pointa le doigt sur les rayons de la même roue.

— Tu as remarqué que la couleur de la peinture était légèrement différente sur certains ?

— Oui. Est-ce que c'est très important ?

— Ça peut l'être.

Aiden s'accroupit pour avoir les yeux à la hauteur de la roue, puis secoua la tête.

— Ce n'est pas bon signe. Pas bon signe du tout. Passe les doigts le long de ce rayon, Mohan. Et de celui-ci aussi.

Mohan s'exécuta, fronça les sourcils, puis en examina plusieurs autres avant d'annoncer :

— Ces trois-là ont des bosses. Les autres non. Pourquoi ?

— Je ne peux en être certain, bien sûr, mais je soupçonne qu'ils ont été brisés et pas réparés convenablement.

— L'objet sur la route devait être vraiment gros.

Aiden acquiesça.

— Glissons-nous en dessous pour jeter un coup d'œil aux essieux.

Un maître manipulateur. Voilà ce qu'était Aiden Terrell. En douceur, sans coup férir, il choisissait son chemin et entraînait les autres vers la destination qu'il souhaitait atteindre. Mohan ne se doutait pas que la voiture était en train de lui être retirée centimètre par centimètre, de façon délibérée. Alexandra sourit, sachant que lorsque Aiden aurait achevé son inspection, Mohan aurait abandonné l'idée de l'acheter et serait persuadé que la décision venait de lui.

Oui, sans coup férir... Il y avait de grandes chances pour qu'Aiden ait remarqué le creux dans la roue au premier coup d'œil. Ce qui signifiait, bien sûr, qu'il avait débattu avec elle en sachant pertinemment que la voiture était inacceptable, qu'elle capitule ou non. Elle aussi avait été manipulée.

Elle aurait dû être furieuse, et avec raison. Pourtant, elle ne l'était pas. En fait, elle admirait son habileté à atteindre ses objectifs sans se montrer le moins du monde répressif. Alors que tant d'hommes étaient brutaux, Aiden usait de son charme. Là où tant d'autres se seraient montrés suffisants ou autoritaires, Aiden souriait et enjôlait. Pas de doute, c'était un maître. Elle aurait intérêt à s'en souvenir à l'avenir.

— Cette courbure n'est pas bon signe, n'est-ce pas ? demanda Mohan.

— Je le crains, en effet. Il y a de fortes présomptions pour que cette voiture ait été accidentée. Et puis, regarde ici... Tu vois cette fente ? Ce n'est pas bon non plus.

Alexandra les regarda s'extraire de sous le véhicule, puis examiner celui-ci en silence, côte à côte, les bras croisés.

— Elle peut être réparée ? risqua finalement Mohan. Mieux qu'elle ne l'a déjà été ?

— Cela coûterait très cher, répondit Aiden d'un ton plein de regret. Et, franchement, elle n'a même pas été vraiment réparée. Ils n'ont rien fait de plus que de tenter de masquer le problème, dans l'espoir que l'acheteur ne remarquerait pas les dégâts avant de conclure le marché.

— Ils pensaient me tromper ? demanda Mohan en ouvrant de grands yeux.

— Pas toi personnellement. Mais n'importe quelle personne qui ne verrait pas au-delà de la peinture rouge et des dorures.

— Je ne me laisserai pas duper.

Alexandra sourit, enchantée. Aiden eut la victoire plus modeste. Il hocha la tête avec solennité.

— Très bonne résolution. Nous pourrions peut-être aller voir un peu plus loin ?

— Je vais aller par là, annonça Mohan en avançant dans la rangée, et je viendrai vous dire ce que j'ai trouvé.

Aiden se tourna vers Alexandra, arborant un large sourire, et s'inclina avec cérémonie.

— Bien joué, monsieur Terrell, admit-elle en applaudissant, sincèrement admirative. Très bien, même.

— Aiden. Vous vous souvenez ?

— Aiden, corrigea-t-elle en se levant. Non seulement vous m'avez évité l'embarras d'être vue dans cette monstruosité ambulante, mais vous avez donné des conseils très utiles à Mohan, au passage. Si votre carrière de détective ne marche pas, vous pourrez toujours vous reconvertir dans l'enseignement. Vous y réussiriez très bien.

— Eh bien, la vérité, c'est que je ne suis pas détective. Et je ne suis un garde du corps temporaire que parce que je dois un service à Barrett. Un grand service, en vérité. Une fois ma dette payée...

Il haussa les épaules avec un soupir.

— Il faudra probablement que je reprenne la mer.

— Cette perspective ne semble pas vous réjouir énormément.

— C'est une longue histoire, répliqua-t-il d'une voix soudain crispée.

Son sourire était toujours en place, mais il n'était plus aussi étincelant. Jetant un coup d'œil par-dessus son épaule, il enchaîna :

— Je crois qu'il a trouvé quelque chose qui mériterait d'être vu de plus près. Nous y allons ?

Alexandra le suivit. Elle était consciente qu'il avait ouvert une porte personnelle par mégarde. Puis, s'en apercevant, il avait proprement éludé sa question et refermé ladite porte. Finalement, elle trouvait plutôt réconfortant de découvrir un défaut dans sa cuirasse. Cela le rendait plus humain, et aussi plus attachant.

— J'espère que cette voiture sera un peu plus appropriée que la précédente, hasarda-t-elle. Quant aux histoires… j'ai toujours trouvé que plus elles étaient longues, plus elles étaient intéressantes.

— Pas dans ce cas.

C'était ferme et définitif. Il ne la lui raconterait pas. Elle lui coula un regard de biais et remarqua le petit muscle qui battait sur sa tempe.

— Mademoiselle Alexandra ! cria Mohan. Venez voir !

Elle le trouva perché sur le siège du cocher d'une voiture démodée, le doigt pointé vers un bouquet d'arbres et une maisonnette blottie dans leur ombre.

— Au bout du champ ! continua-t-il, visiblement excité. Dans les buissons ! Les paons pour Preeya !

Des paons ? Lâchant le bras d'Aiden, elle s'approcha de la voiture et se dressa sur la pointe des pieds. À force de scruter l'endroit indiqué par Mohan, elle surprit un mouvement rapide, puis un éclat de couleur familier.

— Si je m'attendais à ça… murmura-t-elle, le cœur battant. Avoir un paon est le vœu le plus cher de Preeya, expliqua-t-elle à Aiden en lui agrippant le bras. J'ignore si c'est pour en faire une sentinelle ou le plat principal du dîner, mais cela fait une éternité qu'elle m'en réclame. Il me faut ce couple de paons. Peu importe ce que cela coûtera. Il me les faut. Aujourd'hui. Tout de suite.

Tonnerre, elle était magnifique ! L'excitation, le ravissement et l'espoir illuminaient son regard devenu d'un bleu intense.

— Des paons, dit-il en s'humectant les lèvres.

Capturer les oiseaux, les transporter dans le fiacre, puis dans la maison allait prendre un certain temps. Le temps qu'il avait prévu de consacrer à la recherche et à l'achat de chevaux. Mais si Alexandra voulait des paons et qu'il devait les attraper pour la rendre heureuse, il se débrouillerait. Il viendrait chercher les chevaux le lendemain. C'était peu de chose comparé à l'accomplissement de cette tâche importante. Non seulement Alexandra en était venue à lui faire confiance, mais elle s'en remettait à sa nature complaisante pour satisfaire son souhait.

C'était bon de savoir que la vie pouvait encore offrir les plaisirs d'un jeu bien conduit. C'était encore meilleur de prendre conscience que, après un aller-retour en enfer, il n'avait pas perdu la main.

— Très bien, répondit-il. Si Preeya veut des paons, nous lui rapporterons des paons.

8

« Ah... » songea Alexandra dans un demi-sommeil en se retournant pour enfouir le visage dans son oreiller. Le cri familier des paons à l'aube ! Elle avait l'impression d'être revenue en Inde. Sauf qu'en Inde, l'une des domestiques lui aurait apporté le petit-déjeuner au lit. Ici, elle allait devoir se lever, s'habiller et se rendre dans la salle à manger si elle voulait manger. Preeya avait beau être ravie d'avoir des paons, elle ne laisserait pas ce rappel criard de son pays balayer son bon sens.

Basculant à plat dos, Alexandra soupira, s'étira, puis s'assit en se frottant les yeux. Elle s'étira de nouveau en tentant de s'extraire des brumes d'un sommeil plus profond que d'ordinaire. Elle sourit et laissa retomber ses bras. Après une journée avec Aiden Terrell, n'importe qui aurait dormi comme une souche.

Cet homme ne restait jamais inactif. La veille au soir, Mohan et lui étaient engagés dans une partie de petits chevaux acharnée lorsqu'elle avait reposé sa broderie, et admis qu'elle ne pouvait garder les yeux ouverts une minute de plus. Quelle journée ! Elle avait l'espoir que celle d'aujourd'hui soit un peu moins agitée.

Non, corrigea-t-elle en repoussant drap et couvertures pour s'asseoir au bord du lit, *beaucoup* moins agitée.

Elle se figea comme on frappait à la porte. Preeya se montrerait-elle encore plus reconnaissante que prévu ?

— Oui ?

La porte s'ouvrit et, sans un mot d'excuse, Mohan pénétra dans la chambre en la saluant d'un désinvolte :

— Bonjour, mademoiselle Alexandra.

Juste derrière lui entra Aiden Terrell.

— Bonjour, mademoiselle Radford.

Vêtu d'un costume impeccablement repassé, Mohan avait une écritoire à la main et une plume coincée derrière l'oreille. Aiden, les manches de chemise roulées au-dessus du coude, tenait une règle pliante en bois. Il lui sourit en lui adressant un clin d'œil.

— Mais enfin... balbutia-t-elle en agrippant la courtepointe pour s'en faire un bouclier. Qu'est-ce que vous...

— Oh, il n'y a pas de problème, assura Aiden, tout sourire, du moment que vous laissez cette courtepointe en place.

Alexandra se faufila en hâte dans le lit tandis qu'il rejoignait Mohan près d'une des fenêtres. Une fois à l'abri sous les couvertures, elle demanda :

— Que faites-vous, tous les deux ?

— Cela ne se voit pas ? répondit Mohan, qui marqua quelque chose sur son papier pendant qu'Aiden dépliait sa règle. Nous mesurons les fenêtres.

— Pourquoi ?

— M. Terrell et moi irons chez le forgeron ce matin afin de commander des grilles de fer pour chaque fenêtre.

Tout en notant les chiffres qu'Aiden lui communiquait, son pupille ajouta :

— M. Terrell a dessiné un modèle qui devrait beaucoup vous plaire. Quand nous en aurons terminé, nous nous mettrons en quête de chevaux. Deux pour la voiture que j'ai choisie, et trois pour monter. Après quoi, nous construirons un enclos plus solide pour les paons. Ils ont démoli celui que M. Terrell leur avait fabriqué hier soir.

— Je te rappelle qu'il faisait nuit et froid, et que je subissais leurs assauts, répliqua Aiden avec bonne humeur, en repliant sa règle.

— Comment va votre jambe, ce matin ? s'enquit Alexandra, qui luttait pour ne pas rire.

— Elle est douloureuse. Ce maudit volatile m'a enlevé deux morceaux de belle taille.

De belle taille ? Il lui avait à peine donné un coup de bec !

— Vous aurez peut-être des cicatrices à montrer aux autres garçons…

À la lueur diabolique qui s'alluma dans son regard, elle comprit qu'il retenait une repartie. Il détourna les yeux, s'efforçant manifestement de contenir son envie de rire.

— Vu tout ce que nous avons à faire, je pense que nous serons absents toute la journée, annonça-t-il. Je préviendrai Preeya afin qu'elle ne prépare pas un déjeuner pour une armée entière.

— Je ne suis pas invitée à vous accompagner ? demanda-t-elle en priant pour en être dispensée.

Aiden eut l'air un peu interloqué, puis vaguement embarrassé.

— Mohan m'a dit que vous ne voudriez pas venir parce que vos caisses étaient arrivées.

— Il a tout à fait raison, lui assura-t-elle, soulagée. Mais… quelle heure est-il donc ?

— Un peu plus de 9 heures, répondit Mohan en gagnant la porte. Nous sommes debout depuis des heures.

— Je n'ai jamais dormi aussi tard de ma vie, murmura Alexandra.

— Ce n'est pas vraiment un péché, vous savez, dit Aiden en imitant Mohan. Cette chemise de nuit, en revanche… ajouta-t-il avec un nouveau clin d'œil avant de disparaître.

Mortifiée, Alexandra enfouit le visage entre ses mains pour étouffer un gémissement. Après avoir jeté un regard nerveux vers la porte, elle prit une profonde inspiration et se leva. Elle s'approcha de la coiffeuse.

— Mon Dieu… souffla-t-elle en s'immobilisant devant le miroir.

La mousseline de soie ne dissimulait rien. Et sa teinte vermillon ne faisait que souligner les rondeurs de ses seins, en accentuant les pointes sombres. Son seul espoir, très ténu, était qu'elles ne se dressaient pas, alors, aussi insolemment.

De la flanelle ! Elle devait faire l'acquisition d'une chemise de nuit de flanelle épaisse, grise, boutonnée jusqu'au menton. Et elle prierait pour qu'il l'aperçoive au moins une fois, et comprenne qu'elle n'était pas complètement dévergondée.

Aiden souffla un rond de fumée dans la lumière déclinante du soir, tout en se félicitant de sa réussite sur presque tous les fronts. Presque…

Ses yeux se posèrent sur l'enclos qu'il avait fabriqué avec des perches et un immense filet de pêcheur. À l'intérieur se trouvaient les paons, magnifiques, apparemment contents et, hélas, très vivants. Celui qui leur avait rogné les ailes méritait la mort. Et le bruit infernal que ces volatiles faisaient dès les premières lueurs du jour ! Aiden était tombé de son lit et s'était précipité, hagard, sur son revolver, persuadé qu'on égorgeait Mohan dans la cour.

Comment Alexandra avait-elle réussi à dormir malgré ce raffut ? Cela restait un mystère. Ainsi que le fait que les voisins ne s'étaient pas précipités dans la cour pour tordre le cou à ces abominables bêtes. Lui-même avait été tenté…

Aiden soupira, secoua la tête et chassa délibérément le sujet de son esprit. Après tout, les aspects positifs de la journée pesaient plus lourd dans la balance qu'une paire de paons. Non seulement Mohan n'était plus un gamin boudeur et récalcitrant, mais il se montrait même un compagnon plaisant. Il avait l'esprit vif, et une capacité impressionnante à se concentrer sur les détails essentiels des tâches qu'on lui confiait. Aiden connaissait des adultes qui n'en étaient pas capables.

L'acquisition des chevaux s'était très bien passée. Les deux chevaux noirs destinés à l'attelage travaillaient ensemble depuis des années, et avaient conduit la voiture jusqu'à la maison comme s'ils connaissaient déjà le chemin. Quant aux trois chevaux de monte…

Aiden souffla un nouveau nuage de fumée. En plus de ses autres qualités, Mohan était doté d'un solide bon sens. Il avait renoncé sans regret à l'étalon blanc qu'il convoitait lorsqu'il avait constaté, la selle à la main, que l'animal ne cessait de piaffer. Son choix s'était alors porté sur un hongre irlandais auquel Aiden n'avait rien trouvé à redire. Pour lui-même, il avait jeté son dévolu sur un grand cheval bai plein d'énergie. Celui d'Alexandra était doux, et disposé à faire n'importe quoi pour un quartier de pomme. Si seulement la jeune femme pouvait suivre quelquefois son exemple, songea Aiden en secouant les cendres de son cigare sur la neige.

Et puis, il y avait eu la visite chez le forgeron. L'homme avait été tellement enchanté par l'importance de la commande qu'il avait promis de mettre de côté tous ses ouvrages en cours. Les grilles devraient donc leur être livrées d'ici quelques jours, au lieu de plusieurs semaines. Cela dit, Aiden ne croyait pas vraiment à la nécessité de protéger les fenêtres. Si quelqu'un suivait Mohan, comme Alexandra le prétendait, il ne s'en était pas aperçu. Peut-être avait-elle laissé son inquiétude prendre le dessus ; ou bien la personne excellait à se fondre dans le paysage. Ce qui était peu probable si elle était de nationalité indienne. Londres avait beau être une ville cosmopolite, on remarquait plus facilement un non-Européen.

Il y avait de grandes chances pour que personne n'en veuille à Mohan en ce moment. Pas plus qu'à Alexandra, d'ailleurs. L'absence de menace réelle signifiait qu'Aiden pouvait se concentrer sur des affaires plus personnelles. Comme de surprendre de nouveau Alexandra en chemise de nuit... Ce plaisir inattendu avait largement compensé le réveil brutal imposé par les paons. Le souvenir en était resté gravé dans sa mémoire toute la journée.

Avec un sourire, il jeta le bout de son cigare, l'écrasa du talon, puis retourna vers la maison. À peine eut-il franchi le seuil qu'il s'immobilisa. La femme qui sortait de la pièce où était présentée l'argenterie lui semblait vaguement familière, et il eut le sentiment qu'il aurait dû savoir de qui il s'agissait.

— Monsieur Terrell! s'exclama-t-elle alors qu'il tentait de distinguer son visage dans la pénombre du vestibule.

Il se détendit en reconnaissant sa voix.

— Oh, bonjour, Polly. Qu'est-ce qui vous amène à *L'Éléphant bleu*?

— Des affaires pour madame.

— Comment va lady Tyndale? Elle se porte bien?

Polly soupira et secoua la tête.

— Elle vit toujours séparée de monsieur. Ça fait deux ans, maintenant. Depuis la dernière fois que nous vous avons vu à Londres.

— Je suis désolé de l'apprendre. Espérons qu'ils finiront par se réconcilier.

— Monsieur n'est pas du genre à pardonner facilement.

Tout Londres le savait. Charlotte aimait jouer avec le feu, ce qui rendait la tentation de jouer avec elle encore plus irrésistible.

— Eh bien, ce n'est pas là le signe d'un aimable caractère, n'est-ce pas?

Polly sourit, puis arqua les sourcils d'un air plein d'espoir.

— Puis-je transmettre votre bon souvenir à madame?

Pas tant qu'il avait le plus petit espoir d'avoir avec Alexandra une relation plus intime. Et même s'il n'y parvenait pas, en fait. Si Charlotte apprenait sa présence ici, elle accourrait, ne serait-ce que pour se venger de son rôle dans la débâcle de son mariage. Si mineur ait été celui-ci.

— Mieux vaut ne pas réveiller le chat qui dort, Polly, répondit-il. Lord Tyndale n'est pas le seul à être rancunier.

— Je comprends, monsieur Terrell. Ce fut un plaisir de vous revoir, cependant, dit-elle en esquissant une révérence.

— Pour moi également, Polly. Prenez soin de vous.

Elle lui sourit avec grâce, puis se tourna vers la pièce de l'argenterie.

— Je vous remercie de votre aide, mademoiselle Radford. Ce n'est pas la peine de me raccompagner.

Aiden la regarda sortir, conscient de la présence d'Alexandra sur le seuil de la salle. Elle l'observait, la bouche légèrement pincée.

— Qu'y a-t-il? demanda-t-il avec une innocence feinte.

— Juste par curiosité... Y a-t-il une femme à Londres avec qui vous n'ayez pas couché?

Il fit mine de passer en revue une liste imaginaire.

— Polly, finit-il par dire.

— Si vous le lui proposiez, elle accepterait.

— Vraiment?

— Pouah!

Sur ce commentaire dédaigneux, elle tourna les talons et disparut dans la pièce de l'argenterie. Aiden la suivit en riant, surpris de constater combien sa compagnie lui avait manqué.

— Puisque Polly est sortie d'ici les mains vides, j'en déduis que Charlotte Tyndale vend son argenterie pour payer ses dépenses.

Alexandra sortit un objet enveloppé de tissu d'un écrin en argent.

— Je ne connais pas ses raisons, dit-elle en le déballant, mais il est vrai qu'elle vend de l'argenterie. Une ménagère particulièrement travaillée de Roberts & Belk, qui paraît n'avoir jamais servi. Un dessin magnifique, vous ne trouvez pas? ajouta-t-elle en lui tendant une fourchette.

Mêlant l'or et l'argent, elle était bien trop ornementée à son goût. Mais il savait que la diplomatie reposait sur le silence. Il se contenta donc de hocher la tête.

— Connaissant Charlotte, observa-t-il d'un ton désinvolte, elle l'a reçue d'un admirateur.

— Apparemment, répliqua Alexandra avec un petit rire, elle ne l'admirait pas assez pour l'inviter à dîner.

— Le dîner n'était probablement pas ce qui l'intéressait, de toute façon. Ce n'est pas la raison pour laquelle les hommes offrent des présents à Charlotte, vous savez.

Relevant la tête, elle croisa son regard et arqua un sourcil. Une esquisse de sourire fit frémir les commissures de ses lèvres comme elle rétorquait :

— Non, je ne le savais pas. Mais je vous remercie de partager avec moi cette information pour le moins... douteuse.

Aiden ignorait quand cela s'était produit précisément, mais elle était devenue l'une des femmes les plus adorables qui aient jamais croisé son chemin. Quant à l'information douteuse, c'était Barrett Stanbridge qui la détenait, s'il croyait Alexandra Radford capable de recel. C'était si peu plausible que c'en était risible. Cependant, comme Barrett ne manquerait pas de l'interroger sur ses investigations, mieux valait qu'il en finisse dès maintenant.

— En parlant d'information... commença-t-il en regardant ostensiblement autour de lui. Comment savez-vous que l'argenterie qu'on vous apporte n'a pas été volée ?

— Très facilement, en fait, répondit-elle en s'emparant d'une lampe à huile et d'une petite boîte en argent sur l'une des étagères. L'argenterie honnêtement acquise se reconnaît à la personne qui vient la vendre. Les femmes de chambre, les gouvernantes, les valets de pied ont bien meilleure allure que le voleur moyen.

Posant la lampe au centre de la table, elle alluma la mèche.

— Quand j'ai commencé ce commerce, néanmoins, bon nombre de personnes ont essayé de me vendre des objets volés. Mais le bruit s'est vite répandu que je n'étais pas intéressée, et cela arrive rarement, à présent.

— C'est sans doute le fait de ceux qui sont nouveaux dans le métier, avança-t-il, espérant glaner une description ou, mieux encore, un nom susceptible d'intéresser Barrett.

— Ils sont en général très jeunes, acquiesça-t-elle, et ils n'ont pas la moindre idée de la valeur de l'argent. J'ai toujours envie de les saisir par l'oreille et de les ramener chez leur mère.

— Une intention très louable, mais sans doute inutile. Il est plus que probable que leur mère compte sur ce revenu pour aller au marché.

— C'est la raison pour laquelle je m'abstiens, dit-elle avec un soupir. C'est tellement horrible de vivre ainsi, au jour le jour.

Il fronça les sourcils. Les officiers de la Compagnie des Indes gagnaient correctement leur vie. Et en tant que fille de la tutrice royale, puis tutrice elle-même, Alexandra n'aurait jamais dû manquer de quoi que ce soit dans son existence.

— Comment se fait-il que Mlle Alexandra Radford ait connaissance de ce genre de vie ? s'enquit-il doucement.

Elle ne leva pas les yeux du poinçon qu'elle examinait au dos d'une fourchette.

— Mon père avait de nombreux vices, les pires étant la boisson et le jeu. Ma mère attendait son retour jusqu'au petit matin et, quand il s'écroulait, ivre mort, elle lui fouillait les poches. Si elle trouvait un peu de monnaie, celle-ci servait à acheter à manger et à payer le loyer hebdomadaire.

— Alors elle l'a quitté pour devenir tutrice à la cour du rajah.

Alexandra haussa les épaules et ramassa le tissu qui avait servi d'emballage.

— Plus ou moins.

Le fait qu'elle reste vague parlait de lui-même.

— Il y avait beaucoup plus, n'est-ce pas ? Était-il violent ?

Elle esquissa un sourire triste.

— Vous connaissez beaucoup d'ivrognes agréables et attachants ?

Elle répondait à une question par une question, une stratégie défensive employée la veille, mais à laquelle elle avait renoncé depuis. Cette nouvelle dérobade suggérait qu'il s'aventurait dans des zones qui la mettaient mal à l'aise. Le gentleman en lui le pressait d'en finir avec ses questions et de lui laisser ses secrets. Mais il sentait obscurément qu'il ne la comprendrait jamais s'il n'obtenait pas qu'elle raconte son histoire. Il ignorait pourquoi il était si important pour lui de la comprendre, mais le fait était là.

— Est-ce que votre mère l'a tué ? demanda-t-il abruptement, dans l'espoir d'obtenir une réponse tout aussi directe.

— Non.

Il s'apprêtait à lui demander si elle savait où se trouvait son père quand elle soupira, replaça la fourchette dans son écrin, puis ajouta :

— Mais elle n'a pas non plus versé de larmes quand l'un de ses compagnons de jeux l'a fait. L'homme est venu nous réclamer l'argent que mon père lui devait ; comme nous n'avions rien, et que nous n'avions aucune façon d'en trouver, nous nous sommes enfuies à Bombay.

— Et vous êtes allées chez le rajah.

— Finalement, oui. Où est Mohan ?

Finalement ? Aiden la regarda ranger l'écrin sur une étagère, en se demandant s'il devait insister. La concision de sa réponse et le brusque changement de sujet lui laissaient à penser que, cette fois, elle ne lui répondrait pas. En tout cas, pas maintenant.

— Il prend un bain sous la surveillance de Preeya. Il s'est un peu cochonné, aujourd'hui, et je venais lui chercher des vêtements propres. J'en ai aussi besoin, du reste je suis le prochain pour le bain.

— Je l'espère bien, dit-elle en riant, avant de se diriger vers le vestibule, la lampe à la main.

— J'en déduis qu'une histoire torride avec le palefrenier est hors de question ? la taquina-t-il.

— À en juger par votre apparence, j'imagine que vous avez acquis les chevaux que vous souhaitiez.

Changement de sujet... Aiden n'était pas surpris. Un peu déçu, mais pas surpris.

— Oui. Ensuite, nous sommes allés chercher la voiture. Nous l'avons nettoyée et astiquée, et les chevaux sont à présent installés dans leur nouvelle maison, en train de manger de l'avoine.

Il l'avait suivie dans la boutique. Les caisses livrées le matin même étaient encore là, mais un matelas de paille couvrait à présent le sol. Tandis qu'il discutait, Alexandra s'était penchée sur l'une d'entre elles, et il dut faire un effort pour ne pas fixer du regard les rondeurs séduisantes de sa croupe.

— Demain, annonça-t-il, nous sellerons le cheval que nous vous avons acheté, et nous attaquerons les leçons d'équitation.

— Nous verrons, dit-elle en se redressant, un bouchon de paille entre les mains. Je parie que Mohan a insisté pour commencer les siennes dès aujourd'hui. Comment s'en est-il sorti ?

— Très bien. Il n'a aucune appréhension, et je pense qu'il deviendra l'un de ces cavaliers qui ont l'air d'être nés sur une selle.

— Vous l'empêcherez de prendre des risques inutiles, n'est-ce pas ?

— Son cheval est très calme, et je le garde à la longe tant que Mohan n'aura pas prouvé ses compétences à plusieurs reprises.

— Je vous remercie, Aiden. Cela me rassure.

La gratitude exprimée par son sourire fit courir une vague bien trop chaude dans ses veines. Il hocha la tête.

— Eh bien, je ferais mieux d'aller chercher ces vêtements et de retourner à la cuisine, dit-il en battant en retraite vers l'escalier, loin du chuchotement persistant de la tentation.

Alexandra le suivit du regard, puis se remit au travail en songeant qu'il était beaucoup trop fascinant pour son propre bien. Dieu merci, il ne lui apparaissait pas comme un prédateur au cœur dur, contrairement à tant de ces officiers de l'armée britannique que sa mère s'était efforcée de lui présenter. Si, de toute évidence, Aiden ne s'interdisait pas de saisir les occasions qui se présentaient, il ne semblait pas du genre à les provoquer délibérément. À placer une femme vertueuse dans une situation compromettante afin d'en tirer avantage... Non, Aiden était un homme honorable. Il n'agirait jamais de façon aussi vulgaire.

Cependant, il était clairement disposé à accepter une offre librement consentie. Et si la femme du moment attendait un paiement quelconque en échange de ses faveurs, il était prêt à s'en acquitter. Si un homme avait offert à Charlotte Tyndale une ménagère parmi les plus luxueuses de chez Roberts & Belk, quel cadeau Aiden lui avait-il fait ? Un attelage ?

Non pas qu'il eût besoin de se livrer à de telles extravagances. Séduisant comme il l'était, il appartenait sans doute au genre d'amant que recherchaient les femmes comme lady Tyndale. Il n'empêche que, pour Aiden, offrir un cadeau mémorable était sans doute une question d'orgueil.

Mais pourquoi diable gaspillait-elle ne serait-ce qu'une seconde de son temps à se poser de telles questions ? Ce n'était pas convenable. Les dames ne s'abandonnaient pas à ce genre de réflexion.

— Une paire d'anneaux en saphir.

Aiden se tenait au pied de l'escalier, des vêtements drapés sur le bras ; il arborait un sourire malicieux. Depuis combien de temps était-il là ? Avait-elle réfléchi à voix haute ? Pourvu que non !

— Vous étiez en train de vous demander ce que j'avais offert à Charlotte.

Il savait à quoi elle pensait, bien sûr ! Il le savait toujours. Au moins, elle n'en était plus surprise.

— Des bagues sont un cadeau très onéreux et très personnel, observa-t-elle. Vous ne craigniez pas que son mari les remarque à la table du petit-déjeuner ?

Une flamme démoniaque dansa dans ses prunelles, et son sourire s'élargit.

— Ces anneaux n'étaient pas destinés à orner ses doigts. Certaines parties – intimes – du corps de Charlottes sont percées pour accrocher des bijoux.

Alexandra le regarda fixement, muette de stupeur. Elle avait certes entendu parler de ce genre de pratiques scandaleuses ; de là à connaître quelqu'un qui s'y livrait...

— C'était intéressant, avoua-t-il avec un hochement de tête appréciateur.

Convaincu qu'il l'avait suffisamment choquée, il pivota en lançant :

— Mais je suis très content de ne pas être celui qui l'a épousée.

Alexandra ne put résister à son impulsion.

— Aiden ?

Il s'arrêta, se retourna, et lui adressa un regard interrogateur. À sa grande consternation, Alexandra sentit son courage et son esprit lui fausser compagnie à cet instant précis. On ne posait pas ce genre de questions lui souffla vertueusement sa conscience.

— Non, dit-il avec un petit rire, je n'ai rien à voir – directement – avec le fait que lord et lady Tyndale vivent séparés. C'est Barrett qui en est responsable. Et ce fut absolument spectaculaire.

Ô Seigneur ! Elle n'avait vraiment pas besoin de cette information. La solliciter n'était rien de plus que le signe d'un tempérament immoral. Ce qui signifiait, en conclusion, qu'elle était une personne vraiment horrible.

— Nous n'en avons pas pour longtemps, assura-t-il avant de s'éloigner, toujours souriant.

Reconnaissante qu'il ait la décence de la sauver d'elle-même, elle ne le retint pas.

Tout en se séchant les cheveux avec une serviette, Aiden décida qu'il n'avait rien à perdre à poser quelques questions. Il contourna donc le paravent qui dissimulait la baignoire. Penchée sur la cuisinière, Preeya touillait un mélange odorant. Mohan était perché sur un tabouret à côté d'elle.

— Mohan, commença Aiden, sais-tu comment Mlle Radford et sa mère sont arrivées à la cour de ton père ?

— Je n'étais qu'un bébé à l'époque, répondit-il avec un haussement d'épaules. Je ne me souviens de rien.

— Tu crois que Preeya le sait ?

De nouveau, le garçon haussa les épaules, mais il s'entretint en hindi avec Preeya. Puis il reporta son regard sur Aiden et sourit.

— Preeya veut savoir pourquoi vous posez cette question.

— Dis-lui que c'est parce que je veux comprendre Alexandra ; pourquoi elle est comme elle est... pourquoi elle fait les choses qu'elle fait...

De nouveau, Mohan s'adressa à Preeya dans sa langue natale. Par-dessus son épaule, celle-ci jeta un coup d'œil à Aiden, sourit, puis répondit au jeune garçon.

— Preeya dit que mon père a vu Mlle Alexandra dans l'un des temples, traduisit Mohan quand elle se tut. C'était une enfant, alors, et elle volait la nourriture destinée aux offrandes. Il l'a fait suivre par ses hommes afin que sa mère et elle soient jugées. Quand il a entendu leur histoire, mon père a eu pitié d'elles et les a prises sous sa protection. Preeya dit que si vous voulez connaître ce qui s'est passé avant et après, vous devez le demander à Mlle Alexandra. C'est à elle de vous le raconter.

— Je doute qu'elle se confie à moi, avoua Aiden. Même si je le lui demande très gentiment.

De nouveau, Mohan et Preeya s'entretinrent. Observant leur échange animé, Aiden fut soulagé de constater que Preeya ne semblait pas réticente à l'idée d'aborder des sujets personnels.

— Preeya dit que Mlle Alexandra essaie de toutes ses forces de faire croire aux gens qu'elle n'a besoin de personne, qu'elle préfère se débrouiller toute seule. Mais Preeya pense que Mlle Alexandra serait plus heureuse si elle pouvait abandonner cette illusion. Selon Preeya, vous êtes l'homme le plus capable de réussir à la convaincre.

— Remercie-la de sa confiance, répliqua Aiden, tout en songeant que celle-ci n'était guère justifiée.

— Preeya veut que vous sachiez que Mlle Alexandra a été élevée dans le quartier des femmes après son arrivée à la cour.

— Et c'est important parce que… ?

Un autre échange s'ensuivit, beaucoup plus bref.

— Je crois que vous devrez poser cette question à Mlle Alexandra. Je ne connais pas la réponse, et Preeya dit qu'elle ne peut pas vous en dire plus sans trahir son amitié avec Mlle Alexandra.

Ce qui était assez normal. Elle en avait déjà dit beaucoup.

— Remercie Preeya pour son aide, Mohan. J'apprécie ce qu'elle m'a déjà révélé.

Dans une certaine mesure, cependant. Car la vision d'Alexandra enfant, pieds nus, vêtue de haillons, et volant de la nourriture pour survivre le perturbait profondément. Rien d'étonnant à ce qu'elle ne donne pas sa confiance aisément. Sa vie, jusqu'à ce que le rajah la recueille, avait été une succession de leçons douloureuses. En vérité, qu'elle fût capable encore de confiance tenait du miracle. Pour cela, le rajah méritait d'être respecté et loué.

Alexandra orienta sa broderie de manière qu'elle soit mieux éclairée par le feu. À l'autre bout du salon, les pièces que l'on mettait en place cliquetaient doucement sur l'échiquier. Elle glissa un regard à Preeya, qui leva les yeux au ciel en souriant. Oui, songea Alexandra, cela risquait d'être intéressant. Elle souhaitait bonne chance à Aiden.

— Très bien, commença celui-ci. D'abord les points fondamentaux : tous tes mouvements sont destinés à protéger ton roi, Mohan.

Comme Alexandra s'y attendait, son pupille répliqua d'une voix crispée :

— Évidemment. Le roi est le plus important.

— Pas aux échecs. Quand la reine est capturée, le jeu est pratiquement terminé.

— Pourquoi ? Les hommes sont plus importants que les femmes.

— Que feraient les hommes sans les femmes ?

— Tout ce qu'ils veulent.
— Ce qui serait rarement intelligent, réfléchi ou approprié. Sans l'influence des femmes, ce que l'on appelle la civilisation n'existerait pas.

Le garçon renifla avec mépris et, du coin de l'œil, Alexandra le vit ponctuer son reniflement d'un geste négligent de la main.

— Mon père ne demande pas de conseil ou d'avis à ma mère, à ses autres femmes ou à ses maîtresses. Il est le rajah et elles sont ses sujets.

Alexandra tendit l'oreille.

— Ce n'est qu'une supposition, Mohan, répliqua Aiden, mais je pense que ton père est toujours conscient que ce qu'il fait est remarqué par les différentes femmes de sa vie, et qu'il aura à répondre de ses actions d'une manière ou d'une autre.

Alexandra sourit et piqua dans l'étoffe en se disant que, pour un célibataire, Aiden Terrell possédait une compréhension surprenante des règles de la vie domestique.

— Ha! s'exclama Mohan d'un ton moqueur.
— N'ai-je pas raison, mademoiselle Radford?
— Si, tout à fait.
— Il y a une autre chose que tu dois savoir au sujet des femmes, Mohan, continua Aiden. Elles parlent entre elles, et d'une manière très différente de celle des hommes. Les femmes sont les maîtres de l'action coordonnée. Si jamais elles décidaient de créer des armées, les hommes auraient de sérieux ennuis.

— Comment vous le savez? demanda Mohan, visiblement sceptique.

— J'ai une mère et six sœurs. Heureusement qu'elles sont gentilles, parce que mon père, mes frères et moi sommes complètement à leur merci. Mon père prend les décisions, mais, si ma mère ne le soutient pas, elles ne sont pas appliquées.

— C'est que votre père manque de cran.

Ce fut au tour d'Aiden de renifler.

— S'il était ici, tu serais déjà cloué contre le mur et tu regretterais sincèrement tes paroles.

— Votre mère interviendrait et exigerait qu'il s'excuse pour m'avoir malmené.

— Sûrement pas, car elle estimerait que tu n'as que ce que tu mérites, et que cela t'apprendra à garder tes commentaires pour toi.

— Alors, c'est elle, la marionnette.

Alexandra ne fut pas surprise quand Aiden laissa échapper un soupir agacé, puis se tourna vers elle.

— Vous croyez que vous sauriez le lui expliquer ? Je ne m'en sors pas très bien.

C'était normal. Mohan n'était pas un enfant qui acceptait les déclarations. Il lui fallait user de sa raison pour parvenir lui-même aux conclusions. Surtout lorsque celles-ci remettaient en cause sa vision de l'ordre naturel du monde.

— Mohan, fit-elle après avoir posé sa broderie sur ses genoux, tu te rappelles quand ton père a ramené Kali à la maison ?

— Oui.

— Que s'est-il passé au palais ?

— On ne riait plus, répondit-il après un instant de réflexion. Les femmes ne souriaient plus et mon père était... Il était très en colère contre les femmes à cause de la façon dont elles traitaient Kali.

— Où est Kali, à présent ? continua Alexandra sans s'arrêter à sa réflexion.

— Elle est la femme de l'un des employés de mon père.

— Que s'est-il passé, après son mariage ?

— Elle a quitté le palais et les femmes ont ri de nouveau, dit lentement Mohan, songeur. Mon père a cessé d'être en colère et il a amené Chun à la maison.

— Et est-ce que les rires ont de nouveau disparu avec l'arrivée de Chun ?

— Non.

Les fondations posées, Alexandra entra dans le vif du sujet.

— C'est parce que les femmes étaient d'accord pour accueillir Chun. Ce qui n'était pas le cas de Kali, pour un tas de raisons que tu es trop jeune pour comprendre. Il suffit pour notre propos de ce soir de dire que ton père a eu conscience du déplaisir des femmes et a pris les mesures nécessaires pour rétablir l'harmonie. Personne n'a été la marionnette de personne. Les décisions ont été prises pour que tout le monde trouve son bonheur.

Elle lui laissa quelques instants de réflexion, puis demanda :

— Comprends-tu la leçon de tout cela ?
— Je crois.

Alexandra en doutait, mais il la comprendrait le moment venu.

— Tu pourrais peut-être y réfléchir davantage tout en t'endormant. Il est temps d'aller au lit.

— Mais M. Terrell et moi n'avons même pas commencé notre partie, protesta-t-il.

— Nous jouerons demain, promit Aiden. Si Mlle Radford dit qu'il est temps de te retirer, il n'y a pas à discuter.

Le regard de Mohan passa de l'un à l'autre, puis il se leva avec une moue déconfite, mais résignée. Quand il leur souhaita une bonne nuit, en anglais et en hindi, Preeya posa sa broderie et quitta le coussin sur lequel elle était assise à côté de la cheminée. Elle annonça qu'elle aussi allait se coucher. Ce ne fut que lorsque le silence se fit qu'Alexandra se rendit compte qu'elle se retrouvait seule avec Aiden.

— Si je ne suis pas trop indiscret, dit-il en posant sur le sol l'échiquier qui se trouvait sur le coussin, pourquoi Kali n'a-t-elle pas été acceptée par les femmes ?

— Comment expliquer cela avec délicatesse...

— Ne craignez pas de heurter ma sensibilité, la rassura-t-il tout en s'allongeant sur le flanc, la tête appuyée sur la main. Je ne suis pas si tendre que ça.

— Je l'avais bien compris. Je m'inquiétais pour la mienne, répliqua-t-elle en riant avant de reprendre sa broderie. Les femmes du rajah ont une attitude commune concernant leurs relations individuelles avec lui. Seul le moment présent compte, rien d'autre. Il n'y a pas de jalousie envers celle qui est appelée dans ses appartements pour la nuit. Mais Kali a tenté de changer cela. Son existence entière était consacrée à nous monter les unes contre les autres et à restreindre les faveurs du rajah à elle seule.

— En d'autres mots, elle n'était pas très partageuse.

— Elle n'était pas partageuse du tout, précisa Alexandra en enfonçant l'aiguille dans l'étoffe. Mohan ne comprend pas vraiment ce qui s'est passé, et je préfère ne pas l'éclairer davantage pour le moment. Mais la vérité, ce n'est pas que son père était en colère contre nous à cause de la façon dont nous traitions Kali. Il était malheureux parce que nous lui en voulions de l'avoir introduite parmi nous. Le rajah n'aime pas qu'on lui batte froid.

— Voilà un exemple de l'action coordonnée contre laquelle je mettais Mohan en garde. Je me sentirais presque désolé pour son père.

— Presque ?

— Presque. Un homme qui a largement son comptant de compagnes ne mérite pas vraiment d'être plaint à cause des complications que cela entraîne.

Alexandra sentait son regard sur elle et devinait sa curiosité.

— Non, dit-elle posément, je n'étais pas l'une de ses compagnes.

Du coin de l'œil, elle perçut son sourire.

— Eh bien, puisque vous abordez le sujet... Pourquoi... ?

— Parce que je suis anglaise.

Avant qu'il ne pose une autre question et qu'elle n'ait à refuser d'y répondre, elle se leva et, posant son ouvrage, ajouta :

— Je crois qu'il est temps que je me retire à mon tour. Bonne nuit, Aiden. Faites de beaux rêves.

— S'il le faut, je comprends, assura-t-il en se remettant sur ses pieds. Bonne nuit, Alexandra, ajouta-t-il, les yeux rivés sur son visage. Dormez bien.

— Vous aussi, lui retourna-t-elle, le cœur battant à tout rompre sous son regard scrutateur.

Ce fut au prix d'un effort considérable qu'elle passa devant lui avec calme, puis qu'elle s'abstint de regarder par-dessus son épaule, avec l'espoir condamnable qu'il la suivrait.

9

Alexandra tenta de s'en persuader pour la centième fois : mieux valait se lever avant les paons et se priver de petit-déjeuner, plutôt que de risquer d'être surprise de nouveau en chemise de nuit. De toute façon, ce n'était pas comme si elle avait dormi profondément, songea-t-elle en plongeant les mains dans la paille à la recherche du second chandelier. La nuit qui venait de s'écouler avait été l'une des plus agitées de son existence. À deux reprises elle s'était réveillée, le souffle court et le cœur battant, certaine de trouver Aiden Terrell couché à côté d'elle. Et, au lieu d'être soulagée...

Un bruit de pas dans l'escalier fit s'emballer son pouls. Levant les yeux, elle découvrit Mohan et se détendit.

— Bonjour, mademoiselle Alexandra. M. Terrell m'a demandé de vous dire qu'il viendra directement en bas.

— Merci. Y a-t-il une raison particulière pour que je sois informée d'un événement aussi considérable ?

Mohan la regarda comme si elle possédait l'acuité mentale d'une brique.

— Votre première leçon d'équitation a lieu ce matin, lui rappela-t-il d'un ton patient.

— Oh, j'avais oublié ! mentit-elle en reprenant ses recherches dans la paille. Je suis terriblement occupée, vois-tu. Je dois finir de déballer ces caisses, et puis, bien sûr, tout ranger. Ensuite, il me faudra nettoyer le magasin. Je ne vois vraiment pas comment je trouverais le temps pour une leçon.

— C'est du cheval que vous avez peur ? Ou des leçons de M. Terrell ? Je vous assure qu'il est très compétent.

Comme si Mohan avait un moyen de comparaison!

— Je n'ai peur de rien, assura-t-elle en sortant le chandelier de la caisse. J'ai simplement du travail. Et le travail passe avant le plaisir.

— Pourquoi?

— Parce que si je ne travaille pas, il n'y aura pas d'argent pour acheter voitures et chev... Mohan! s'interrompit-elle en apercevant, à travers la vitrine, les deux hommes qui se dirigeaient vers le magasin. Monte à l'étage et restes-y jusqu'à ce que je t'appelle. Vite!

Par chance, il obéit. Alexandra n'eut que le temps d'inspirer à fond avant qu'ils poussent la porte.

— Bien le bonjour, m'dame, lança celui qui s'appelait Ruppert.

— Messieurs, fit-elle en inclinant la tête.

— Y a une affaire pas finie entre nous, déclara Willie, le deuxième, en regardant ouvertement autour de lui.

— Vous avez raison. Vous avez disparu avant mon retour, l'autre jour, et je n'ai pas pu vous payer. Ça faisait quatre shillings si je me souviens bien.

Ruppert secoua la tête.

— On a décidé que ce s'rait huit. On a pris un grand risque, nous autres.

Effectivement, bayer aux corneilles devant la boutique d'une modiste était un travail incroyablement dangereux. Alexandra se mordit la langue et s'obligea à sourire.

— Ce sera donc huit shillings, acquiesça-t-elle, prête à payer n'importe quoi pour qu'ils sortent de son magasin. Si vous voulez bien attendre ici, je reviens avec l'argent tout de suite.

Espérant qu'ils n'empocheraient pas un bibelot pendant son absence, Alexandra se rendit dans la pièce de l'argenterie. À peine avait-elle saisi le coffret dans lequel elle rangeait l'argent qu'elle entendit des pas derrière elle. Le cœur battant, elle fit volte-face.

— Je me rappelle très bien, dit-elle en s'efforçant de garder son calme, vous avoir demandé d'attendre dans le magasin.

Ruppert balaya la pièce du regard.

— Y a de la belle camelote, ici, tu trouves pas, Willie ? Regarde-moi ce plat. P'têt un peu trop lourd pour qu'on l'emporte tout de suite... Pourtant, y doit bien valoir une rançon de roi, tu crois pas ?

— Mouais, acquiesça son compagnon qui, esquissant un mince sourire, décocha un clin d'œil à Alexandra. Ou celle d'une greluche.

Elle se pétrifia, le sang battant à ses oreilles. Comme de très loin, elle se vit tendre le coffret et s'entendit dire :

— Prenez la caisse et le plat que vous voulez, et partez.

Willie remua les lèvres, mais elle aurait tout aussi bien pu être sourde. Elle eut un bref espoir quand il s'empara du coffret. Hélas, il referma durement la main autour de son poignet ! Instinctivement, elle recula, essayant de se dégager. Il la tira alors brutalement en avant et elle étouffa un cri de douleur. Déséquilibrée, elle marcha sur l'ourlet de sa jupe avant d'aller heurter de tout son poids le deuxième homme. Ce fut comme si une bande d'acier se refermait autour de sa cage thoracique, lui coupant le souffle. Un cri étranglé mourut sur ses lèvres. Elle n'eut plus que la sensation du métal froid et mortellement aiguisé sur son cou.

— Tu cries, et t'auras plus jamais l'occasion de faire entendre le son de ta voix, lui siffla Willie à l'oreille, tandis que l'autre l'entraînait vers la porte.

Alexandra laissa délibérément traîner ses pieds. Son instinct lui soufflait que, si elle les laissait l'emmener à l'extérieur, elle était perdue.

— Avance ! lui ordonna l'homme qui, sans attendre qu'elle obtempère, la souleva.

Sur leurs talons, Willie exhortait son complice à se dépêcher.

— Lâchez-la ! *Immédiatement.*

Aiden ! Il se trouvait dans le vestibule, tenant une arme à bout de bras.

— Lâchez-la, répéta-t-il avec un calme glacial, ou je vous abats.

Il était là, si grand, si sûr de lui, si déterminé. Le soulagement d'Alexandra fut tel que ses genoux cédèrent sous elle. Alors qu'elle basculait en avant, l'étau se resserra autour de sa poitrine, lui arrachant un nouveau cri étranglé.

— Fermez les yeux, Alexandra.

Elle obéit en toute confiance.

Il y eut soudain un bruit métallique – l'argent dans le coffret, comprit-elle –, une violente détonation, puis elle sentit un poids s'écraser contre ses jambes. Elle vacilla, les poumons en feu, incapable de respirer. Des larmes brûlantes lui montèrent aux yeux. Quant à son cœur... il semblait sur le point d'exploser.

— Jetez ce pistolet ou je la perce, gronda l'homme.

— Si vous esquissez un geste, l'avertit Aiden, je vous colle une balle dans la tête.

— Vous pouvez pas tirer sans la toucher, riposta l'homme avec un rire mauvais.

— C'est votre dernière chance, le prévint Aiden en armant son pistolet. Laissez-la partir.

L'homme fronça les sourcils, puis lança un bref regard en direction de la vitrine, au-delà de l'épaule d'Aiden. Ce dernier tendit l'oreille, mais refusa de se retourner.

— Tends la main derrière toi, intima l'homme à Alexandra, et ouvre c'te porte.

Aiden vit qu'elle s'efforçait de déglutir. Lentement, elle tourna la tête tout en l'éloignant de la lame mortelle, et, à tâtons, chercha la poignée.

Aiden la pria en silence de s'écarter encore, et appuya sur la détente à l'instant où elle lui en donna l'occasion. Le bruit fut assourdissant et accompagné d'une fumée âcre. Alexandra hurla. La tête de l'homme fut projetée vers l'arrière tandis qu'il trébuchait et lâchait son couteau. Le revolver toujours à la main, Aiden se rua vers la jeune femme pour la rattraper avant qu'elle ne s'effondre.

— Je vous tiens, dit-il d'une voix rauque.

Le visage enfoui au creux de son épaule, elle prononça son prénom dans un sanglot. Il déposa un rapide baiser sur sa tempe avant de la soulever et de quitter le vestibule.

— Mademoiselle Alexandra !

Mohan, tétanisé, se tenait en haut de l'escalier.

— Elle n'a rien, assura Aiden. Reste là-haut ! Tu m'entends ?

— Oui, monsieur.

Un problème résolu. Alexandra si près de lui lui en posait un second. Ses sens aiguisés par le danger étaient encore trop à vif pour qu'il la garde dans ses bras. Il n'était pas sûr de résister à l'envie de tirer avantage de son émoi. Songeant au fauteuil dans la boutique, il leva les yeux.

Et se figea à la vue d'un visage pressé contre la vitrine. Un visage masculin, à la peau sombre, aux yeux couleur d'obsidienne. Tous deux tressaillirent quand leurs regards se croisèrent, et un frisson courut le long de l'échine d'Aiden. Puis l'inconnu se détourna et disparut.

À cet instant, ses forces l'abandonnèrent. Il se laissa tomber sur l'une des marches, Alexandra sur les genoux, et prit une inspiration tremblante en essayant de bannir les images sanglantes de son esprit.

— Ô mon Dieu… balbutia Alexandra, le visage trempé de larmes. Aiden.

Il aurait voulu l'embrasser, longuement, jusqu'à ce que tous deux oublient ce qui venait de se passer. Au prix d'un effort sur lui-même, il parvint à sourire.

— J'ai bien peur d'avoir fait des dégâts dans votre vestibule. Désolé.

— Je m'en moque, répondit-elle d'une voix chevrotante.

Un flot de larmes coula de nouveau sur ses joues, qu'elle essuya d'une main tremblante.

— Pardonnez-moi. J'essaie de ne pas pleurer… J'essaie vraiment.

— Ce n'est rien, Alexandra, affirma-t-il en tirant un mouchoir de sa poche pour lui tamponner doucement les joues. Pleurez tout votre soûl. J'ai l'intention de faire la même chose plus tard.

Tout en reniflant, elle lui prit le mouchoir des mains pour se frotter vigoureusement les yeux.

— Comment diable pouvez-vous être aussi calme ?

Diable ? La duchesse pouvait donc jurer ? Aiden dut admettre que si une situation méritait quelques jurons, c'était bien celle-ci. Doucement, il repoussa une mèche humide de larmes derrière son oreille.

— Je ne vous servirais pas à grand-chose si je m'effondrais maintenant, non ?

Ce regard qu'il posait sur elle... Il n'y avait plus trace de l'homme froid et impitoyable qui faisait face à ses agresseurs quelques minutes plus tôt. Cet Aiden Terrell-là, celui qui la réconfortait, était également attirant, mais de façon très différente. Ce serait si facile de se laisser aller contre lui et de renoncer à toutes ses peurs. Il ne lui ferait pas de mal, ne tirerait pas avantage de son manque de courage, elle le savait au plus profond d'elle-même.

Puis soudain, en un clin d'œil, l'expression tendre de son regard s'évanouit. Se raidissant, il tourna la tête et pointa son pistolet vers la porte qui s'ouvrait lentement. Retenant son souffle, Alexandra se pressa contre lui, le cœur battant la chamade à l'unisson du sien.

— Ah, madame Fuller ! fit-il. Vous tombez bien. Voudriez-vous avoir la gentillesse d'appeler un agent de police ? Dites-lui que c'est urgent.

Le temps de croiser le regard d'Alexandra, Emmaline hocha la tête, puis disparut. Aiden lui adressa un sourire à la fois rassurant et gêné.

— Je vous remercie d'être venu à mon secours, dit-elle, consciente du danger qu'il y avait à rester silencieuse.

— Je suis le spécialiste du sauvetage de demoiselles en détresse, répliqua-t-il, une étincelle amusée dans les yeux. Je pensais que vous le saviez.

Elle l'ignorait, tout comme elle ignorait la dangereuse capacité de séduction de ce genre de regard chez un homme. Il lui fallait mettre une certaine distance entre eux si elle ne voulait pas se jeter béatement dans ce piège enchanté. Elle tourna la tête pour vérifier qu'elle avait la place de s'asseoir sur la marche.

— Non, Alexandra, dit-il en lui prenant doucement le menton pour ramener son visage vers lui. Concentrez-vous sur moi. Ne regardez pas ailleurs. Et parlez-moi. Laissez sortir tout ce qui vous tourne dans la tête, même si ça paraît ne pas avoir de sens.

Il ne voulait pas qu'elle voie le carnage. Elle apprécia sa gentillesse et son attitude protectrice. Quant à révéler ce qu'elle pensait, ce qu'elle ressentait vraiment...

Que ferait-il si elle effleurait ses lèvres des siennes ? S'il lui en demandait la raison, elle pourrait dire qu'il s'agissait d'un baiser de gratitude. Ce serait en partie vrai, car elle lui était éperdument reconnaissante d'être intervenu. Au fond de son cœur, cependant, elle savait que cela allait plus loin. Elle mourait d'envie de connaître le goût de ses lèvres. C'était le plus doux, le plus insistant des désirs. Un désir qui, s'il n'était pas assouvi, figurerait parmi les plus grands regrets de son existence.

Le satisfaire, c'était néanmoins ouvrir la boîte de Pandore. Car Aiden attendait peut-être plus que ce qu'elle était disposée à lui donner. Sûrement, même ! Les tigres ne se contentaient pas de grignoter un morceau de leur proie avant de l'abandonner. Si elle offrait un peu d'elle-même, il fallait qu'elle soit prête à s'offrir tout entière.

D'un côté, elle voulait échapper à son étreinte et s'éloigner de la tentation, de l'autre, agir selon ses désirs en en acceptant les conséquences. Et, tout au fond, elle espérait qu'Aiden prendrait la décision à sa place. Elle s'obligea à déglutir, et chercha quels propos sensés lui tenir.

— Comment avez-vous su que j'avais besoin d'aide ? demanda-t-elle en fixant le regard sur le deuxième bouton de sa chemise.

Aiden la considéra un instant, les sourcils froncés, conscient que sa question n'avait aucun rapport avec le trouble qu'il lisait sur son visage.

— Mohan m'a dit que les voyous que vous aviez engagés étaient là, et j'ai eu un pressentiment.

— Ils voulaient m'extorquer de l'argent.

C'était plausible et, cependant, Aiden avait un doute. Il jeta un coup d'œil vers la vitrine, se souvenant que l'agresseur d'Alexandra avait regardé dans cette direction, et que lui-même avait aperçu un homme peu après.

— Jamais je n'aurais dû les engager, reprit-elle. C'était de la folie.

Il n'allait pas la contredire. Elle avait introduit les loups dans la bergerie. Il n'allait pas non plus abonder dans son sens, car elle se sentait suffisamment mal. Comme elle frissonnait, il resserra le bras autour de ses épaules, l'enlaçant plus étroitement.

— Vous avez froid ?

— Je ne sais pas, souffla-t-elle tandis que ses yeux se remplissaient à nouveau de larmes.

Ses pensées s'étaient brusquement mises à tourbillonner, à s'entrechoquer, à s'entremêler avec des fragments de souvenirs récents. Elle tremblait de plus en plus violemment, et ne parvenait pas à arrêter ce déferlement mental.

— Ce n'est que le contrecoup du choc.

Posant son pistolet, il ouvrit sa veste, attira Alexandra contre lui et referma les bras autour d'elle.

— Ça va passer, lui promit-il à voix basse.

Quand d'autres sensations, plus puissantes, prendraient le relais... Le cœur d'Aiden battait à grands coups, et elle percevait la chaleur de sa peau à travers sa chemise. Il sentait bon la terre, le vent et les épices enivrantes. Elle inspira profondément, laissant sa force la remplir et apaiser son esprit.

— Comment savez-vous qu'il s'agit de choc ? demanda-t-elle en s'écartant légèrement pour le regarder. Vous avez déjà fait ce genre de chose ?

— Oui.

Un aveu bref, qui trahissait à la fois un douloureux regret et une tranquille acceptation.

— Oh, Aiden, murmura-t-elle, le cœur déchiré, en libérant l'un de ses bras pour lui effleurer la joue.

La conscience d'Aiden renonça à s'interposer. Entre la douce invitation d'Alexandra et le désir brûlant qu'il éprouvait, cela n'aurait servi à rien. Inclinant la tête, il posa ses lèvres sur les siennes. Elle soupira, puis glissa la main autour de son cou. Le cœur battant, émerveillé de la sentir consentante, il prit possession de sa bouche. Des braises qu'il croyait éteintes depuis longtemps s'enflammèrent, faisant courir dans ses veines une chaleur qui le suffoqua.

Il s'écarta à regret, sachant qu'il agissait de manière prudente et sensée. Mais comme il aurait voulu ne pas être sensé, en cet instant !

— Vous êtes une femme incroyablement attirante, Alexandra Radford, chuchota-t-il d'une voix rauque.

— Parce que vous n'êtes pas un homme attirant ? répliqua-t-elle en glissant les doigts dans ses cheveux sur la nuque.

— Ce qui rend cette situation très dangereuse, ma chère duchesse. Si nous ne mettons pas quelque distance entre nous dans les prochaines secondes, je suis capable de vous déshonorer ici même, dans l'escalier.

Il s'attendait que, horrifiée, elle se libère et saute de ses genoux. Au lieu de quoi, elle pinça les lèvres un court instant, puis lui adressa un sourire si éclatant, si délicieusement espiègle, qu'il manqua en perdre tous ses moyens.

— Au nom du ciel, arrêtez ! s'écria-t-il d'une voix étranglée. Ne me faites pas ça.

Alexandra rit doucement tout en se redressant entre ses bras.

— Alors, laissez-moi me relever.

Elle lui offrait un répit, et une partie de lui-même lui en fut très reconnaissante. Une autre partie, en revanche, fut sérieusement déçappointée lorsqu'il la remit debout. Avec une nonchalance étudiée, il referma sa veste dans l'espoir de cacher à Alexandra la preuve de sa frustration.

Se rappelant son avertissement de ne pas regarder vers le vestibule, elle laissa ses yeux s'attarder sur les larges épaules d'Aiden.

Toutes ces années à écouter les bavardages des femmes du rajah, à hocher la tête sans vraiment comprendre ce qu'elles racontaient sur le pouvoir grisant du désir. Elle savait, à présent. Il palpitait en elle, délicieusement chaud et insistant, indiscutable dans sa simplicité et, pourtant, mystérieux dans sa plénitude et sa complexité. Et – que Dieu lui vienne en aide – elle voulait en explorer, en goûter toutes les promesses.

Tout cela à cause d'un bref baiser. Ce n'était pas le premier qu'elle recevait, mais tous les autres semblaient bien pâles en comparaison. Elle était dans une terrible situation ! Elle devait à tout prix cesser de lui sourire. Car si elle ne se contrôlait pas mieux, Aiden allait penser qu'elle était la femme la plus facile qu'il ait jamais rencontrée.

Quelle malédiction d'avoir été élevée en Inde, dans le quartier des femmes ! Si elle avait grandi en Angleterre, elle n'aurait pas eu à mener ce combat contre elle-même. Elle aurait pu s'offusquer en toute bonne foi des libertés qu'il prenait. Son passé étant ce qu'il était, protester serait mentir.

— Bonjour, monsieur l'agent, dit alors Aiden en se raidissant. Nous avons eu un petit problème, ce matin...

Alexandra se tourna vers la porte au moment où Emmaline entrait derrière le policier.

— Madame Fuller, continua Aiden, je suis content que vous soyez là. Pourriez-vous, s'il vous plaît, emmener Alexandra à l'étage et lui préparer une tasse de thé ? Et empêchez Mohan et Preeya de descendre pendant que je m'entretiens avec ce monsieur.

Aiden reprenait le contrôle des opérations, avec douceur et efficacité.

— Je m'en occupe, monsieur Terrell, assura Emmaline en prenant Alexandra par la main. Venez par ici, ma pauvre enfant. Je le savais ! Je savais qu'il y aurait des problèmes quand je les ai vus passer. Je suis vraiment contente que M. Terrell ait été là pour leur régler leur compte.

Les genoux d'Alexandra se dérobèrent sous elle sans prévenir. Elle agrippa la rampe pour ne pas tomber tandis qu'Emmaline passait le bras autour de sa taille. Fermant les yeux, elle prit une profonde inspiration, tout en se morigénant. Elle ne pouvait s'offrir le luxe de s'évanouir chaque fois que quelqu'un faisait allusion à ce qui venait de se passer. Après tout, elle avait déjà affronté des dangers et des tragédies, et sans Aiden Terrell pour la soutenir. Il y en aurait d'autres, c'était dans la nature des choses, et il ne serait probablement pas là. C'était un homme merveilleux, mais c'était aussi l'élément le plus incertain de son existence. Elle devait être capable de se débrouiller seule quand il partirait.

Relevant le menton, Alexandra rouvrit les yeux et adressa à Emmaline un sourire tremblant. Puis, les dents serrées, elle s'obligea à gravir la marche suivante.

Quand Aiden se présenta sur le seuil du salon, son sourire paraissait forcé. Alexandra chercha quoi dire ou quoi faire pour alléger sa tristesse, mais il ne lui en laissa pas le temps.

— Les corps ont été enlevés, annonça-t-il sans préambule. La femme de ménage a presque terminé, et la police m'a dit qu'il n'y aurait sans doute pas d'enquête plus poussée. Nous sommes libres de reprendre le cours de notre vie.

— Dans ce cas, je vais retourner dans mon magasin, fit Emmaline en se levant.

— Je vous raccompagne, proposa Aiden.

— Oh, ce n'est pas nécessaire.

— Je le ferai néanmoins, insista-t-il.

D'un air sombre, il les regarda tour à tour avant de s'arrêter sur Alexandra.

— Préparez-vous tous les trois à quitter la maison.

— Où allons-nous ? demanda Mohan en s'extirpant de son nid de coussins. Acheter d'autres chevaux ?

— J'ai des choses à régler, répondit Aiden. Et je ne veux pas vous laisser seuls pendant que je m'en occupe. Alors, nous partons tous.

Un instant abattu, Mohan retrouva sa vivacité pour demander :

— Je peux raccompagner Mme Fuller avec vous ?

— Va chercher ton manteau.

— Nous n'en avons pas pour longtemps, assura Aiden à Alexandra. Je verrouillerai la porte derrière nous.

Elle acquiesça de la tête, décontenancée par sa raideur et sa froideur. Il l'avait réconfortée quand elle en avait besoin, et il lui aurait semblé juste de se montrer aussi bonne avec lui en retour.

— Il est très perturbé par ce qui s'est passé, observa Preeya dès qu'il eut disparu.

— Et déterminé à ne pas se laisser affecter, renchérit Alexandra.

« Comme moi », ajouta-t-elle en silence, comprenant soudain quelle attitude adopter quand il reviendrait. Elle concevait assez bien ce qu'Aiden entendait quand il parlait de « reprendre le cours de notre vie ». Leur baiser avait peut-être un peu changé la donne. Mais ce qui importait le plus, c'était de donner à Aiden une raison ou deux de sourire. Peut-être même de rire.

— Je suis contente que tu aies eu la sagesse de l'engager, Alexandra. S'il n'avait pas été là…

— Je préfère ne pas y penser, coupa-t-elle pour ne pas risquer de perdre de nouveau son sang-froid. Peut-être que nous devrions nous préparer à partir.

— « Nous » ?

— Je suis désolée, j'ai oublié de te traduire. Aiden et Mohan sont allés raccompagner Emmaline. Lorsqu'ils reviendront, nous partirons tous quelque part. Où, je l'ignore. Mais Aiden a dit qu'il ne nous laisserait pas sans protection.

— C'est un homme bon, ton gentleman.

— Ce n'est pas…

Elle n'acheva pas. Aiden était bel et bien son protecteur. Et plus que cela. Un ami, peut-être ? Un confident ? Non, et cependant, il ne lui semblait pas autrement curieux de songer à lui comme occupant une place centrale dans sa vie. Étant donné la résolution qu'elle avait prise dans l'escalier, deux heures plus tôt, c'était une prise de conscience déroutante.

Renonçant à comprendre, Alexandra soupira, puis annonça :

— Je vais me préparer.

Aiden sortit de la boutique d'Emmaline à la suite de Mohan, et s'arrêta net à la vue de Rose Walker-Hines. Bon sang ! Quelle autre épreuve lui réservait cette journée ?

— John Aiden ! s'écria-t-elle en se précipitant vers lui, les mains tendues. Comment se fait-il que je vous rencontre toujours devant la vitrine de la modiste ?

— Pure coïncidence, Rose, répondit-il en lui saisissant les mains dans l'espoir de la garder à une distance respectable.

Il échoua, bien sûr. Ses seins s'écrasèrent contre son torse et, alors qu'elle l'embrassait sur la joue, il dut faire un pas en arrière pour conserver son équilibre.

Il se racla la gorge en jetant un regard en direction de Mohan. Rose le remarqua, mais ne lui attribua pas le sens qu'il espérait. Au lieu de s'écarter, elle lui serra les mains de plus belle et sourit à Mohan.

— Qui est votre jeune ami ? Vous ne nous présentez pas ?

— Rose, M. Mohan Singh, dit-il, résigné. Mohan, voici la femme d'un de mes amis, Mme Geoffrey Walker-Hines.

— Madame.

— Oh, quel gentil petit garçon, roucoula Rose, avant de revenir promptement à Aiden. Vous ne m'avez pas fait savoir quand vous viendriez dîner, John Aiden, fit-elle en s'accrochant aux revers de sa veste.

Avec une moue, elle leva le visage vers lui et battit des cils.

— Vous aviez promis !

Comment avait-il pu trouver un jour attirantes ces démonstrations de coquetterie ? Il devait être fou, et Barrett aurait été bien inspiré de le faire enfermer.

— Je suis vraiment navré. J'ai été occupé, ces derniers jours, et cela m'est sorti de l'esprit. Je vous envoie un message demain.

— Pourquoi ne pas en décider sur-le-champ ? suggéra-t-elle avec un sourire qu'elle supposait sans doute aguicheur. Samedi prochain, cela vous convient ? Et, s'il vous plaît, ne me dites pas que vous avez des projets.

Il ignorait ce qu'Alexandra avait prévu pour la soirée du samedi, mais il n'avait pas l'intention de la passer avec Rose Walker-Hines.

— Il se trouve que je suis déjà pris.

— Le samedi d'après, alors ? proposa-t-elle, visiblement irritée.

— Je suis désolé, Rose, mais j'ai un emploi du temps très chargé.

— Enfin, John Aiden, il y a bien un soir dans la semaine où elle ne vous tient pas en laisse !

Puis, se ravisant, elle soupira et enchaîna d'un ton plus suave :

— Geoffrey est à son club le mercredi et le vendredi. Pourriez-vous vous libérer l'un de ces soirs-là ?

— Pas en ce moment, répondit-il en s'efforçant de paraître désolé. Peut-être dans quelques semaines. Mais je préfère ne pas m'engager aujourd'hui de crainte de faire une promesse que je ne pourrais peut-être pas tenir. J'espère que vous comprenez.

— Mais oui, très bien. Et je comprends aussi combien ce genre d'engagement peut changer très vite. Surtout avec vous.

Malgré son envie, il s'abstint de lui faire remarquer que c'était l'hôpital qui se moquait de la charité. Un échange d'insultes ne servirait qu'à prolonger son supplice. Il choisit donc de sourire, et haussa les épaules avec désinvolture.

— Ma porte vous reste ouverte, John Aiden, dit-elle en lui plantant un nouveau baiser sur la joue. Ne jouez pas les rustres, je vous prie, en me laissant sans nouvelles.

— Ce fut un plaisir de vous revoir, Rose, mentit Aiden pour la dernière fois.

— J'aimerais énormément vous revoir. Très bientôt.

Dès qu'elle eut tourné les talons, il fit de même, soulagé de s'en être tiré à bon compte. Après avoir passé la main sur son visage, il souffla un grand coup, puis secoua la tête avec incrédulité. Rose avait-elle toujours été cette prédatrice dépourvue de tact ?

— Si c'est la femme de votre ami, observa Mohan alors qu'ils reprenaient le chemin de *L'Éléphant bleu*, pourquoi vous invite-t-elle à dîner quand son mari n'est pas là ?

— Tu as remarqué ça, toi ?

— Est-ce que c'est votre compagne ?

Aiden fit la grimace.

— Voilà qui est délicatement formulé.

Il comprit alors que si le garçon était assez perspicace pour deviner la vérité, l'heure était sans doute venue de discuter ouvertement du sujet avec lui. Et vu que cette partie de son éducation ne relevait pas vraiment de la compétence d'Alexandra, il lui appartenait de s'en charger.

Les sourcils froncés, il réfléchit à l'énigme qui se présentait à lui. Il n'était pas le premier homme à avoir embrassé Alexandra Radford ; et elle n'était pas l'une de ces prudes qui s'effarouchaient à la moindre allusion à une attirance physique. Et pourtant, il aurait parié son âme qu'elle était vierge. Qu'elle puisse être à la fois si innocente et si incroyablement sensuelle le dépassait. La curiosité le dévorait. Entre embrasser et faire l'amour, la route était longue. Quelle distance Alexandra avait-elle parcourue avant de le rencontrer ? Jusqu'où le laisserait-elle l'emmener ?

— J'ai été trop délicat ? demanda Mohan, le ramenant au moment présent. Est-ce que je dois essayer d'être moins subtil ?

Aiden ne put s'empêcher de rire. Mohan avait au moins le mérite d'être tenace.

— Juste entre nous, Mohan... Rose a été ma maîtresse. Nous nous sommes séparés il y a longtemps.

— Avant qu'elle devienne la femme de votre ami ?

— D'abord, ce n'est pas vraiment un ami. Et ensuite...

Il hésita un instant, avant de fournir à Mohan une explication qu'Alexandra aurait sans doute jugée inconvenante.

— Non, ce n'était pas avant qu'elle l'épouse. C'était après.

— Si c'était l'une des femmes de mon père, mon père aurait dû vous tuer.

— Ces sortes de... transgressions ne sont pas considérées de la même façon en Angleterre. Il est assez courant que des hommes mariés aient des liaisons. Des femmes aussi, parfois. C'est accepté tant que chacun reste discret.

— Pourquoi, demanda lentement Mohan, un homme épouserait-il une femme, puis la laisserait coucher avec un autre ? Si elle compte assez pour qu'il l'amène dans sa maison, est-ce qu'elle ne compte pas assez pour qu'il la garde pour lui ?

Une sacrément bonne question. Qu'il ne s'était pas posée avant d'avoir pas mal d'années de plus que Mohan.

— Il y a des gens qui se marient pour d'autres raisons que l'amour. La richesse et la position sociale sont les plus communes. Ce n'est pas tant la personne qu'ils épousent qui compte que ce qu'ils peuvent tirer d'une alliance avec elle. Ils sont prêts à fermer les yeux du moment que cela n'est pas menacé. Personnellement, ajouta-t-il en haussant les épaules, je trouve que c'est une existence médiocre.

— Et pourtant, vous avez des liaisons avec des femmes mariées ?

— Oui. Quand c'est possible, en fait.

— Pourquoi ?

— Je savais que tu allais me le demander, reconnut-il avec un sourire penaud.

La curiosité du garçon était proportionnelle à son ignorance. Comment lui répondre sans en dire plus que ce qu'il avait besoin de savoir pour le moment ?

— Écoute, Mohan, commença-t-il, se rappelant les paroles de son père, des années auparavant, il y a plusieurs catégories de femmes. Dans la première, on trouve celles auxquelles on ne pense absolument jamais en termes de relations physiques : ta mère et tes sœurs, par exemple.

— Et la reine.
— Exactement.

Aiden se détendit. Le garçon avait l'esprit vif.

— Ensuite, il y a celles qu'on remarque de cette manière, mais auxquelles on ne touchera jamais. Par exemple, Seraphina, la femme de mon ami Carden. Seraphina est non seulement belle, mais c'est une personne exceptionnelle. Si elle n'était pas la femme de Carden, je me battrais pour conquérir ses faveurs. Mais elle aime son mari, et je sais que si je m'avisais de l'approcher... elle me tuerait sur-le-champ, ou bien Carden le ferait. Ce serait la fin de deux amitiés qui comptent énormément pour moi. Ça n'en vaut pas la peine.

Mohan hocha la tête sans rien dire, ce qu'Aiden considéra comme un encouragement à poursuivre.

— Il y a aussi le genre de femmes que quelqu'un comme toi ou moi pourrait épouser. Des femmes comme Seraphina lorsqu'elle était célibataire. Elles réservent leur intérêt et leur attention pour leur futur mari, et n'accordent pas leurs faveurs à quiconque avant de le rencontrer. On les respecte pour leur force de caractère et leur vertu, et on ne les courtise que si on a la ferme intention de leur jurer amour et fidélité.

Devant le silence de Mohan, Aiden prit une profonde inspiration, avant de conclure :

— Enfin, il reste une dernière catégorie de femmes. Celles qui, mariées ou non, n'exigent rien de vous en dehors d'une certaine discrétion et la capacité de les satisfaire au lit. Je les appelle les femmes généreuses. Pour un célibataire, ce sont elles ou rien du tout.

— Et rien du tout n'est pas acceptable ? demanda le garçon, la tête inclinée de côté.

— Si, à condition d'être un moine, ou trop ivre pour t'en apercevoir. Tu es encore trop jeune pour avoir conscience de certaines exigences masculines, Mohan. Crois-moi, tu t'en apercevras d'ici quatre ou cinq ans. À ce moment-là, rappelle-toi simplement que les femmes généreuses constituent un exutoire relativement sûr. À condition de ne pas perdre la tête et de prendre ses précautions.

Mohan hocha la tête, puis s'arrêta net.

— Quel genre de précautions ?

La question était logique, mais la réponse ne concernait pas encore le jeune garçon.

— Nous en reparlerons un autre jour, veux-tu ? Je suis probablement déjà allé trop loin. Et, pour l'amour du ciel, ne fais pas allusion à cette conversation devant Alexandra ! Elle m'arracherait les yeux.

— Elle appartient à quelle catégorie, Mlle Alexandra ?

— Eh bien...

La réponse était aussi évidente que douloureuse. Il n'avait nullement le droit de l'embrasser, et encore moins d'espérer l'attirer dans son lit.

— Elle est comme Seraphina, admit-il à contrecœur. C'est le genre de femme qu'un homme épouse par amour.

— C'est ce que je pensais, dit Mohan avec un hochement de tête enthousiaste. Quelquefois, vous regardez Mlle Alexandra comme mon père regarde ma mère. Vous espérez vous marier avec elle ?

— Ta mère est déjà mariée, éluda Aiden, furieux contre lui-même de s'être à ce point laissé aveugler par le désir.

— Je parlais de Mlle Alexandra, et vous le savez très bien. Vous essayez d'esquiver ma question.

— La réponse est non, dit-il de mauvaise grâce. Je n'envisage pas d'épouser Alexandra Radford. Cette réponse te satisfait ?

— Oui. Parce que mon père serait très mécontent si elle épousait quelqu'un d'autre.

Il fallut quelques secondes à Aiden pour mesurer pleinement la signification de ces mots.

— Attends un peu! s'écria-t-il en saisissant Mohan par le col de son manteau pour l'immobiliser. Qu'est-ce que tu racontes? Ton père a l'intention d'épouser Alexandra?

Mohan haussa les épaules.

— Lui, ou peut-être un autre rajah.

— Mais tu m'as dit pas plus tard qu'hier que ton père la trouvait trop têtue pour faire une bonne épouse.

— Elle s'améliore de jour en jour, non? fit remarquer Mohan avec un large sourire. Ma mère a toujours dit que Mlle Alexandra s'améliorerait. Le moment venu... et l'homme qui convient.

— Combien ton père a-t-il de femmes? interrogea-t-il, refusant d'envisager ce qu'impliquaient les paroles de Mohan.

— Quand j'ai quitté l'Inde, il en avait quatre. Et douze maîtresses. C'est un homme très riche. Et, d'après ce que vous m'avez dit aujourd'hui, il a beaucoup d'exigences.

Seize femmes à son entière disposition? Seize femmes à satisfaire?

— Sapristi, j'imagine! Sinon, il est fou à lier.

— Vous ne direz rien à Mlle Alexandra, n'est-ce pas?

— Pourquoi? C'est un secret?

Fronçant les sourcils, Mohan garda le silence en instant.

— Je crois, oui, finit-il par dire. C'est un sujet dont on ne discute jamais en présence de Mlle Alexandra. Si je vous en ai parlé, c'est parce que je vous aime bien. Je ne voudrais pas que vous espériez quelque chose que vous ne pouvez pas avoir, et que vous soyez déçu.

— Merci, murmura Aiden, conscient que, d'une certaine façon, il était déjà trop tard.

— Vous êtes contrarié.

— Non, pas spécialement, mentit Aiden en se remettant en marche. La journée a juste été un peu harassante.

— Et il est encore très tôt.

En effet. Si les heures à venir devaient ressembler à celles qui venaient de s'écouler, il devrait envisager sérieusement de se tirer une balle dans la tête.

Pourquoi avait-il fallu qu'il se souvienne qu'il était censé se conduire en gentleman ? Et qu'il se rappelle l'unique information utile que son père lui ait jamais fournie ? Avec Alexandra, il avait ouvert une porte interdite. Comment diable allait-il réussir à la refermer sans la blesser ou l'insulter ?

Bon sang, agir honorablement serait tellement plus facile s'il en avait ne serait-ce qu'un peu envie !

10

Ils en étaient à leur troisième arrêt, et Alexandra commençait à s'interroger sur le sens de ces pérégrinations dans Londres.

La première fois, ils étaient entrés dans une pension de famille d'aspect plutôt minable, où Aiden avait demandé à parler à un homme nommé O'Brien. Ils étaient remontés dans la voiture sans l'avoir vu, et sans avoir d'explications.

Ils s'étaient arrêtés ensuite au bureau de Barrett Stanbridge. Seul Quincy était présent. Aiden s'était entretenu avec lui à voix basse, et le secrétaire avait désigné une pile de papiers sur son bureau avec un geste d'impuissance excédée. Aiden avait grommelé quelque chose, avant que tous remontent dans la voiture. Il était resté quelques instants à réfléchir, les rênes entre les mains puis, après un soupir avait fait repartir l'attelage.

À présent, Alexandra se tenait devant un imposant hôtel particulier pendant que Mohan aidait Preeya à descendre du véhicule.

— C'est une magnifique demeure, commenta-t-elle, en espérant qu'Aiden lui apprendrait enfin la raison de leurs errances.

— Carden est comte et architecte, et Seraphina une artiste connue. Étonnant, ce qu'on peut faire avec de l'argent et du talent en quantité illimitée, n'est-ce pas ? ajouta-t-il en lui offrant son bras.

Carden. L'homme pour qui travaillait Sawyer, et qui se trouvait en Égypte pour le moment, se souvint-elle.

C'était ici que vivait Aiden avant qu'on ne le charge de la protection de Mohan ?

— *L'Éléphant bleu* doit vous paraître un taudis comparé à cet endroit, fit-elle remarquer, consciente de ne pas être dans son élément.

— Pas le moins du monde, assura-t-il en guidant leur petit groupe vers le perron. Je n'aurais jamais imaginé qu'une maison puisse être aussi charmante et confortable que *L'Éléphant bleu*.

— Ce n'est pas ce que vous avez pensé d'emblée.

Aiden rougit légèrement.

— Eh bien, j'avoue que la décoration indienne m'a un peu rebuté, au début. Mais j'en suis venu à l'apprécier. Énormément même, pour dire la vérité.

— Pourquoi ? insista-t-elle, déterminée à savoir s'il se montrait honnête ou simplement poli.

— Je ne sais pas, répondit-il tandis qu'ils gravissaient les marches.

De l'autre côté de la porte massive s'élevait un concert d'aboiements auxquels il parut ne pas prêter attention.

— Peut-être à cause de son absence de prétention. Et aussi, bien sûr, parce que ce n'est jamais ni attendu ni ennuyeux. Maintenant que j'y pense, ajouta-t-il avec un grand sourire, tout en actionnant le marteau, cela vous ressemble beaucoup.

Alexandra sentit ses joues s'empourprer. Mais elle résista à l'impulsion de lui assurer en hâte qu'elle n'avait recherché ni compliment ni déclaration d'aucune sorte. N'importe quelle protestation aurait été maladroite, et mieux valait feindre de n'avoir rien entendu.

— Votre ami a combien de chiens ?

Il écarquilla les yeux, l'air perplexe, avant de tourner la tête vers la porte comme s'il prenait soudain conscience du raffut.

— Six, mais ils en ont emmené deux en Égypte. Sawyer ne nous entend sans doute pas frapper, continua-t-il en ouvrant la porte. Ou bien, il n'arrive pas à se frayer un passage jusqu'à elle.

Dans le grand vestibule se trouvait une vaste table ronde, ornée en son centre d'un vase en cristal garni d'un magnifique bouquet de fleurs rares. Autour de cet îlot d'élégance et de sérénité, le chaos régnait.

— Grands dieux, Sawyer ! cria Aiden pour couvrir le tumulte.

— Excusez-moi de ne pas vous avoir ouvert, monsieur, hurla Sawyer en retour, du haut de l'échelle instable sur laquelle il était juché, devant une fenêtre. Comme vous le voyez, je suis en train de mater une rébellion dans le zoo.

Le zoo ? Effectivement. Car, aux quatre chiens de belle taille qui ne cessaient de bondir en aboyant s'ajoutaient une chatte et cinq chatons hérissés et crachant, perchés sur la cantonnière. Jamais Alexandra n'avait entendu un tel charivari, au point qu'elle jeta un coup d'œil à Mohan pour s'assurer qu'il n'était pas effrayé. Il ouvrait des yeux comme des soucoupes, mais son sourire était radieux. Preeya paraissait tout aussi amusée. Rassurée, Alexandra reporta son regard sur Sawyer, cherchant un moyen de remédier au désordre.

Aiden la devança.

— Je pense que les chats redescendraient si les chiens ne menaçaient pas de les croquer, dit-il en posant les mains sur l'échelle pour la stabiliser. Descendez de là avant de tomber, et imposons un semblant d'ordre.

— Les chiens étaient enfermés, mais ils ont fait irruption au moment où j'attrapais le premier de ces maudits chatons, expliqua le majordome en regagnant la terre ferme avec précaution.

Une fois en sûreté, il rajusta sa veste, releva le menton et endossa de nouveau son rôle officiel.

— Bienvenue à Haven House, mademoiselle Radford.

— Bonjour, Sawyer. Voici Mohan Singh, mon pupille. Et notre gouvernante, Preeya.

— C'est un plaisir, monsieur Singh. Madame, fit-il en s'inclinant. Si vous voulez bien m'excuser quelques instants, je vais enfermer de nouveau cette meute.

— Je m'occupe d'attraper Lucy et Tippy, proposa Aiden en saisissant l'une des bêtes par son collier de cuir.

Deux secondes plus tard, il entraînait les deux chiens vers le fond du vestibule, accompagné par une volée d'insultes félines. Sawyer mit un peu plus de temps à se saisir des deux derniers coupables, puis emboîta le pas à Aiden.

— J'aime bien cette maison, mademoiselle Alexandra, déclara Mohan en hindi. Nous ne pourrions pas avoir des animaux à nous ?

— Nous avons des paons, répondit-elle, se souvenant de sa conversation avec Aiden, qui s'était étonné que son pupille n'ait pas même un animal de compagnie.

— Je parlais d'un animal qui vivrait dans la maison avec nous, et qui nous amuserait. Un chat. Ou un chien. Ou peut-être plusieurs de chaque.

— Ce ne sont pas des jouets, Mohan. Posséder un animal, c'est une responsabilité.

— Je m'en occuperai bien, et je serai gentil avec eux.

Quelques jours auparavant, il ne lui serait pas venu à l'esprit d'assumer lui-même cette responsabilité. En tout cas, pas avant d'avoir essayé d'en charger quelqu'un d'autre.

— Je veux bien y réfléchir, concéda-t-elle en levant les yeux sur les petits boules de fourrure alignées en haut de la fenêtre.

— Peut-être que Sawyer sait où nous pourrions nous procurer un chat, avança Mohan.

— Sawyer voudra peut-être s'assurer d'abord que tu es capable de t'en occuper... Tu ne crois pas qu'essayer de faire descendre ces chats de là-haut serait un bon moyen de l'en convaincre ?

Mohan n'hésita pas.

— Si cela ne vous ennuie pas de tenir l'échelle, Preeya et vous.

Sans qu'un échange de paroles soit nécessaire, Alexandra devina que Preeya pensait la même chose qu'elle. Au cours des derniers jours – en fait, depuis qu'Aiden Terrell était entré dans leur vie – Mohan avait changé ;

c'était à présent un enfant gai et attachant. Adopter une famille de chats semblait une mince récompense en regard des progrès considérables qu'il avait accomplis. Restait à souhaiter qu'Aiden n'appartienne pas à cette catégorie d'individus qui éternuent au voisinage d'un chat.

— Puisqu'ils ont apparemment réussi à pousser le verrou de la porte de l'office, dit Sawyer, je pense qu'il vaudrait mieux les remettre dans le chenil, monsieur.

Hochant la tête, Aiden poussa la porte de service. Dès qu'ils virent le grillage entourant leur domaine, les chiens essayèrent de l'entraîner dans cette direction. Il les lâcha et ils filèrent comme des flèches, bientôt rattrapés par les deux autres. C'était à qui arriverait le premier au chenil.

— D'où viennent ces chatons ? s'enquit Aiden en refermant la barrière. Ils n'étaient pas là lorsque j'y étais.

— En fait, si, monsieur. Ils étaient dans la remise aux voitures. Mais quand il a commencé à neiger, leur mère les a amenés à la porte de service pour solliciter un gîte plus confortable.

— Et vous ne pouviez pas le lui refuser, sourit Aiden en enfonçant les mains dans ses poches.

— Bien sûr que non, monsieur. J'ai essayé de les confiner dans la chambre de Mlle Béatrice. Malheureusement, Mme Blaylock n'a pas bien refermé la porte ce matin, après les avoir nourris.

— C'est alors que le cataclysme s'est déchaîné...

— Oui. Mais pas avant qu'elle soit partie pour la journée.

— Que diriez-vous d'échapper à tout cela pendant quelque temps ? risqua Aiden, qui entrevoyait le moyen de concilier différents intérêts.

Sawyer arqua un sourcil argenté.

— Suggérez-vous que je prenne un congé ? C'est très gentil à vous, monsieur.

— Ce serait une sorte de congé, effectivement.

— Continuez, monsieur Terrell.

— Ce matin, deux voyous sont venus à *L'Éléphant bleu* et ont tenté d'enlever Alexandra sous la menace d'un couteau.

Sawyer blêmit, et tourna le regard vers la maison. Puis il cligna des yeux, se redressa, s'éclaircit la voix et déclara :

— De toute évidence, et Dieu merci, ils ont échoué.

— Parce que je les ai abattus. Tous les deux.

Sawyer le considéra d'un air soucieux.

— Je suis certain que c'était absolument nécessaire, monsieur Terrell, affirma-t-il doucement. J'espère sincèrement que vous voyez les choses ainsi, et que vous n'en éprouvez pas de remords.

— J'essaie, admit Aiden en haussant les épaules.

C'était un problème de connaître si bien Sawyer ; Sawyer le connaissait très bien, lui aussi. Plutôt que de s'appesantir sur ses regrets, il passa à la phase suivante de son plan.

— À la suite de ce drame, j'ai pris conscience que je ne pouvais pas protéger trois personnes en même temps. Si je sors avec Mohan, Alexandra se retrouve seule dans la maison et Preeya est aussi seule dans la cuisine. Je ne peux décemment pas enfermer tout le monde dans une seule pièce. L'ennui nous rendrait fous.

— Et vous détestez vous ennuyer.

— Comme vous, soit dit en passant. Alors, que diriez-vous d'être mon second pendant quelques semaines ? Uniquement durant la journée. J'assurerais entièrement la sécurité de Mohan, et vous, vous garderiez un œil sur Alexandra et sur Preeya, prêt à intervenir au cas où. Nous passons les soirées ensemble, dans le salon. Je peux donc me débrouiller seul la nuit Qu'en pensez-vous ? Seriez-vous prêt à m'aider à les protéger ?

— Je ne suis pas vraiment de la partie, monsieur.

— Parce que je le suis, moi ? Je pensais confier cette tâche à O'Brien, mais je n'ai pas réussi à lui mettre la main dessus. Je me suis alors rendu au bureau de Barrett, histoire de lui demander s'il connaissait une personne susceptible de m'aider. Son secrétaire pense qu'il est au pays de Galles pour une affaire. Non pas qu'il soit très au courant vu que Barrett en dit le moins possible. C'est vraiment un crétin fini! Franchement, Sawyer, son cadavre pourrait pourrir dans un fossé pendant une semaine avant que quelqu'un se risque à envisager qu'il a peut-être disparu!

— Vous semblez un peu à cran, monsieur.

— Sans doute parce que je le suis, répliqua Aiden, certain de gagner la partie.

— Si vous croyez sincèrement que je peux vous être utile…

— Soyez béni, Sawyer, déclara-t-il en pressant l'épaule du majordome avec gratitude. Je m'assurerai que Barrett vous dédommage pour ce dérangement.

— Je ne peux malheureusement m'engager que jusqu'au retour de la famille.

— Bien entendu. Pouvez-vous commencer dès demain matin?

— Cela devrait être possible, monsieur. À quelle heure dois-je arriver?

— 9 heures?

— Très bien, monsieur. Ce sera donc 9 heures.

— Merci, Sawyer. Vous êtes un saint. À présent, retournons voir ce que nous pouvons faire de ces chats… et tentons de sauver les rideaux de Seraphina.

— Si vous caressez vous-même l'espoir de devenir un saint, déclara Sawyer, emportez-les chez vous. Je parle des chats, pas des rideaux.

Aiden se réveilla en sursaut et scruta l'obscurité, le souffle court, le cœur cognant dans la poitrine. Une douleur brûlante lui irradiait dans l'épaule. Comme d'habitude, quand il posa les doigts sur la cicatrice familière, la brûlure se fondit lentement dans les brumes du cauchemar. Les images d'une clarté effrayante qui l'accompagnaient s'effacèrent aussi. Mais pas complètement. Cette fois, leur souvenir continua de le hanter.

Il déglutit et, délibérément, traqua les différences. Ses yeux étaient bleus, ses cheveux dorés ; elle était petite, gracile, si féminine et si délicate qu'il l'appelait sa poupée de porcelaine. Tous ces détails, il s'en souvenait. Alors, pourquoi ne retrouvait-il plus son image dans sa mémoire ? Pourquoi, dans son cauchemar, le corps recroquevillé sur le pont sanglant avait-il des cheveux d'un noir de jais ? Pourquoi étaient-ce les yeux bleu-vert d'Alexandra qui le fixaient sans le voir ?

Il était impensable qu'il ait pu oublier. Impardonnable, même. Plus encore que d'avoir failli à ses devoirs envers elle ce jour-là, alors que la mer scintillait sous le soleil et que le monde apparaissait plein d'espoir et de promesses.

Aiden s'assit et se frotta le visage. S'obligeant à prendre de profondes inspirations, il se concentra sur le clair de lune qui éclairait sa chambre. Peu à peu, la cadence effrénée de son cœur commença à ralentir.

Il avait besoin d'un verre. Juste de quoi engourdir son esprit et chasser les fantômes de son sommeil. Alexandra conservait peut-être du cognac au salon, pour ses visiteurs, songea-t-il en enfilant son pantalon, puis sa chemise. Sans doute dans le petit meuble près de la cheminée. Il n'en boirait pas beaucoup. Et, dans le cas contraire, il veillerait à le remplacer dès le lendemain.

Une ombre apprit à Alexandra qu'Aiden était là juste avant qu'elle n'entende son hoquet de surprise. Elle baissa les yeux pour s'assurer qu'elle était décemment couverte, posa la main sur l'un des chatons nichés contre elle pour se calmer, puis leva les yeux et lui sourit.

— Je constate que vous ne parvenez pas à dormir non plus.

L'espace d'un instant, il eut l'air paniqué, et jeta un regard rapide vers la commode. Puis il se passa la langue sur les lèvres.

— Un peu de compagnie ne vous dérange pas ?

Elle aurait dû dire qu'elle s'apprêtait à se retirer, et se lever pour lui laisser la jouissance du salon. Et elle n'aurait certainement pas dû remarquer son torse nu entre les pans de sa chemise ouverte. Mais après tout, elle n'était qu'humaine. Quel mal y avait-il à regarder ? Aucun, tant qu'elle ne se laissait pas gouverner par de vils instincts.

— J'aimerais beaucoup que vous me teniez compagnie, assura-t-elle en posant son livre sur le sol. Entrez et installez-vous confortablement. Je peux vous prêter un chaton, si vous en voulez un.

La conscience d'Aiden le prévint qu'il se repentirait s'il ne trouvait pas sur-le-champ une excuse pour faire demi-tour et s'en aller. Une autre voix, bien plus insistante, lui souffla qu'un regret de plus ou de moins n'affecterait pas la destination de son âme.

D'autant que, sous l'ourlet du peignoir d'Alexandra, pointait un pied nu à la courbe délicate et un soupçon de soie couleur cannelle. Éclairée par la lueur vacillante des bougies, Alexandra était mollement allongée sur les coussins, ses cheveux défaits cascadant sur ses épaules, les chatons blottis contre son ventre.

Au diable sa conscience ! Tant qu'Alexandra ne se roulait pas en boule contre lui en ronronnant et en quémandant une caresse, il était parfaitement capable de garder le contrôle de la situation.

De crainte de le détailler ouvertement tandis qu'il s'approchait, puis s'installait sur les coussins à côté d'elle, Alexandra baissa la tête et feignit de sélectionner un chaton.

— Je m'aperçois, dit-elle d'un ton qu'elle s'efforça de rendre désinvolte, que vous en savez beaucoup plus sur moi que moi sur vous.

— Ce qui signifie : « Parlez-moi de vous, John Aiden Terrell », fit-il en appuyant la tête sur sa main. C'est ça ?

— Oui, s'il vous plaît. Les détails croustillants ne sont pas nécessaires, bien sûr, ajouta-t-elle en se risquant à croiser son regard.

Son sourire fut immédiat, et aussi malicieux que l'étincelle qui dansait dans ses yeux.

— Si je laisse de côté les parties les plus sordides et les plus licencieuses, il n'y aura plus grand-chose à raconter. Je suis l'aîné de douze enfants.

— Douze ? répéta Alexandra en détournant le regard, un peu embarrassée par la facilité avec laquelle son cœur s'emballait.

Aiden connaissait ses limites, et regarder Alexandra caresser les chatons allait bien au-delà d'elles. Il roula donc sur le dos et, croisant les mains sous la tête, fixa le plafond du regard.

— Six sœurs, cinq frères. Mes parents ont le sens de l'ordre et de la planification. J'ai été éduqué par les meilleurs précepteurs possible, sans qu'on me laisse jamais oublier qu'un jour, je reprendrais l'affaire familiale. Pour être franc, j'ai haï chaque minute passée dans la salle d'études. Je suppose que je serai bientôt déshérité. J'ai tout fait pour, à vrai dire.

— Votre famille… vit à Londres ?

— Non. À Saint-Kitts, qui fait partie des Îles-du-Vent.

— Dans la mer des Caraïbes ? Comment vous êtes-vous retrouvé à Londres ?

— Mon père est armateur. Ses bateaux sillonnent principalement l'Atlantique. Il y a quelques années, nous sommes tous venus ici en attendant l'achèvement des bateaux qu'il avait commandés. Trois de mes frères et moi-même devions les ramener aux Caraïbes. L'un des chantiers a pris du retard, et je suis resté. C'est alors que j'ai fait la connaissance de Carden et de Barrett.

— Vous attendez toujours que le bateau soit fini ?

— J'en ai pris livraison il y a deux ans, et je l'ai ramené, en fils obéissant.

— Ainsi, vous n'êtes pas un simple marin, mais un capitaine de bateau.

— Et un propriétaire, en partie.

— Je suis sûre que Mohan adorerait voir votre bateau.

C'était plus une question qu'une affirmation. Une requête pour ce qu'elle considérait de toute évidence comme une faveur.

— Ce serait plutôt difficile, admit-il d'un air penaud. Je me suis débrouillé pour le faire couler il y a un an et demi.

— Oh, murmura-t-elle, déçue, avant de s'enquérir d'un ton plein d'espoir : Êtes-vous de retour à Londres pour prendre livraison d'un autre bateau ?

Il lui suffisait de dire « oui », et ils passeraient à autre chose. Ce serait un mensonge, mais elle ne le saurait jamais. Rien ne l'obligeait à être honnête avec elle. Dieu savait que la vérité n'avait rien de flatteur.

— Je suis à Londres parce que j'ai trébuché avant de tomber le nez dans la poussière.

— Vous ne me semblez pas être du genre à trébucher très souvent, Aiden.

— Mais quand ça m'arrive, c'est spectaculaire, assura-t-il avec un rire sans joie.

— Que s'est-il passé ? C'est à cause du naufrage ? C'est la raison pour laquelle votre père est en colère contre vous ?

En colère ? Il leva les yeux au ciel.

— « Furieux » serait un terme plus approprié.

— S'il est dans le commerce maritime depuis longtemps, il sait qu'il y a des accidents, que l'on peut perdre un bateau sans que ce soit la faute du capitaine ou de l'équipage.

— Mais aussi que cela peut arriver parce que le capitaine s'est montré d'une stupidité impardonnable.

— Qu'avez-vous fait ? demanda-t-elle avec une douceur pleine de sollicitude.

Il savait que, s'il changeait de sujet, elle ne protesterait pas. Et que s'il lui mentait, elle s'en apercevrait, mais l'accepterait par pure bonté.

— Comme vous le savez sans doute, les Américains se déchirent depuis quelques années. Les États nordistes ont décrété un blocus naval contre les États du Sud. J'ai essayé de le forcer.

— Pour une raison particulière ?

— Oui. Mais avec le recul, ce n'en était pas une bonne.

Il sentait sur son visage la tendre caresse de son regard attentif. Et décida qu'il n'avait d'autre choix que de tout lui raconter.

— Elle s'appelait Mary Alice Randolph, d'une vieille famille établie en Caroline du Sud. Elle était à Londres depuis le début de la guerre et souhaitait rentrer chez elle, à Charleston. Je voulais qu'elle m'épouse, alors je lui ai promis de la ramener.

Il dut avaler sa salive et prendre une profonde inspiration avant de conclure :

— Elle a été tuée lors du premier tir de barrage que nous avons essuyé. Elle était morte avant que je l'aie rejointe. Je n'ai pas pu lui dire adieu.

— Oh, Aiden...

Émue aux larmes, Alexandra posa spontanément la main sur son bras pour tenter de le réconforter.

— Je suis tellement désolée. Vous devez souffrir terriblement, et avoir de tels regrets.

Aiden bascula sur le flanc pour la regarder. Un mélange troublant de tristesse et d'étonnement assombrissait son regard.

— Vous êtes la seule personne à m'avoir jamais dit cela, Alexandra. La seule.

Il se pencha pour lui effleurer le front d'un baiser et murmura :

— Merci.

Elle ne sut que dire ni que faire. Ce qui était souvent le cas avec Aiden. Curieusement, cependant, ce n'était pas gênant, car elle avait la conviction qu'il ne la laisserait pas s'enferrer ou se ridiculiser.

— Quoi qu'il en soit, continua-t-il d'une voix raffermie, la malchance a voulu que je survive à l'attaque et au naufrage. Ceux d'entre nous qui ont été repêchés ont été jugés comme combattants ennemis. Cela a pris six mois, et coûté une fortune à mon père, pour nous sortir de prison.

— Mais je suis sûre que vos parents ont été soulagés que vous rentriez sain et sauf, avança-t-elle, dans le but d'évoquer des souvenirs plus joyeux.

Il laissa échapper un rire bref, plein d'amertume.

— La joyeuse réunion familiale a duré en tout et pour tout quinze secondes. Au beau milieu du sermon formidable qui a suivi ma réapparition, je suis sorti sans un regard en arrière.

— Qu'est-ce qui vous a décidé à revenir à Londres ? Vous vouliez être avec vos amis ?

À son grand soulagement, elle perçut, cette fois, une pointe d'amusement dans son rire.

— Franchement, je l'ignore. Je suppose que, d'une manière ou d'une autre, j'avais décidé de mettre le plus de distance possible entre mon père et moi. Comme je vous l'ai dit, arrivé ici, je suis tombé et je ne me suis pas soucié de me relever. Je suis sobre depuis quatre semaines, ce qui constitue un record.

— Le service que vous devez à Barrett... Celui qui vous a poussé à accepter de protéger Mohan... Est-ce sous son insistance que vous avez cessé de boire ?

— Il m'a dit qu'une année à noyer son désespoir dans l'alcool suffisait. C'est l'une des rares choses qu'il m'ait dites au cours de ces dernières semaines que je peux répéter devant une dame. Un moment, je me suis demandé s'il était vraiment mon ami. Je commence à me rendre compte qu'il avait peut-être raison.

— Je suis heureuse qu'il soit intervenu pour vous tirer de là. Sans cela, à l'heure qu'il est, je serais à la merci de ces deux hommes.

— Si je n'avais pas été là, Alexandra, vous seriez morte, à l'heure qu'il est.

— Alors, je vous suis tout particulièrement reconnaissante de votre récente sobriété.

Il aurait dû se montrer galant, modeste, et s'en aller. Mais il en fut incapable. À la lueur douce des bougies, elle était si exotique, si délicieusement tentante... Ses cheveux sombres encadraient un visage qui paraissait avoir été caressé par un soleil lointain. Ses yeux n'étaient plus ni bleus, ni verts, ni gris, mais ténébreux ; leur ombre sensuelle invitait à la découverte de mystères anciens et de trésors inestimables. Non, il n'allait pas partir.

Il lui adressa un sourire canaille, sachant pertinemment qu'elle n'y résistait pas.

— Jusqu'à quel point êtes-vous reconnaissante ?

Oh, le maître était au mieux de sa forme ! De toutes les possibilités qui s'offraient à elle, Alexandra choisit la plus osée. À deux, on pouvait jouer et, si elle ne possédait pas l'expérience d'Aiden, elle bénéficiait de l'effet de surprise. Le pari était certes risqué, mais elle ne put résister à l'occasion qui se présentait de le déstabiliser.

Évitant avec soin son regard, elle leva la main, frôla des doigts le bord de sa chemise entrouverte, puis s'en saisit. Délibérément, elle l'attira à elle, les yeux rivés sur ses lèvres.

Aiden déglutit, ou du moins essaya. Il respirait à petits coups rapides, puis, juste avant qu'elle ne pose sa bouche sur la sienne, il cessa complètement de respirer. Elle s'attarda par pur plaisir, savourant la douceur de ses lèvres et le goût délicieux de sa soumission. Ce n'est que lorsqu'il murmura son prénom et laissa sa main remonter le long de son bras qu'elle s'écarta.

— Merci, Aiden, d'être ici, chuchota-t-elle en le relâchant, les sens en émoi.

Pour Aiden, tout cela était à peine réel. Mais il s'en moquait. Il était consumé par un désir si exigeant qu'il en avait le souffle coupé. Sa conscience avait beau lui rappeler que, le matin même, il s'était juré de se conduire en gentleman, il devait savoir s'il avait une chance, même minuscule. Il était capable de se montrer patient s'il le fallait.

— Je peux vous poser une question très personnelle, Alexandra ?

— Vous pouvez poser toutes les questions que vous voulez dès lors que vous acceptez que je me réserve le droit de ne pas y répondre.

— Est-ce que vous imaginez vous marier un jour ? lâcha-t-il tout à trac.

— En toute honnêteté ? Non.

Elle haussa une épaule délicate, avant de lui adresser un sourire timide.

— Oh, de temps en temps, je rêve d'être enlevée par un prince charmant sur son destrier blanc. Mais je sais que cela n'arrivera jamais.

— Pourquoi pas ?

— Parce que dans le cas improbable où cela se produirait, répondit-elle avec un petit rire, il me laisserait vite tomber. Je n'ai pas le caractère qui convient à une bonne épouse ; j'ai des opinions bien arrêtées, je suis têtue, inflexible, et beaucoup trop indépendante. Et, comme si cela ne suffisait pas, je n'ai jamais appris à battre des cils, à m'évanouir quand il le faut ou à implorer de l'aide à la moindre difficulté. Le monde regorge de femmes bien plus adaptées au mariage que moi. Il n'y a pas de raison qu'un homme me choisisse plutôt qu'elles.

Il n'était pas d'accord, mais il n'était pas de son intérêt immédiat de le lui avouer.

— Est-ce que l'idée d'être seule pour toujours vous tracasse ?

— Je ne suis jamais vraiment seule, répliqua-t-elle gaiement. Ici, à Londres, j'ai Preeya et Mohan. Et puis Emmaline, vous, Sawyer à partir de demain. En Inde... le palais est plein de monde.

— Ce n'est pas exactement ce que je voulais dire, marmonna-t-il, frustré mais n'osant poser une question plus directe de crainte de la choquer.

— Est-ce que l'idée de ne jamais coucher avec un homme me tracasse ?

Aiden cilla, stupéfait.

— C'était...

— Franc ? avança-t-elle, malicieuse. Les Indiens sont beaucoup plus ouverts sur ces questions que les Anglais. La réponse est : quelquefois oui, mais la plupart du temps, non. Et nous avons atteint le point de notre conversation au-delà duquel je refuse d'aller.

Tout ce qu'Aiden voulait vraiment savoir se trouvait justement dans cet « au-delà ».

— Fort bien, acquiesça-t-il, uniquement parce qu'il n'avait pas le choix.

— Et vous, espérez-vous vous marier un jour ?

— Non, répondit-il avec une indifférence qui le surprit lui-même.

Bien sûr, c'était une décision qu'il avait prise depuis un certain temps, et il ne s'était plus jamais interrogé sur le sujet. Celui-ci n'était donc plus chargé d'émotions.

— C'est vraiment dommage, car vous feriez un mari et un père formidables. Vous avez accompli des merveilles avec Mohan. Il a énormément changé, et paraît beaucoup plus heureux.

— J'ai eu ma chance... et je l'ai détruite.

Alexandra l'observa en silence un long moment, avant de hocher lentement la tête.

— Je comprends que vous puissiez penser cela. Le mariage de ma mère a été un désastre sur tous les plans. Comme vous, elle pensait ne plus jamais connaître le bonheur. La vie et le rajah lui ont prouvé le contraire, conclut-elle avec un petit sourire.

— Y a-t-il une leçon pour moi, là-dedans ?

— Je l'espère.

— Garder l'œil ouvert pour un rajah ? Non, merci.

Le sourire d'Alexandra s'évanouit.

— La leçon, dit-elle doucement, c'est que, quelquefois, ce que vous attendez le moins vous vient de là où vous vous y attendez le moins, et au moment où vous vous y attendez le moins.

— Je ne veux pas que quoi que ce soit m'arrive, attendu ou pas.

— Ainsi, vivre délibérément sans espoir est votre pénitence pour n'être pas Dieu ? demanda-t-elle en haussant les sourcils. Pour n'avoir pas été capable de lever la main et de détourner la salve qui a tué celle que vous aimiez ?

— Plus ou moins, concéda-t-il, mal à l'aise.

— C'est bien d'un Anglais, commenta-t-elle en l'étudiant ouvertement. Si vous étiez indien, hindou, vous verriez les choses très différemment. Vous avez agi en pensant bien faire, par bonté et par amour pour un autre être humain qui souffrait. Cependant, vos bonnes intentions ont été contrariées par les dieux et par la puissance de l'univers sans que vous soyez fautif. Votre destin était d'aimer et de perdre. Surmonter l'échec et vous engager de nouveau, au risque d'échouer encore, est le défi que vous devez relever.

— Mais je ne suis ni indien ni hindou. Je suis britannique jusqu'à la moelle, souligna-t-il, en s'efforçant de dominer son irritation grandissante. Imputer un événement au destin, ce n'est rien d'autre que chercher à excuser une volonté déficiente. C'est à moi de façonner le destin selon mes désirs.

— Alors, vous ne vouliez pas vraiment, tout au fond de votre cœur, forcer le blocus avec succès ? Vous ne souhaitiez pas assez fort que Mary Alice vive et devienne votre femme ?

Même si la façon dont elle cernait le problème ne lui plaisait pas, Aiden supposa que c'était ainsi qu'il voyait les choses, en effet.

— Vous avez là les fondations d'une culpabilité éternelle.

Elle baissa les yeux sur les chatons, en caressa un avant de le regarder de nouveau.

— Si je comprends bien, votre plus grand défi, à présent, c'est d'être aussi seul et malheureux qu'il est humainement possible ?

Comment diable réussissait-elle à faire passer les décisions les plus soigneusement mûries pour des sottises ? Malgré lui, il dut convenir qu'il y avait une minuscule dose de vérité dans sa remarque. Être avec elle, l'embrasser n'entrait certes pas dans la catégorie des malheurs humains ; c'étaient là des plaisirs auxquels il n'avait pas envie de renoncer.

— Pas tout le temps, admit-il.

— C'est plutôt bon signe, dit-elle avec un sourire radieux. Apparemment, vous n'avez pas abandonné complètement le combat. Ce qui suggère que vous n'êtes pas vraiment voué à vous complaire dans les regrets le reste de votre existence.

Aiden n'aima pas plus la conclusion de son raisonnement que son élaboration. La promesse qu'il avait faite était solennelle ; c'était un sacrifice noble et honorable, le prix à payer pour son échec. Mais si la noblesse de sa résolution n'était pas en cause, il n'était plus si sûr de son bien-fondé. Dieu savait que les deux qualités n'allaient pas toujours de pair. Le monde était rempli d'idiots nobles et honorables. L'idée d'être l'un d'eux ne lui plaisait pas particulièrement.

Alexandra et sa manière de voir le monde... Après moins d'une semaine passée avec elle, son univers était sérieusement ébranlé.

— Qu'êtes-vous réellement ? finit-il par demander. Indienne ou anglaise ? Au plus profond de vous.

Un haussement d'épaules imperceptible, un sourire énigmatique.

— Pour moi, il y a de la force dans les deux.

Comme d'habitude, elle n'avait pas vraiment répondu à sa question. Sans se laisser désarmer, Aiden adopta une tactique moins directe.

— Quel est votre destin dans cette vie ?

— Aujourd'hui, c'est d'éduquer Mohan afin qu'il serve au mieux son peuple. De quoi sera fait demain, je l'ignore. Ce qui advient, advient. J'essaierai de relever ce défi avec bonne grâce, et de faire le bien chaque fois que ce sera possible.

Ce qui advient, advient.

— Ce serait très hindou de votre part, fit-il observer, satisfait d'avoir réussi à obtenir une réponse.

— Les chrétiens n'y trouveraient rien à redire, contra-t-elle. Pas plus que les bouddhistes.

Alexandra avait élevé l'esquive et le détournement au rang des beaux-arts. C'était l'une des facettes de sa personnalité, parmi les nombreuses autres, qui l'intriguait beaucoup. Beaucoup plus qu'il n'était souhaitable pour tous les deux.

— Je vais vous laisser retourner à votre lecture, déclara-t-il en tendant la main pour caresser l'un des chatons endormis.

Alexandra se contraignit à ne pas réagir quand le bout de ses doigts frôla sa poitrine et qu'une onde de chaleur déferla dans ses veines. Si elle lui avouait que son livre était beaucoup moins intéressant que lui... Si elle l'invitait à rester...

— Bonne nuit, Alexandra.

Elle trouva un semblant de consolation dans la réticence qu'exprimait son regard quand il se leva. Il était réconfortant de savoir qu'elle n'était pas seule à déplorer la soumission au bon sens et au respect de la vertu.

— Bonne nuit, Aiden. Faites de beaux rêves.

Une moue souriante, un clin d'œil, et il s'éloigna. Alexandra le suivit des yeux, avec l'impression soudaine d'être abandonnée et douloureusement incomplète.

11

Après trois jours consécutifs en selle, Aiden était plus qu'endolori. Il fallait dire que cela faisait bien un an qu'il n'avait pas touché aux rênes et aux étriers, et fait travailler certains muscles de son corps. Dieu merci, pour le soulager, il y avait eu les longs bains chauds, ainsi que la potion miraculeuse qu'Alexandra lui administrait chaque soir, avant le dîner.

Il avait aussi deux motifs de consolation : le premier étant que Mohan se révélait un excellent cavalier ; le second, qu'Alexandra se montrait une délicieuse garde-malade, compatissante, et s'efforçant en permanence de veiller à son confort physique. Dommage qu'il soit trop épuisé, le soir, pour tirer de plus grands avantages de ses soins.

— Nous devrions peut-être remettre mon cheval à la longe, hasarda Mohan, le tirant de ses pensées.

— Tu crois que c'est nécessaire ?

— Moi, ça va, assura le jeune garçon. C'est pour la tranquillité d'esprit de Mlle Alexandra. Elle a coutume de s'inquiéter pour moi plus que de raison.

— Nous ne lui dirons pas que nous l'avons enlevée.

— Mais elle risque d'être à la fenêtre, à guetter notre retour.

— Si c'est le cas et qu'elle proteste, je lui assurerai que tu te débrouilles très bien sans la longe.

— Et vous pensez qu'elle vous croira ? demanda Mohan, sceptique.

— Oui.

— Alors, vous seriez le premier homme à avoir une telle influence sur elle, ricana le garçon.

— Comment le saurais-tu? demanda Aiden en tirant sur les rênes de son cheval avant de descendre de cheval. Tu n'as que dix ans. Tu n'as pas dû voir beaucoup d'hommes tenter de la convaincre de quoi que ce soit.

— Il y avait tout le temps des officiers britanniques qui rendaient visite à mon père, répliqua Mohan en descendant à son tour de sa monture pendant qu'Aiden ouvrait les portes de l'écurie. Ils s'intéressaient à Mlle Alexandra. Et puis, quand Mme Radford était encore en vie, elle emmenait Mlle Alexandra dans des soirées. Il y avait toujours un ou deux officiers qui leur rendaient ensuite visite. J'ai vu beaucoup d'hommes flatter Mlle Alexandra. Elle se montrait polie avec eux, mais pas plus. À la longue, ils ne revenaient plus.

Aiden fronça les sourcils, agacé de constater qu'il suivait les traces des autres hommes qui étaient passés dans la vie d'Alexandra.

— Par honnêteté, je dois reconnaître que vous êtes différent, ajouta Mohan. Elle ne garde pas la même distance avec vous. Vous avez peut-être une chance que les autres n'ont pas eue. Finalement, c'est peut-être bien d'avoir supprimé la longe.

— Quelquefois, grommela Aiden, je me demande si tu n'es pas un vieillard dans un corps d'enfant.

— Peut-être que je le suis.

Un mouvement furtif dans l'ombre de l'écurie capta soudain l'attention d'Aiden. Il sortit vivement son revolver de sa ceinture tout en pivotant pour se placer devant Mohan.

— Ne tire pas, s'il te plaît, fit l'homme en levant les mains en l'air.

Barrett! Avec un soupir de soulagement, Aiden dirigea le canon de son arme vers le sol.

— Eh bien, regarde ce que le chat nous a apporté!

— Le chat s'est sauvé? s'inquiéta Mohan en jetant un regard affolé autour de lui.

— C'est une expression, le rassura Aiden tandis que Barrett les rejoignait. Ça signifie qu'on ne s'attendait pas à voir une certaine chose. En l'occurrence, Barrett Stanbridge.

— Monsieur, dit Mohan en inclinant la tête sans quitter ce dernier des yeux.

— Bonjour, Mohan. Puisque tu sembles te porter comme un charme et que tu as l'air plutôt heureux, observa Barrett avec un sourire, j'en déduis que tu es satisfait de la façon dont M. Terrell s'acquitte de sa tâche.

— Ma propre satisfaction est sans importance, monsieur. C'est Mlle Alexandra qui juge de la situation.

Barrett arqua un sourcil perplexe, et Aiden en profita pour se tourner vers Mohan.

— En parlant de Mlle Alexandra... Peux-tu aller l'avertir, ainsi que Preeya, que nous aurons un invité pour dîner? M. Stanbridge et moi nous occupons des chevaux.

— Bien, monsieur.

— Ensuite, tu restes dans la maison.

Aiden attendit qu'il ait disparu avant de demander :

— Où étais-tu?

— À la campagne, répondit son ami en s'approchant du cheval de Mohan. Mon père m'a convoqué pour son sermon annuel sur les obligations que je dois au nom des Stanbridge. Quincy m'a appris que tu étais passé au bureau.

— Il y a quatre jours, figure-toi, dit Aiden en débarrassant sa monture de sa selle et de sa couverture. Et il m'a dit que tu étais au pays de Galles.

— Je ne révèle jamais à Quincy ma destination exacte. Sinon, il enverrait des gens comme toi à mes trousses, chargés en plus d'un tas de papiers à signer. De quoi as-tu besoin?

— De rien, pour l'instant, répondit Aiden en menant son cheval dans sa stalle. J'ai résolu le problème moi-même en embauchant Sawyer. Il garde un œil sur le troupeau quand il n'est pas réuni, de 9 heures à 17 heures tous les jours. Je compte sur toi pour le dédommager.

— Pourquoi as-tu besoin d'aide ? Tu n'es chargé que de la sécurité du garçon.

Aiden ne répondit pas immédiatement. Jusqu'à présent, il n'avait pas essayé de mettre des mots sur ce qu'il ressentait. Ce ne fut que lorsqu'il eut versé deux seaux d'avoine et une brassée de foin dans la mangeoire qu'il rejoignit Barrett, de l'autre côté de l'écurie.

— Quelque chose n'est pas clair dans tout ça, commença-t-il en s'accoudant à la barrière. Cela fait plusieurs jours que je me promène avec Mohan dans Londres au vu et au su de tout le monde. Si quelqu'un en a après l'enfant, je n'ai pas vu l'ombre de son ombre. La seule à avoir été agressée, c'est Alexandra, et il s'agissait des deux crapules qu'elle avait engagées pour veiller sur Mohan le matin où elle est passée au bureau. En tout cas, c'est ainsi que les choses m'apparaissent.

— Quincy m'avait gardé l'article du *Times* qui en parlait, dit Barrett. Qu'est-ce qui te fait croire qu'il s'agit d'autre chose que d'une tentative de vol qui a mal tourné ?

— Il se trouve que juste après, mes yeux se sont posés par hasard sur la vitrine. Il y avait un homme, un Indien, qui regardait à l'intérieur du magasin. À l'instant où j'ai croisé son regard, il s'est éclipsé.

— C'était peut-être un passant qui avait entendu les coups de feu et n'a pas résisté à une curiosité morbide.

— Il n'était pas curieux.

— Il était quoi, alors ?

— Eh bien... résolu, peut-être.

— Est-ce que tu ne te fais pas des idées ? Tu venais de tuer deux hommes, tu sais. Soumis à un tel stress, le cerveau a tendance à s'emballer.

— Possible, murmura Aiden.

— Mais tu ne le crois pas.

Aiden s'adossa au mur de la stalle, croisa les bras sur sa poitrine et contempla le bout de ses bottes.

— Mohan m'a dit que certains membres de la cour du rajah n'appréciaient pas la présence d'Alexandra.

— Parce qu'elle est anglaise ?

— À mon avis, c'est plus compliqué que cela. Mais le fait qu'elle soit britannique est sans doute à l'origine de ce rejet. Alexandra ne me l'a pas dit carrément, mais j'ai cru comprendre que sa mère était plus qu'une simple tutrice.

— C'était une des femmes du rajah? risqua Barrett, visiblement intrigué. Alexandra est leur fille?

En un éclair, Aiden revit sa peau dorée à la lueur vacillante des bougies, et ses yeux mystérieux. Si ç'avait été la seule image qu'il eut d'elle... Il secoua la tête pour chasser cette vision exotique.

— Elles ont été recueillies à la cour quand Alexandra était enfant, expliqua-t-il. Mohan semble penser que, lorsqu'ils retourneront en Inde, son père fera d'Alexandra l'une de ses maîtresses ou de ses épouses. Ou qu'il la donnera en mariage à quelqu'un d'autre.

— Dis-moi, est-ce que cette information t'a chiffonné? s'enquit Barrett d'un ton où perçait un amusement amical.

— Ça n'a rien à voir, répondit Aiden, qui refusait de se laisser entraîner sur un terrain personnel. Tout ce que je cherche, c'est à rassembler les pièces du puzzle. Je comprends pourquoi certains sont opposés au retour d'Alexandra. Admettons que le rajah l'épouse et qu'ils aient un fils ou deux. Il y aurait un prétendant à moitié anglais au trône.

— Mais très loin dans la lignée, contra Barrett. Les enfants qu'elle pourrait avoir avec le rajah ne constitueraient pas une menace très importante pour les héritiers plus âgés.

— Je sais. C'est pourquoi il est ridicule de considérer Alexandra comme une menace imminente. Ils ne peuvent même pas lui reprocher de leur imposer sa manière de vivre. À bien des égards, elle est plus indienne que britannique... La question est donc : pourquoi certains seraient-ils si opposés à son retour qu'ils effectueraient le voyage jusqu'à Londres pour la tuer?

Barrett haussa les épaules.

— Ce n'est qu'une supposition de ta part, John Aiden. Tu ne possèdes aucune preuve. Tout ce que tu as, c'est l'affirmation du garçon qui prétend qu'on ne veut pas d'elle à la cour.

— Et un Indien qui espionnait le magasin le matin où l'on a tenté de l'enlever.

— Ce qui peut n'être qu'une simple coïncidence. As-tu revu cet homme ?

Non, il ne l'avait pas revu. Et le fait qu'il ait été en permanence en alerte renforçait, d'une certaine manière, son sentiment que tout n'allait pas pour le mieux dans le monde d'Alexandra.

— D'accord, je n'ai pas de preuve. Mais j'ai une intuition, Barrett, et elle m'obsède.

Son ami soupira.

— Cela s'appelle du désir, John Aiden, dit-il avec un mélange de patience et d'amusement. Plus tu lui résistes, pire c'est. Couche avec cette femme, et tu te sentiras beaucoup mieux.

Aiden envisagea d'ignorer ce commentaire. Mais Barrett continuerait de le harceler s'il ne lui mettait pas les points sur les « i ».

— Un, commença-t-il froidement, je connais la différence entre éprouver du désir et éprouver de la crainte ; et deux, Alexandra n'est pas le genre de femme qu'on culbute et qu'on abandonne ensuite en la remerciant pour cet agréable moment.

— Holà ! murmura Barrett en haussant les sourcils. On est un peu chatouilleux sur le sujet, non ? Il semblerait que tu éprouves des sentiments assez forts pour elle.

— Quels qu'ils soient, ils ne te regardent pas. La seule raison pour laquelle je te parle de tout cela, c'est que j'espère bénéficier de tes lumières. Pourquoi est-elle en danger et comment suis-je censé la protéger ?

— Et moi, je n'ai pas la moindre idée de la manière de t'aider, répondit Barrett en souriant. À part te suggérer de la ficeler sur ton dos tout en gardant ton pistolet chargé à la main. Ne dormir que d'un œil ne peut pas nuire non plus.

Comme si, avec Alexandra « ficelée sur le dos », il aurait été capable de dormir !

— On se demande pourquoi des gens dépensent de l'argent pour tes services.

— Du diable si je le sais, répliqua Barrett, dont le sourire s'élargit. En parlant d'enquête, qu'as-tu appris sur son commerce d'argenterie ? Si, toutefois, tu as eu le loisir de te préoccuper de la question, ajouta-t-il.

— Alexandra ne traite pas avec le tout-venant. Chacune de ses transactions se fait avec des gens qu'elle connaît – principalement les domestiques de confiance de personnes susceptibles de fréquenter les réceptions de ta mère. Même si elles se concluent dans la discrétion, ses affaires sont toujours régulières et légales.

— Tu en es absolument certain ?

— Absolument, répondit Aiden, irrité par son insistance.

Barrett le considéra un instant, l'air songeur.

— Penses-tu qu'elle saurait où trouver de l'argenterie volée si elle désirait en acquérir ? hasarda-t-il finalement.

— Pourquoi cette question ?

— Je perçois le soupçon dans ta voix, John Aiden. Je pourrais me vexer.

— Vas-y, vexe-toi, riposta Aiden. Je m'en contrefiche. Pourquoi cette question ?

Barrett dut décider que la conversation serait plus facile s'il renonçait à se vexer. Il sourit, puis se mit à marcher de long en large.

— Je pense qu'Alexandra pourrait m'aider à retrouver la ménagère en argent de lord Westerham. Peut-être même avant que lady Westerham ne revienne de Paris et ne pose à son mari des questions auxquelles il n'a pas envie de répondre.

— S'il se montrait un peu plus circonspect sur le choix des personnes qu'il ramène chez lui et devant qui il baisse son pantalon, il ne serait pas dans ce pétrin.

— Vrai. Mais cela ne change rien au fait qu'il doit récupérer son argenterie. Et qu'il est prêt à payer ce qu'il faut pour y parvenir. Alors, penses-tu qu'Alexandra Radford pourrait m'être d'un secours quelconque ?

— Il faudra que tu le lui demandes toi-même.

— Tu m'y autoriserais ?

De nouveau irrité par le ton goguenard de son ami, Aiden le foudroya du regard.

— Je suis son garde du corps, pas son geôlier.

La tête penchée de côté, Barrett l'observa d'un air soucieux, avant de demander prudemment :

— Puis-je te donner un avis personnel, John Aiden ? D'ami à ami ?

— Non.

— Eh bien, je le ferai quand même, répliqua Barrett. Sinon, ma conscience ne me laissera pas en paix.

— Je ne veux pas l'entendre, annonça Aiden en pivotant pour sortir de l'écurie.

À peine avait-il fait deux pas que Barrett lui bloqua le passage.

— Tu n'as pas vraiment le choix. J'en suis désolé, crois-moi. Ta douce Mary Alice est morte, Aiden, et tu ne peux rien y changer.

Serrant les dents, ce dernier se prépara à subir un sermon. Plus tôt ce serait fait, plus vite il pourrait l'oublier.

— Écoute, reprit Barrett avec douceur, ce n'est pas trahir sa mémoire que de trouver Alexandra séduisante. Bon sang, si ce n'était pas le cas, je m'inquiéterais pour toi ! Ma raison principale pour te confier l'affaire, c'est que j'espérais te soumettre à la tentation. Je suis content, et même ravi, que ça semble marcher. Rappelle-toi simplement une chose : le sexe, c'est très agréable, mais ça reste le sexe. Rien de plus.

Aiden sentit son estomac se nouer. En lui se mêlaient la colère, le chagrin, le regret et, plus effrayant encore, un indicible soulagement.

— Ne va pas trop loin, Barrett. Il y a des limites à l'amitié, méfie-toi.

— Je sais que je t'ennuie, répliqua son ami avec solennité, mais j'estime que c'est important. Je ne suis pas persuadé que la distinction entre désir et devoir soit très claire pour toi, ces jours-ci. Il le faut, pourtant. J'ai besoin de savoir que tu as enfin recouvré une vision saine des choses.

— Pourquoi ?

— Parce que la dernière fois qu'une femme t'a plu, tu as bel et bien failli te faire tuer pour avoir le grand plaisir de l'honorer.

En lui, la colère le disputait au sentiment d'être harcelé, et c'est d'une voix sourde qu'il rétorqua :

— Cette fois, tu as franchi les bornes.

— Délibérément, assura Barrett avec une douceur teintée de regrets. Je crains aussi que tu n'attendes d'Alexandra Radford qu'elle ne prenne la place de Mary Alice Randolph, et ne devienne à son tour une illusion glorieuse. Couche avec Alexandra si tu veux – et Dieu sait que ce serait humain de le faire ! –, mais comprends bien que tu n'as pas à l'épouser pour ce privilège.

« N'aime jamais une femme plus que toi-même, John Aiden. Jamais. Garde les idées claires et la tête vissée sur les épaules. Si tu me dis que tu en es capable avec Alexandra Radford, je te laisserai tranquille. Tu n'en entendras plus parler.

— Je connais la différence entre le sexe et l'amour, déclara Aiden avec fermeté. Je ne suis pas amoureux d'Alexandra. Je l'apprécie beaucoup, certes, et je la trouve intéressante. Et j'admets la désirer. Tout le temps, même. Mais je ne cultive pas d'illusions sur ce qu'elle représente pour moi. Tu n'as pas à t'inquiéter, j'ai la tête sur les épaules. Je te remercie de ta sollicitude, mais elle n'est pas nécessaire.

Barrett se détendit visiblement et lui adressa un sourire d'excuse.

— Dieu soit loué, je crois que tu as tourné une page importante.

Aiden secoua la tête et contourna son ami.

— Le dîner doit être servi.

Il était encore sous le coup de la stupéfaction. Barrett s'était joué de lui, et d'Alexandra également. Il les avait réunis de manière délibérée, en espérant qu'il succomberait à son charme et tenterait de la séduire. Barrett était disposé à sacrifier Alexandra au nom de... de quoi ? Au nom de quelle grande cause Alexandra était-elle supposée renoncer à sa vertu ? Afin qu'il se sente mieux ? Pour le ramener dans un monde où coucher avec des femmes n'était rien de plus qu'un passe-temps insignifiant ?

Absolument rien, en Alexandra, n'était insignifiant. Et il l'aimait comme elle était, point final.

Jamais Alexandra n'avait été aussi soulagée de voir un repas se terminer. Entretenir la conversation avait été une entreprise douloureusement ardue. Barrett avait certes soutenu ses efforts, mais Mohan avait été occupé à traduire pour Preeya, laquelle s'était contentée d'écouter et de regarder. Quant à Aiden...

Il avait été perdu dans ses pensées. Chaque fois qu'ils avaient essayé de s'adresser à lui, il leur avait fallu répéter leur question. Et ses réponses avaient été si succinctes qu'ils avaient fini par renoncer. Interrogé sur ce qui le préoccupait, il avait haussé les épaules en prétendant que ce n'était rien d'intéressant.

Alexandra se leva avec l'intention de rassembler les dernières assiettes, et de rejoindre Preeya et Mohan dans la cuisine. Au moins, tous trois ne seraient pas en peine de trouver un sujet de discussion.

— Mademoiselle Radford ? fit Barrett comme elle ramassait son assiette. Je me demandais si vous pourriez éventuellement m'aider.

— Volontiers, si c'est dans mes compétences.

De la poche intérieure de sa veste, il tira un couteau à beurre et le lui tendit.

— Que pourriez-vous me dire sur cette pièce d'argenterie ?

— C'est de l'argent de bon aloi, constata-t-elle.

Cet échange était le plus bizarre qu'elle ait jamais eu avec un homme après dîner. Aiden se tenait debout à côté de son ami, l'air ailleurs.

— Le modèle s'appelle « violon », pour des raisons évidentes, continua-t-elle. Il est assez populaire en ce moment. Rien qu'au toucher, on peut dire qu'il est fort bien travaillé.

Elle tourna le couteau et examina le dessous du manche.

— Ah, il est signé James Ross! C'est l'un des orfèvres les plus renommés de Glasgow, ce qui en fait une pièce de prix. Malheureusement, ajouta-t-elle en le rendant à Barrett, le monogramme en diminue considérablement la valeur marchande.

— Auriez-vous par hasard des pièces assorties à celle-ci?

Pourquoi Barrett Stanbridge désirait-il acquérir de l'argenterie portant le monogramme *W*? Travaillée par le doute, Alexandra l'observa un instant, les sourcils froncés.

— Comment savez-vous que je fais le commerce d'objets en argent, monsieur Stanbridge?

Aiden passa d'un pied sur l'autre, jeta un rapide regard dans sa direction, puis s'abîma de nouveau dans la contemplation du mur.

— Je racontais l'autre jour à ma mère que John Aiden travaillait pour vous, expliqua Barrett en souriant, et elle m'a dit qu'une de ses amies avait trouvé de quoi réassortir son service à *L'Éléphant bleu*. C'étaient des fourchettes à dessert, je crois.

N'ayant aucun souvenir d'une telle transaction, Alexandra demanda avec circonspection :

— Et vous cherchez à remplacer des pièces de cette ménagère?

— En vérité, c'est la seule pièce que j'aie en ce moment. Je cherche le reste du service.

Et il croyait qu'elle l'avait en sa possession? Le sous-entendu, très clair, la mit en colère. Sans la regarder, Aiden passa de nouveau d'un pied sur l'autre, tout en prenant une longue inspiration. Les mots n'étaient pas nécessaires ; cette conversation ne le surprenait pas. Était-ce parce qu'il savait que Barrett avait des soupçons qu'il avait été préoccupé durant le dîner ? La suspectait-il, lui aussi, de se livrer au trafic d'objets volés ?

Non, se ravisa-t-elle aussitôt, il la connaissait mieux que cela. S'il redoutait qu'elle ne se sente insultée et blessée, il avait raison, et le fait d'avoir anticipé sa réaction était à porter à son crédit.

Décidée à en avoir le cœur net, elle fit face à l'ami d'Aiden et lui demanda sans détour :

— Le reste du service que vous rechercherez aurait-il été volé, par hasard ?

Barrett fronça imperceptiblement les sourcils, mais c'est avec un sourire amène qu'il lui répondit :

— Une invitée de lord Westerham s'est sauvée avec pendant qu'il dormait. Lady Westerham doit rentrer de Paris avant la fin de la semaine, et il préférerait ne pas avoir à expliquer sa disparition.

— Et il vous a engagé pour le retrouver, devina-t-elle.

— En effet. Et j'aimerais à mon tour vous engager pour cette recherche, enchaîna Barrett. Est-ce que cela vous intéresserait ? La récompense sera considérable.

— Le risque aussi, intervint Aiden, dont le regard croisa celui d'Alexandra. Comprenez bien que si vous décidez d'accepter l'offre de Barrett, vous n'effectuerez pas ces recherches sans moi.

Elle lut dans ses yeux les émotions qui l'agitaient : irritation, détermination, et, surtout, regret et embarras. Il était loin d'être enchanté. Très loin, même.

— Qui gardera Mohan en votre absence ? interrogea-t-elle. Il est hors de question qu'il nous accompagne dans des endroits peu recommandables.

— Il a besoin d'un costume d'équitation et de bottes correctes, dit Aiden à son ami. Tu pourrais t'occuper de les lui procurer pendant qu'Alexandra et moi menons ton enquête.

— Je suppose que...

— Bien, coupa Aiden. Est-ce que demain vous conviendrait, Alexandra ? Plus tôt ce sera fait, mieux cela vaudra.

Elle sentit que son désir d'en avoir fini avec cette affaire n'avait rien à voir avec l'affolement de lord Westerham.

— Je devais me rendre à une vente aux enchères chez Christie's, demain matin. Mais, étant donné les circonstances, je...

— Je ne vois pas de raison pour que vous la manquiez, l'interrompit Aiden. Nous nous y rendrons, puis nous consacrerons le reste de la journée à nos recherches. Barrett nous remboursera nos frais éventuels. N'est-ce pas? ajouta-t-il à l'adresse de son ami. Ainsi que le coût de l'argenterie lorsque nous l'aurons retrouvée.

— *Si* nous la retrouvons, corrigea-t-elle. À cause du monogramme, elle est à la fois plus reconnaissable et plus difficile à revendre. On ne peut donc pas exclure qu'elle ait été fondue. Quand la ménagère a-t-elle été volée?

— Il y a une quinzaine de jours, répondit Barrett.

C'est-à-dire bien avant qu'elle ne fasse leur connaissance. Ils avaient certainement commencé leurs recherches sur-le-champ, et sans doute établi une liste des receleurs potentiels. Figurait-elle sur cette liste? Les réponses qu'elle attendait d'Aiden se multipliaient... Que Dieu lui vienne en aide s'il ne donnait pas les bonnes!

— Nous ferons notre possible, dit-elle à Barrett. Mais je préfère vous avertir que les chances de retrouver la ménagère entière sont très minces. Puis-je faire une suggestion? Si jamais nous dénichions une ménagère du même modèle sans monogramme, continua-t-elle sans attendre sa réponse, il serait possible de la faire graver. Lady Westerham ne verrait sans doute pas la différence.

— Avez-vous l'espoir de trouver une ménagère non chiffrée?

— J'espère que lord Westerham ne retient pas son souffle, et qu'il possède un autre endroit où vivre, répondit-elle avec un faible sourire. Si vous étiez venu me voir le jour même du vol, vous auriez eu beaucoup plus de chances de la retrouver.

— J'ignorais alors que vous pourriez m'aider. Je le regrette sincèrement.

À ce moment-là, elle faisait partie des suspects. Aiden partageait-il son opinion ? Le jour où Polly avait déposé le service de chez Roberts & Belk, il lui avait parlé d'argenterie volée. Par simple curiosité ?

— Je déteste m'éclipser sitôt le repas achevé, reprit Barrett, mais je dois partir. J'ai été absent une bonne partie de la semaine, et j'ai beaucoup de papiers en retard. Je vous remercie pour ce délicieux dîner, mademoiselle Radford. Tous mes compliments à Preeya.

— Je te raccompagne, proposa Aiden d'un ton acerbe. À quelle heure la vente aux enchères commence-t-elle, Alexandra ?

— À 9 heures.

Elle se sentait presque désolée pour Barrett. Aiden était fâché, et elle devinait qu'il allait faire passer un sale quart d'heure à son ami.

— Il faudrait partir vers 8 heures, précisa-t-elle, si nous voulons avoir un numéro et de bonnes places.

— Je vous remercie d'avoir accepté de m'aider, mademoiselle Radford, dit Barrett en s'inclinant légèrement devant elle. Je suis certain que vous trouverez une solution ou une autre. Je serai ici demain, un peu avant 8 heures.

Elle hocha la tête et le suivit des yeux tandis qu'il s'éloignait, Aiden sur les talons. Au moment où ce dernier s'apprêtait à franchir le seuil, elle n'y tint plus.

— Aiden ? Avant que vous ne partiez, j'aimerais...

Il pivota, revint sur ses pas et s'arrêta devant elle, si près qu'elle dut pencher la tête en arrière pour croiser son regard.

— Oui, vous étiez suspecte, déclara-t-il. Et, oui, il m'a demandé de creuser la question. Je l'ai fait uniquement parce que je savais qu'il reviendrait à la charge. Mais je connaissais la vérité avant même d'aborder le sujet, Alexandra. Il n'y a pas une once de malhonnêteté ou de duplicité dans toute votre belle personne. Il suffit de vous connaître pour le savoir.

Elle le crut. Et elle aurait aimé glisser les bras autour de sa taille et l'étreindre. Mais elle résista à cette impulsion.

— Je devrais être offensée d'avoir été l'objet d'un soupçon, si léger soit-il.

La tension qui l'habitait reflua en un instant, et il lui adressa un sourire espiègle.

— Devrais ? répéta-t-il, le sourcil levé.

Il était impossible de seulement prétendre être fâchée contre lui. Du reste, elle n'avait pas de vraies raisons de l'être.

— Je crois que nous sommes quittes.

— Vous aviez des soupçons à *mon* sujet ?

— Pas tant des soupçons que des présomptions peu flatteuses, admit-elle.

— C'est-à-dire ?

Elle était étonnée de constater avec quelle facilité Aiden la distrayait de ses pensées les plus sombres. Juste en étant lui-même. Elle lui sourit, puis secoua lentement la tête, admirative.

— Je vous trouvais incroyablement arrogant pour un larbin.

— Un larbin ? répéta-t-il, avec un amusement qui la poussa à compléter sa confession.

— Et je pensais que vous n'étiez pas un gentleman.

— Eh bien, fit-il, narquois, vu que je travaille à l'être quand j'y pense, je vous accorde donc que vous n'aviez pas tout à fait tort.

— Je vous prenais aussi pour un gredin effronté et un hédoniste éhonté.

— Je peux certainement l'être, assura-t-il, l'œil pétillant, si ce genre d'hommes vous attire.

La tentation s'était-elle jamais incarnée dans un être plus séduisant et captivant qu'Aiden Terrell ?

— Ils vous attirent, pas vrai ? insista-t-il.

Le cœur d'Alexandra bondit dans sa poitrine, gonflé d'espoir et de désir. Seigneur, quand il lui souriait de cette manière, son bon sens la désertait complètement.

— Non, réussit-elle à mentir.

Elle s'humecta les lèvres avant d'ajouter, le souffle court :

— Pas en règle générale.

— Si vous supposiez aussi que j'étais exceptionnel, chuchota-t-il en lui adressant un clin d'œil, vous ne vous trompiez pas.

Alexandra n'avait pas de doute. Pas le moindre.

— J'en suis persuadée. Néanmoins, des qualités aussi extraordinaires seraient totalement gâchées avec quelqu'un comme moi.

Elle vit son étonnement se refléter dans son regard. Après avoir dégluti, il prit une longue et lente inspiration. Son sourire perdit de son espièglerie.

— Si Barrett ne risquait pas de surgir à tout moment, dit-il doucement, je vous prouverais que vous avez tort sur-le-champ.

Une image charnelle, précise et grisante, surgit à son esprit, et Alexandra dut rassembler les ultimes fragments de bon sens qu'il lui restait pour ne pas lui ouvrir les bras.

— Je vous souhaite une bonne nuit, Aiden, murmura-t-elle comme il s'écartait.

Ce qu'elle lut alors dans ses yeux lui coupa le souffle, et l'emplit d'une certitude qui fit battre son cœur à coups redoublés.

— Et Barrett ? lui rappela-t-elle quand il s'avança de nouveau vers elle.

— Il peut attendre, répondit-il en glissant un bras autour de sa taille, l'autre autour de ses épaules.

Il l'attira contre lui, son regard cherchant le sien, et inclina la tête.

Ce ne fut pas un baiser léger, hésitant, comme les précédents. Non, celui-ci était lent, délibéré et indéniablement possessif. Les sens aussitôt en éveil, Alexandra enlaça Aiden et se laissa aller contre lui, abandonnant toute réserve et toute pensée cohérente. Quand il suivit de la pointe de la langue le contour de ses lèvres, elle soupira de plaisir et l'invita à entrer. Et quand, à son tour, elle s'aventura à explorer sa bouche, le gémissement qu'il laissa échapper courut comme un feu liquide dans ses veines et enflamma chaque fibre de son être.

Des recoins les plus lointains de sa conscience, Aiden entendit s'élever la faible voix de la raison qui le mettait en garde : il devait agir de manière correcte, et laisser Alexandra décider en toute lucidité de s'abîmer entre ses bras. Respecter cet appel à la sagesse était douloureux, mais il s'obligea à s'arracher à sa bouche. Appuyant le menton sur sa tête, il la tint serrée contre lui, un peu haletant.

Quelle femme extraordinaire! Les yeux clos, il s'enivra du parfum de ses cheveux. Une acceptation aussi sincère, une telle absence d'artifice... C'était tellement étranger à son expérience. Il se consumait pour elle, il voulait tout d'elle, et, si elle le réduisait à l'état de cendres fumantes, eh bien... elle en valait la peine.

Mais la vérité était du côté de sa conscience. C'était à Alexandra de choisir de se donner. Elle méritait d'être respectée, même si cela le tuait de la laisser partir. Rouvrant les yeux, il les fixa délibérément sur le monde qui les entourait, si réel, et sur les tâches à effectuer.

— Je dois y aller, chuchota-t-il, la voix rauque. Maintenant.

Du bout des doigts, il suivit la courbe de son épaule, remonta le long de son cou. Le seul fait de sentir palpiter son pouls faillit avoir raison de sa détermination. Au prix d'un effort considérable, il s'écarta et laissa retomber ses mains.

Quand elle le regarda, ses yeux étaient comme deux puits ombreux dans lesquels il aurait voulu se noyer.

— Oui, maintenant, dit-il plus pour lui-même que pour elle. Ou je ne pourrai plus partir du tout. Bonne nuit, Alexandra.

Elle ravala un cri de protestation. Puis elle n'eut plus conscience que du grondement de son cœur et du manque douloureux, désespéré, qui creusait son âme tandis qu'elle le regardait sortir. C'est alors qu'une certitude s'imposa à elle. Du plus loin qu'elle se souvienne, elle avait satisfait les exigences des autres du mieux qu'elle le pouvait, avec la conviction d'en être récompensée un jour. Cette récompense, une chose tangible qu'elle tiendrait entre ses mains, rachèterait comme par magie toute la solitude et le vide des jours passés.

Qu'elle était naïve ! Jamais elle n'aurait jamais imaginé qu'il soit possible de se sentir aussi magnifiquement vivante qu'en cet instant. La récompense n'était pas du tout un objet ; c'était un sentiment venu du plus profond d'elle-même, où se mêlaient la joie, l'émerveillement et le désir audacieux d'aller plus loin. C'était la découverte d'un chemin enchanté qui la mènerait... où ?

Alexandra inspira profondément. Son terme comptait beaucoup moins que le plaisir de l'emprunter – ne fût-ce qu'un court moment – en compagnie de John Aiden Terrell.

12

La décision d'Aiden était prise : ces paons devaient mourir ! Il n'avait pas encore décidé s'il leur tordrait le cou ou les abattrait d'une balle, mais, d'une façon ou d'une autre, il restaurerait la paix et la tranquillité du petit matin.

Il ne lui restait que trois marches à descendre quand une minuscule boule fauve lui frôla le pied droit. Instinctivement, il se déporta vers la gauche, et aurait écrasé une autre boule, grise celle-ci, s'il ne s'était pas rejeté vers la droite. Déséquilibré, il s'accrocha à la rampe, au moment où trois autres boules de fourrure dévalaient l'escalier.

— Ils sont sortis ! hurla Mohan derrière lui, avant de le dépasser en trombe.

Comme il levait les yeux, Aiden aperçut Alexandra au milieu de la boutique, un chaton dans chaque main, qui riait à gorge déployée. Sa poitrine se contracta, lui coupant le souffle et lui échauffant les sangs. Puis, sans prévenir, une vague de mélancolie s'abattit sur lui. Depuis combien de temps n'avait-il pas entendu rire ? Depuis combien de temps ne connaissait-il plus le frémissement de l'espoir et l'excitation de joies modestes et inattendues ? Il aurait voulu rentrer chez lui. Il aurait voulu rassembler Alexandra, Mohan, les chatons, Preeya et ses maudits paons, et les emmener tous chez lui. Aujourd'hui. Avec la marée du soir.

Mais c'était impossible, songea-t-il avec tristesse. Cela n'arriverait ni aujourd'hui ni demain, et seul un idiot aurait perdu du temps à l'envisager. Se concentrant résolument sur la réalité présente, il constata qu'Alexandra avait placé les chatons dans un châle. Le sourire aux lèvres, elle confia le remuant ballot à Mohan, tout en repoussant les chatons qui tentaient de s'échapper.

De nouveau, son cœur se serra et il s'empressa de reporter les yeux sur la boutique. L'étonnement lui arracha un froncement de sourcils. Où diable étaient passées les marchandises? Il restait certes quelques objets, mais la majorité avait disparu. Il jeta un coup d'œil du côté de la pièce des tissus bleus, et s'aperçut que les étagères étaient presque vides.

— Bonjour, Aiden.

— Avez-vous été cambriolée? demanda-t-il en descendant les dernières marches, tandis que Mohan remontait l'escalier avec son précieux chargement. Quand est-ce arrivé? Et pourquoi ne m'en avez-vous rien dit?

— Vous avez passé ces trois derniers jours à donner des leçons d'équitation à Mohan, répondit-elle avec un sourire. Pour ma part, quand je ne répondais pas aux innombrables questions du forgeron concernant les grilles des fenêtres, j'ai fait face à un flot de clients. Cela arrive chaque fois que je reçois un nouveau chargement. Je n'ai rien à faire pour les attirer à *L'Éléphant bleu*: ils apparaissent comme par magie.

«Si la vente aux enchères n'avait pas lieu aujourd'hui, si l'un de mes clients ne m'avait pas demandé des objets très particuliers, et si nous ne devions pas nous mettre en quête d'argenterie volée… Eh bien, comme vous pouvez le constater, il faudrait que je consacre un peu de temps à réorganiser le peu qui reste.

Même s'il éprouvait quelque difficulté à respirer, Aiden était incapable de la quitter des yeux. Elle était si radieuse, si belle! Il s'obligea à déglutir, et à chasser de nouveau son rêve impossible.

— Vous avez déjà besoin d'un autre arrivage, non?

Elle acquiesça de la tête avec un léger soupir.

— L'Angleterre ne fait pas partie des pays régulièrement desservis par l'oncle de Mohan. Quand il fait un détour, il n'a pas beaucoup d'espace dans sa cale pour mes marchandises. Je pourrais facilement en écouler trois fois plus, mais je ne veux pas abuser de sa gentillesse.

— Peut-être auriez-vous besoin d'un autre transporteur, suggéra-t-il, saisi d'une brusque idée.

— Êtes-vous en train de m'offrir vos services, monsieur Terrell ? demanda-t-elle, l'œil étincelant.

— Je pense que nous pourrions parvenir à un arrangement qui nous comblerait tous les deux.

« Pour quelques jours chaque fois, trois ou quatre fois par an, ajouta-t-il en silence. Ce serait une relation parfaite avec la parfaite maîtresse. Mais seulement si elle reste en Angleterre. »

— Aiden ? M. Stanbridge est arrivé.

Il cligna des yeux et lui sourit d'un air penaud, sachant qu'elle l'avait surpris en train de rêver. Pour éviter qu'elle ne l'interroge, il tendit la main et déclara avec entrain :

— Alors, allons-y !

Barrett descendait juste de voiture. Tout en aidant Alexandra à grimper à l'intérieur, Aiden tendit la clé de la boutique à son ami.

— Pense à toujours verrouiller derrière toi, vieux, lui recommanda-t-il. Sawyer ne devrait pas tarder. Si cela ne t'ennuie pas, nous allons t'emprunter ta voiture et ton cocher pour la journée. Cela facilitera nos déplacements. Si tu dois sortir, n'hésite pas à choisir un moyen de transport dans la remise à voitures.

Aiden s'adressa ensuite au cocher :

— Chez Christie's, mon brave. Nous devons y être avant 9 heures.

Puis il sauta dans la voiture, et claqua la portière.

— C'est un peu cavalier de votre part, le gronda doucement Alexandra quand ils s'ébranlèrent.

— Avec Barrett, vous avez intérêt à prendre les devants. Sinon, vous n'avez plus qu'à suivre ses ordres. C'est le militaire en lui qui parle.

— Et quand vous lui résistez, c'est le capitaine de bateau en vous qui parle.

— Il s'agit d'une lutte amicale. Pour être franc, je n'en suis pas sorti souvent vainqueur, ces derniers temps. Barrett ne me tiendra pas rigueur de mon sans-gêne. Il est beau joueur. Si ce n'était pas le cas, nous ne serions pas amis. Qu'allons-nous acheter chez Christie's? ajouta-t-il en se calant dans son siège.

— La vente porte sur une succession. On ne sait pas précisément ce qu'il y aura, ce que je trouve assez excitant. En plus de ce que j'estimerai intéressant pour *L'Éléphant bleu*, je suis chargée d'acquérir quelques œuvres d'art pour l'une de mes clientes.

— Pourquoi ne les achète-t-elle pas elle-même?

— Elle a un goût déplorable, le sait, et préfère se fier au mien.

— Étant donné ce que j'ai vu dans certaines maisons, elle n'est pas la seule à avoir besoin de conseils. Vous pourriez remporter aussi beaucoup de succès dans ce domaine.

— Je l'ai envisagé, admit-elle. Si je m'installais durablement en Angleterre, cela me plairait beaucoup. C'est très amusant de dépenser l'argent des autres personnes. Quant à être payée pour ça, c'est absolument confondant!

Comme si l'idée venait de lui traverser l'esprit, il demanda :

— Pourquoi ne pas rester? Avec toutes vos affaires, vous gagneriez sûrement plus d'argent qu'en étant tutrice, même princière, en Inde.

Son sourire s'évanouit, et il perçut une nuance de résignation dans sa voix lorsqu'elle répondit :

— L'argent n'est pas tout, Aiden.

— C'est vrai, acquiesça-t-il, cherchant activement un autre angle d'attaque. Qu'est-ce qui vous retient en Inde? Votre mère est décédée. Vous avez de la famille, là-bas?

Elle secoua la tête et tourna les yeux vers la fenêtre. Après un long moment, elle soupira.

— C'est très compliqué, Aiden, et ce serait très long à expliquer.

— Je suis patient.

Avec un petit rire, elle reporta les yeux sur lui.

— Sûrement pas.

— Permettez-moi de vous contredire, répliqua-t-il, enchanté, comme toujours, à la perspective d'une petite joute verbale. Est-ce que je n'ai pas accepté chaque matin votre excuse du jour pour ne pas vous promener à cheval avec Mohan et moi ? Ai-je insisté, ne serait-ce qu'une fois ?

— Je l'admets, dans certains cas, vous pouvez vous montrer remarquablement et admirablement patient.

— Celui-ci en est un. La plus longue des histoires commence par un seul mot. Alexandra, pourquoi voulez-vous retourner en Inde ?

Plusieurs minutes s'écoulèrent avant qu'elle réponde :

— Ils m'ont accueillie quand je n'avais nulle part où aller. Ils m'ont offert un foyer. J'ai ma place là-bas, parmi ces gens. Ce n'est pas une famille comme la vôtre, bien sûr, mais ils prennent soin de moi. Je n'ai rien de tel à Londres, où il n'y a que Preeya, Emmaline et Mohan.

— Et moi.

— Et vous, acquiesça-t-elle, après une hésitation suffisante pour qu'Aiden y voie autre chose qu'une simple politesse. Si je ne retournais pas là-bas... Si je restais ici, je ne reverrais jamais Preeya et Mohan. Vous, vous reprendriez le cours de votre vie. Il ne me resterait qu'Emmaline. Et je suis certaine qu'elle en aurait vite assez de me dorloter.

Ses craintes étaient légitimes, mais Aiden n'était pas prêt à renoncer aussi aisément.

— Vous pourriez vous faire d'autres amis.

Elle eut un sourire patient.

— Je n'ai pas ma place, ici. Je suis anglaise tout en ne l'étant pas.

Ce n'était pas ce à quoi il s'attendait. Il reconnaissait néanmoins que s'il existait une vérité à son sujet...

— En tout cas, vous n'êtes pas indienne, répliqua-t-il en saisissant le seul argument qui lui venait à l'esprit.

De nouveau, elle le surprit. Riant doucement, elle secoua la tête.

— Être indienne n'est pas qu'une question de race. C'est une manière d'envisager le monde et la vie. Et vous devez convenir que j'ai tendance à aborder les problèmes d'une façon qui n'est pas typiquement anglaise. Les autres personnes s'en aperçoivent également. Elles savent que je suis différente, que je ne suis pas vraiment l'une d'elles. Vous êtes l'une des rares que cela intrigue. La réaction habituelle est de garder une distance polie, mais indéniablement froide.

— Alors, leur ignorance et leur bigoterie causeront leur perte.

Tandis qu'elle lui adressait un timide sourire reconnaissant, Aiden se maudit. Pouvait-on se montrer à la fois plus prétentieux et plus stupide ? Non seulement il abondait dans son sens, mais il ne se ménageait aucune liberté de manœuvre. Fallait-il être…

— Et pourtant, continua-t-elle, interrompant sa diatribe silencieuse, si je veux me montrer parfaitement honnête, il y a une partie de moi qui aspirerait à rester.

Son soulagement fut aussi profond que son étonnement. Animé d'un nouvel espoir, il haussa les sourcils.

— Pourquoi ? À cause de *L'Éléphant bleu* ?

— Un peu. Mais surtout parce que la vie ici est tellement prévisible.

— Prévisible ? Comment cela ?

— Les frontières sont très claires, expliqua-t-elle en tournant de nouveau les yeux vers la fenêtre. Ce qu'il convient de faire, d'être, d'éprouver, de penser… En fait, on n'a même pas besoin de penser. Il suffit d'imiter les autres et de répondre aux exigences de la société, lesquelles sont aussi bornées qu'universelles. C'est ce qui les rend si attrayantes. Vivre en suivant des règles est très rassurant.

Aiden tressaillit intérieurement. Les rêves qu'il caressait excluaient qu'elle vive une existence rassurante et conforme aux règles de la société. Certes, il pouvait la manipuler. Mais ç'aurait été mal et cynique de sa part. Alexandra méritait le respect, et de choisir elle-même l'existence qu'elle souhaitait mener.

— Vivre et mourir selon les règles est aussi fort ennuyeux, souligna-t-il avec l'impression de révéler quelque chose de précieux. Est-ce que mener une existence sans intérêt n'est pas cher payer la sécurité ?

Lentement, elle reporta son regard sur lui.

— Si vous m'aviez posé la question le matin où je suis entrée dans le bureau de Barrett Stanbridge, je vous aurais répondu sans hésiter : « Non. » Mais, à présent…

Un sourire presque imperceptible releva les coins de sa bouche.

— Quelquefois, dans certaines circonstances, avec certaines personnes… Comme vous me l'avez dit le jour de notre rencontre, le simple fait de vivre est risqué. Depuis peu, je me rends compte que prendre un risque de temps en temps ne conduit pas toujours au désastre.

Elle marqua un moment d'hésitation, tout en le regardant ouvertement. Au moment où la voiture ralentissait, elle esquissa un sourire penaud.

— Malheureusement, cette prise de conscience ne fait que rendre le choix beaucoup plus difficile. Le seul compromis que je puisse envisager, c'est de passer ma vie à faire des allers-retours entre l'Angleterre et l'Inde.

— C'est ce que font un certain nombre de gens, souligna Aiden.

Une image lui vint à l'esprit : des voiles gonflées, des vagues écumantes, et, debout à la proue, Alexandra, offrant en riant son visage au soleil et au vent.

— Peut-être, mais je n'ai pas particulièrement le pied marin.

Aiguillonné par sa conscience, Aiden refusa de caresser un espoir qui n'était guère différent du précédent. C'était dangereux : l'expérience, amère et douloureuse, le lui avait appris. Non sans soulagement, il constata qu'ils étaient arrivés devant la salle des ventes.

— Alors, il faudra trouver une autre solution pour vous, déclara-t-il en se saisissant de la poignée, trop heureux de reprendre pied dans le monde réel.

D'une certaine façon, emmener Mohan à une vente aux enchères était plus facile. Il se contentait de se tortiller sur sa chaise quand l'ennui le gagnait, et il n'y avait rien d'inconvenant à ce qu'Alexandra pose la main sur son genou pour le calmer.

Aiden, d'un autre côté... Il ne s'ennuyait certes pas. En fait, Alexandra avait l'impression d'entendre tourner furieusement les rouages de son cerveau. Mais, de toute évidence, son esprit était à mille lieues de chez Christie's. Et il était tout aussi clair que ce qui le préoccupait n'était pas particulièrement plaisant. Aiden était d'humeur sombre, comme s'il soupesait une décision qui engageait le sort de l'humanité.

Malgré les efforts d'Alexandra – elle était allée jusqu'à lui confier la palette numérotée qui lui permettait d'enchérir –, il demeurait ailleurs. Jusqu'à ce que le commissaire-priseur annonce :

— L'objet présenté aux enchères est un dessin au crayon et à l'encre de l'artiste contemporain D. Terrell.

À côté d'elle, Aiden parut se réveiller. Intriguée par son attention soudaine, Alexandra observa le tableau, à demi recouvert d'un tissu de velours noir, qu'on venait de déposer sur le chevalet. Assez grand pour être accroché au-dessus d'une cheminée, il avait un cadre épais, très travaillé. Le sujet, ou ce que l'on en apercevait, était un homme qui paraissait regarder par-dessus son épaule. Sans aucun doute en direction d'une amante. L'artiste avait magnifiquement saisi l'expression de séduction...

Alexandra manqua de s'étrangler. Elle connaissait la courbe de ce sourire et cette étincelle malicieuse dans le regard.

— Mesdames, nous vous recommandons de détourner les yeux un instant, annonça le commissaire-priseur.

Quelques têtes féminines se tournèrent tandis que deux assistants écartaient le tissu de velours noir. Aiden aussi regarda ailleurs, laissa échapper un grognement étouffé, et se tassa sur sa chaise.

— Aiden ? chuchota-t-elle, les yeux fixés sur le tableau.

Au plus profond d'elle-même, elle savait qu'il s'agissait des épaules d'Aiden, de son torse, de sa taille et – juste ciel ! – de ses fesses et de ses cuisses. Son cœur battait la chamade, et la température de la pièce semblait avoir grimpé de plusieurs degrés.

— Aiden, qui est D. Terrell ?

— Ma mère, répondit-il d'une voix étranglée. Darcy.

— Et qui est le modèle ? demanda-t-elle dans un souffle. Il a la même silhouette que vous, et le même sourire. Mais son visage est différent. Plus dur.

Elle crut l'entendre réprimer un gémissement.

— J'ai pris davantage du côté de ma mère...

— Moi aussi. Les gens savaient toujours que nous étions mère et fille, précisa-t-elle, sincèrement amusée par sa gêne. Ainsi, l'homme du tableau est votre père ?

— Il mourrait plutôt que de l'avouer en public.

Son fils aussi, apparemment. Alexandra reporta le regard vers l'estrade, et son attention sur les enchères qui commençaient. Mue par un élan pervers, elle poussa Aiden du coude.

— Enchérissez ! murmura-t-elle.

— Non !

— Vous n'aimeriez pas l'avoir ? demanda-t-elle en retenant à grand-peine un rire.

— Seigneur, non ! Pourquoi voudrais-je avoir mon père nu sous les yeux ?

Alexandra ne doutait pas que, dans une autre vie, elle paierait très cher son hilarité. Alors que les enchères continuaient à monter, elle lui prit la palette des mains pour la brandir. Aiden tressaillit.

— Alexandra !

— Je l'achète pour ma cliente, expliqua-t-elle en affectant un détachement très professionnel.

— Seigneur, murmura-t-il en fermant les yeux.

Une nouvelle fois, elle enchérit.

— Aiden, vous rougissez, chuchota-t-elle, avant d'enchérir encore.

Un souvenir lui traversa l'esprit, bref mais intense. L'homme qui avait tué deux hommes de sang-froid à *L'Éléphant bleu* était le même que celui qui, à cet instant, rougissait davantage qu'une jeune mariée. John Aiden Terrell possédait de multiples facettes, et chacune d'elles la fascinait. Il la subjuguait, l'amusait, la provoquait ; sa présence l'incitait à sourire dès le matin, la poussait à quitter son lit en toute hâte, lui faisait regretter que le soleil ne se couche et qu'ils soient obligés de se séparer pour la nuit.

Ce fut progressivement qu'elle comprit. Retenant son souffle, elle s'efforça de se concentrer sur les enchères. En vain. La vérité refusait d'être niée.

Le marteau retomba.

— Le tableau de D. Terrell revient au numéro trois cent trente-huit.

Éberluée, Alexandra baissa les yeux sur la palette qu'elle tenait à la main : trois cent trente-huit. Quelles étaient ses chances d'acheter une peinture au moment précis où elle prenait conscience d'être tombée amoureuse du fils de l'artiste ?

Cette découverte en entraîna une autre. Le prix à payer dans une autre vie pour avoir gentiment torturé Aiden serait négligeable dans le grand ordonnancement des choses. Pour l'avoir aimé, en revanche... C'était dans cette vie que cela allait lui coûter très cher. Elle cligna des yeux, luttant pour recouvrer son souffle, et contrôler son sourire. Au désespoir, elle s'obligea à croire que, si elle ne protégeait pas son cœur, elle passerait le reste de son existence à regretter leur rencontre.

13

Aiden inspira une grande goulée d'air frais et le retint dans ses poumons, dans l'espoir qu'il parviendrait à lui refroidir les sangs. Tout en guidant Alexandra le long des voitures alignées, il tenta de se convaincre que le pire avait été évité. Ce tableau était l'un des plus décents de sa mère – certains n'auraient pu être dévoilés en public. En outre, il n'avait pas à le sortir lui-même de la salle des ventes. Bénis soient les livreurs de chez Christie's !

Il cherchait des yeux la voiture de Barrett quand Alexandra laissa échapper un soupir de satisfaction.

— Je trouve que tout s'est passé au mieux, non ?

— Si c'est votre conception de…

Il s'interrompit net et se retourna. L'homme debout derrière la voiture avait disparu.

— Aiden ? Que se passe-t-il ?

— Désolé, j'ai cru apercevoir le cocher de Barrett, prétendit-il en esquissant un sourire navré, tout en cherchant l'individu des yeux. Voulez-vous manger quelque chose tout de suite, ou après avoir prospecté un peu ?

— Pour le moment, je n'ai pas très faim.

L'homme devait être quelque part. Il n'avait pas pu s'évaporer.

— Alors, consacrons-nous à notre devoir.

— Il est là ! s'exclama Alexandra. La deuxième voiture après la taverne.

Mais ce n'était que le cocher. S'efforçant de calmer les battements précipités de son cœur, Aiden balaya une dernière fois du regard l'alignement de voitures. Rien, pas même une ombre.

— Où dois-je lui demander de nous conduire ?
— Whitechapel Road.

Ce choix arrangea Aiden. Whitechapel était un quartier pauvre, mais peu mélangé. Un homme d'origine indienne y serait facilement repérable. Il lui avait échappé à deux reprises, il ne lui échapperait pas la troisième, et aurait à répondre à quelques questions sous la menace d'un pistolet.

— Comme je ne connais rien au commerce de l'orfèvrerie, dit-il en aidant Alexandra à monter en voiture, je pense que c'est vous qui devrez mener notre recherche.

— Ce serait logique.

— Je jouerai le rôle du mari qui s'ennuie à mourir, et je passerai mon temps à regarder par la vitrine avec envie.

— Et que contemplerez-vous par la vitrine, mon pauvre et cher mari ? s'enquit-elle en riant.

Avec un peu de chance, songea Aiden, le visage surpris d'un Indien. Mais en attendant... Du diable si elle n'avait pas un sourire à lui tourner la tête ! Ses lèvres appelaient le baiser, et sa bouche légèrement entrouverte faisait chanter son sang. Que ne donnerait-il pas pour envoyer au diable l'argenterie de Westerham, demander au cocher de les conduire à Haven House, et passer le reste de la journée à faire l'amour avec elle !

Ce qui, maintenant qu'il y réfléchissait, appartenait peut-être au domaine du possible.

— Je contemplerai l'espoir d'être sauvagement et passionnément récompensé pour mon infinie patience, répondit-il avec un sourire canaille.

Elle éclata de rire. Les yeux brillants de plaisir, elle agita l'index dans sa direction.

— Aiden, vous avez le même regard diabolique que votre père.

— Il fait son effet sur ma mère. Et vous, comment réagissez-vous ?

— Vous êtes une telle tentation !

— Parce que vous ne l'êtes pas ? Je succombe quand vous voulez...

— Nous avons une ménagère en argent à retrouver. Nous l'avons promis à Barrett.

Il n'empêche que, s'il insistait, elle abandonnerait. Il le savait.

— Très bien, ma belle consciencieuse, la taquina-t-il. Nous allons consacrer une heure ou deux à cette recherche, histoire de soulager votre conscience. Et le reste de la journée nous appartiendra.

— Que comptez-vous en faire?

— Nous trouverons bien quelque chose. Nous sommes tous deux pleins de ressource, ajouta-t-il avec un clin d'œil.

Quand elle éclata de rire une nouvelle fois, il crut entendre chanter les anges.

Aiden avait fort bien joué son rôle pendant les trois premiers quarts d'heure. Chaque fois qu'elle entrait dans une boutique, il jetait un coup d'œil aux marchandises exposées, puis se campait devant la vitrine, les bras croisés, et observait la rue et les piétons d'un air intéressé.

Ce fut lorsqu'elle entra dans la seizième échoppe qu'il soupira, grimaça un sourire et émit l'idée qu'ils gaspillaient non seulement leur énergie, mais aussi leur temps.

Au bout d'une heure, il avait renoncé à sourire et à affecter un quelconque intérêt pour les marchandises ou les passants. Les poings enfoncés dans les poches, il se contentait de se planter devant la vitrine, l'air de vouloir réduire Whitechapel Road en cendres. Alexandra, quant à elle, envisageait sérieusement de le tuer.

Alors qu'il la suivait avec une réticence manifeste, elle passa devant une porte minuscule, et ralentit juste assez pour jeter un coup d'œil au fouillis qu'on devinait derrière la vitrine poussiéreuse. Elle l'avait déjà dépassée de deux pas quand, pivotant abruptement, elle se dirigea vers la porte. Ce fut tout juste si Aiden ne laissa pas échapper un gémissement.

— Non, Alexandra, je vous en prie, la supplia-t-il en tendant le bras pour l'empêcher d'entrer. Ce n'est qu'une brocante.

— Il y a une cuiller à thé en argent dans la vitrine, répliqua-t-elle. S'il y en a une, il peut y en avoir d'autres.

— C'est une échoppe minable!

— Avec une cuiller en argent dans la vitrine.

Avec un soupir, il laissa retomber le bras.

— C'est la dernière, je vous préviens, déclara-t-il tandis qu'elle le contournait pour pousser la porte. Nous gâchons notre journée.

Alexandra n'était pas d'accord. Elle avait appris quelque chose d'une importance capitale durant cette dernière heure. Aiden était certes un homme formidable – séduisant, courageux, gentil, plein d'humour et de charme. Mais c'était aussi, parmi tous les humains qu'elle connaissait, celui qui supportait le plus mal l'ennui. Jamais, au grand jamais, elle ne l'emmènerait de nouveau dans les magasins.

— J'peux vous aider?

Alexandra regarda autour d'elle, cherchant la femme qui venait de s'adresser à eux. La boutique n'était guère plus grande qu'une seule des pièces de *L'Éléphant bleu*, mais elle contenait dix fois plus de marchandises. Partout s'élevaient des piles, des tas, des amoncellements sans ordre apparent. Aiden s'était montré charitable en la traitant de brocante.

— Y a quelqu'un?

Alexandra empoigna ses jupes pour se frayer un passage en direction de l'arrière de la boutique, d'où venait la voix. Là, derrière un comptoir formé d'une planche posée sur deux caisses, était assise une vieille femme drapée dans un châle miteux. Bossue, les yeux d'un blanc vitreux, elle tenait une tasse de thé dans sa main noueuse et avait la tête inclinée, tendant visiblement l'oreille.

— Bonjour, madame, la salua Alexandra, ce qui eut pour effet d'attirer aussitôt l'attention de la vieille femme sur elle. Ma sœur se marie et j'aurais voulu lui offrir une ménagère en argent. J'ai vu une cuiller dans la vitrine, et j'ai pensé que vous auriez peut-être le service tout entier.

— J'en ai trois, mon petit, répondit-elle en pointant le doigt derrière Alexandra. Tous complets, qu'ils sont. Et beaux, avec ça.

Il fallut un moment à Alexandra pour les trouver. Mais elle les eut bientôt devant elle : trois ménagères en argent, sales et ternies, attachée chacune par un bout de ficelle. Alexandra les posa sur le comptoir de fortune pour les examiner. L'une portait un motif de grande coquille avec les initiales *A* et *C*, l'autre était ornée d'une petite coquille gravée d'un *K*. Quant à la troisième... Alexandra en resta bouche bée. Le violon des Westerham !

— Combien demandez-vous pour celle-ci ? s'enquit-elle en tendant la ménagère, afin que la femme puisse la toucher et l'identifier.

— C'est ça qu'vous cherchez ?

— Cela pourrait convenir, avança Alexandra, prudente, de crainte que cela ne lui coûte une fortune. Son nom de femme mariée sera Timmons. Si le prix que vous en demandez n'est pas trop élevé, cela pourrait valoir la peine de demander à un orfèvre d'effacer le *W*.

De l'autre côté du capharnaüm, près de la vitrine, elle entendit Aiden jurer entre ses dents. La marchande tendit aussitôt l'oreille.

— Y a quelqu'un d'autre ?

— Mon mari, dit Alexandra tandis qu'Aiden avançait de biais pour tenter de la rejoindre sans heurter d'obstacle.

Elle se pencha vers la vieille femme et lui souffla à l'oreille :

— Il déteste faire les magasins.

— J'connais pas d'hommes qui aiment ça, répliqua la femme en gloussant. Cinq livres, ça vous irait ?

Neuve, la ménagère avait dû coûter une vingtaine de livres ; fondue, elle en aurait rapporté entre douze et quinze. N'importe qui en aurait demandé dix livres.

195

— Pour la ménagère tout entière ? s'exclama Alexandra, stupéfaite.

— C'est trop cher ? C'est ma p'tite-fille qui me les a portées. Des cadeaux d'admirateurs, qu'elle m'a dit. J'ai pas assez souvent d'argenterie pour savoir c'que les gens paient.

Cela sautait aux yeux. Et cette ignorance coûtait à la vieille femme un profit dont elle avait apparemment grand besoin. Mais comment lui offrir de payer le double de ce qu'elle demandait ? Les gens qui fréquentaient ce genre de boutiques recherchaient la bonne affaire. Et puis, elle pourrait prendre une offre supérieure comme une marque de pitié ou de charité. Alexandra ne voulait pas l'insulter. Mais elle ne voulait pas non plus la voler.

— Cinq livres est un prix tout à fait acceptable, madame, intervint Aiden, qui venait d'émerger du fouillis de la boutique.

Au moment même où Alexandra lui jetait un regard consterné, la vieille femme hocha la tête.

— Affaire conclue.

Haussant les sourcils, Aiden forma silencieusement le mot : « Quoi ? »

De la même manière, Alexandra répondit : « Regardez cet endroit ! Et cette femme ! », accompagnant sa mimique d'un geste significatif.

Les sourcils froncés, il secoua la tête avant de plonger la main dans la poche de sa veste.

— Puis-je vous demander votre nom, madame ?

La défaite arracha un soupir à Alexandra. Quant à la vieille femme, elle fixa sur Aiden son regard vide.

— Pourquoi qu'vous demandez ? s'enquit-elle d'un ton méfiant.

— Je ne fais jamais affaire avec des gens dont j'ignore le nom. Je sais que par les temps qui courent, c'est devenu rare. Mais je préfère l'ancienne manière de conclure une transaction.

— Dora Elmore. Et vous ?

— Reginald Majors. Et voici ma femme, Millicent.

Millicent ? Reginald ? Pourquoi inventer ces noms ?

— C'est un plaisir de traiter avec vous, madame Elmore, déclara-t-il en prenant la main de la vieille femme pour y déposer un billet de cinq livres.

— Oui, je vous remercie, renchérit Alexandra, tandis que Dora palpait le billet. Je suis si contente d'avoir trouvé ce que je cherchais !

— Vous auriez pas besoin des deux autres ? C'est pas souvent que des gens viennent ici pour de l'argenterie avec de quoi l'acheter.

— Cinq livres pour les autres aussi ? demanda Aiden en considérant les deux bottes de couverts.

— Ça f'rait dix au total.

Comme la ménagère des Westerham, ces deux-là étaient sous-évaluées. Mais au moins, Dora Elmore aurait touché un petit quelque chose, aujourd'hui.

— Millicent ? Vos autres sœurs se marieront un jour. Nous pourrions leur réserver ces ménagères.

Après lui avoir adressé un clin d'œil, Aiden tira deux billets de son portefeuille et les plaça dans la paume de la vieille femme.

— Très bien, madame Elmore, nous prenons donc les trois. Je vous remercie infiniment de m'épargner la corvée d'acheter d'autres cadeaux de mariage. Vous ne pouvez pas savoir combien je vous suis reconnaissant !

— Et moi donc, marmonna Alexandra.

Dora Elmore gloussa.

— J'vous remercie bien, m'sieur Majors. Et votre dame aussi. Que Dieu vous bénisse tous les deux.

Avant de se frayer un chemin vers la porte, Alexandra se retourna. Palpant les trois billets entre ses doigts, la vieille femme arborait un sourire édenté. Quinze misérables livres, songea-t-elle avec tristesse avant de rejoindre Aiden sur le trottoir. Ç'aurait dû être trente.

— Vous avez vu son expression ? dit-il à voix basse. Elle n'a jamais eu quinze livres d'un coup entre les mains.

— Je suis certaine qu'elle n'en a jamais eu deux, Aiden. Le plus triste, c'est que toute cette argenterie vaut au moins le double de ce qu'elle a demandé. J'essayais de trouver un moyen de lui en offrir un prix plus juste quand vous êtes intervenu.

Il s'immobilisa.

— C'était donc ça? fit-il, l'air à la fois surpris et navré. Bon sang, je suis désolé! J'ai cru que vous vouliez payer moins, et j'étais si pressé de partir que je me moquais de ce que nous dépensions pour récupérer ces couverts.

— Ce n'est pas grave, soupira-t-elle. J'ai juste pitié d'elle. Elle est vieille, aveugle, infirme, pauvre. Et sa petite-fille est non seulement une prostituée, mais aussi une voleuse. Et pas très douée, de surcroît.

— Pourquoi cela?

— D'abord, elle vole des objets chiffrés, les plus faciles à identifier, et donc, les plus difficiles à écouler. Ensuite, faute de trouver un receleur désireux de les acquérir, elle les donne à sa grand-mère au lieu de les faire fondre et de les revendre au poids.

— Vous savez, fit-il avec un petit rire, le monde devrait se féliciter que vous soyez une personne honnête, Alexandra Radford. Car vous feriez une excellente voleuse.

Tout en ouvrant la portière de la voiture, il s'adressa au cocher :

— À la banque Seaman's Mercantile, s'il vous plaît.

Alexandra réussit à contenir sa curiosité jusqu'à ce que l'attelage se fût ébranlé.

— Si je puis me permettre... Pourquoi nous rendons-nous dans une banque?

— Lord Westerham a donné deux cents livres à Barrett pour racheter l'argenterie.

— Seigneur! Je n'imaginais pas qu'on puisssse être acculé à ce point. Deux cents? C'est absolument insensé!

— Et lui en rendre cent quatre-vingt-quinze me chiffonne beaucoup. C'est de l'argent qui ne lui fera jamais défaut.

— Vous n'allez tout de même pas le garder! s'exclama-t-elle, atterrée et incrédule.

— D'une certaine manière, si, répondit-il d'un ton léger. Je vais les placer au nom de M. et Mme Reginald

Majors, et donner l'ordre de verser deux livres le premier jour de chaque mois à Mme Dora Elmore. Si elle trépasse avant que le fonds soit épuisé, le solde sera versé à un orphelinat.

— C'est donc la raison pour laquelle vous avez inventé ces noms !

— J'espère qu'ils n'existent pas dans la réalité. J'ai pris les premiers qui me sont venus à l'esprit.

Alexandra lui pardonna sur-le-champ de s'être montré insupportable, de l'avoir baptisée Millicent, et tout le reste.

— Que se passera-t-il si elle vit plus longtemps que le fonds ?

— Je l'alimenterai de ma poche, répondit-il avec un haussement d'épaules. Vingt-quatre livres par an, ce n'est pas énorme.

— Vous êtes vraiment un homme bon, John Aiden Terrell.

Ses yeux pétillèrent et il lui adressa un sourire qui lui fit battre le cœur.

— J'espérais que vous penseriez ça. Cela fait partie de ma stratégie, vous comprenez. Je me suis dit que si vous me croyiez en bonne place pour accéder à la sainteté, vous baisseriez peut-être la garde.

— Existe-t-il une femme qui ait réussi à vous résister ?

— Lady Ogden. Mais je ne pense pas qu'elle compte. La rumeur veut qu'elle préfère les femmes.

Alexandra l'observa, le cœur palpitant et léger. Dans la partie rationnelle de son cerveau, elle savait qu'Aiden n'était pas ce qu'il lui fallait. Il représentait la tentation sans l'engagement, la joie sans la contrainte. Quand leurs chemins, inévitablement, se sépareraient, elle souffrirait de son absence. Mais il était trop tard pour éviter cette conséquence ; elle était déjà allée trop loin. Elle n'avait rien à gagner à revenir en arrière. Ce qu'elle gagnerait en allant de l'avant, elle l'ignorait, mais elle connaissait suffisamment Aiden pour deviner que le voyage vers la découverte serait magnifique.

— À quoi pensez-vous, Alexandra ?

Cette voix de velours, d'une douceur pleine de séduction. Il savait exactement à quoi elle pensait.

— Que ni l'un ni l'autre n'allons jamais accéder à la sainteté.

— Déçue ? demanda-t-il, le sourcil levé.

— Pas le moins du monde.

Il secoua la tête avant d'expirer longuement.

— Si n'étions pas à quelques encablures de la banque...

Avec un sourire, Alexandra tourna la tête vers la fenêtre. Elle se demandait combien de temps il fallait pour ouvrir un compte, et espérait ne pas perdre courage quelque part dans le hall.

Alors qu'ils regagnaient de nouveau la voiture, une cloche sonna la demie au loin. Aiden sourit. À midi et demi, ils avaient assisté à une vente aux enchères, retrouvé l'argenterie des Westerham, ouvert un compte. Et Alexandra était sur le point de rendre les armes. Tout ce qu'on pouvait accomplir quand on s'y attelait vraiment ! C'était étonnant.

Sa seule déception était de n'avoir pas aperçu ne serait-ce que l'ombre d'un Indien malgré sa vigilance. Mais il ne renoncerait pas à ses plans pour autant.

— Terrell !

La main sur la poignée de la portière, Aiden se retourna. Un homme se ruait vers lui.

— Hawkins ! Je suis content de te revoir, fit-il, tout en en aidant Alexandra à grimper en voiture. Ça fait un bout de temps.

— C'est le ciel qui t'envoie !

— Vraiment ? dit Aiden en riant.

— Crumb s'est cassé la jambe. Nous n'avons donc plus d'ailier droit pour notre rencontre annuelle. Tu voudrais jouer ?

— J'adorerais, admit-il. Quand ?

— À 13 heures, à Pritchard's Field. Je m'y rendais justement, en retard comme toujours. Et te voilà ! Si j'avais quitté le bureau à l'heure, je ne t'aurais pas rencontré. C'est un signe du destin.

— Aujourd'hui ? fit Aiden, prenant soudain conscience qu'il s'était engagé un peu à la légère. Je ne sais même pas où est ma tenue.

— Je vais passer chez Crumb lui emprunter la sienne. Elle devrait t'aller.

— Ça fait une éternité que je n'ai pas joué, argua-t-il en songeant à son après-midi avec Alexandra.

— Peu importe, assura Hawkins. Ça ne s'oublie pas. Dis-moi que tu vas venir, s'il te plaît. Sinon, nous entrerons sur le terrain avec un joueur en moins. Et cette année, nous jouons contre Blackthorn. Dis oui, Terrell ! J'aimerais leur infliger une déculottée, pour une fois. Et ce ne sera pas possible sans toi.

Blackthorn. Diable ! S'il y avait un match qui valait la peine d'être joué, c'était celui contre Blackthorn. Se tournant vers la voiture, il passa la tête par la portière.

— Alexandra, cela vous dérangerait qu'on fasse un crochet ? Ça prendra environ deux heures.

— Qu'est-ce donc ?

— Un match de rugby.

À son tour, Hawkins passa la tête par la portière.

— Et les joueurs de Blackthorn ont tendance à penser qu'ils sont sortis de la cuisse de Jupiter. C'est une très, très ancienne rivalité. Nous avons désespérément besoin de votre homme pour le match.

Le sourire qu'esquissa Alexandra était plein de patience et de compréhension.

— Je vois que la perspective de vous faire estropier vous plaît beaucoup. Je ne voudrais surtout pas vous en empêcher.

— Je pourrais y aller avec Hawkins, et demander au cocher de vous ramener, suggéra-t-il, s'efforçant de se montrer magnanime. Je sais que vous avez autre chose à faire.

Elle arqua un sourcil. Mais la remarque qu'elle fit n'était pas celle que laissait présager son air mutin.

201

— Et qui veillerait à ce que vous soyez transporté chez le médecin après ? Je viens avec vous.

Aiden se redressa et se tourna vers Hawkins.

— 13 heures, Pritchard's Field. Nous y serons.

Son ami décampa aussitôt en lançant par-dessus son épaule :

— Tu es un chic type, Terrell !

Aiden hocha la tête avec un sourire contraint, avant de lever les yeux vers le cocher.

— J'ai entendu, monsieur. Si vous voulez y être pour 13 heures, il faut nous dépêcher.

La voiture s'ébranla avant même qu'Aiden ait refermé la portière derrière lui. Il se laissa tomber sur la banquette, en proie à des sentiments mitigés.

— Je suis désolé, Alexandra. Je me suis engagé sans réfléchir. J'aurais vraiment dû…

— Ne vous excusez pas, l'interrompit-elle doucement. La vie a son propre rythme. Tout arrive en temps et en heure.

— Sans doute, acquiesça-t-il à contrecœur.

Il jeta un vague coup d'œil par la fenêtre quand la voiture ralentit pour s'insérer dans le trafic. Là, derrière eux, la main levée pour héler un fiacre, se tenait l'étranger. Il n'avait plus le temps de sauter du véhicule. De plus, le quartier des affaires n'était pas l'endroit rêvé pour une explication. Il fit ce qu'il y avait de mieux à faire.

Alexandra se retrouva sur le siège à côté de lui avant d'avoir eu le temps de comprendre ce qu'il lui arrivait. Elle était encore trop ébahie pour résister quand il la fit pivoter, passa un bras autour de sa taille pour l'attirer contre lui et, posant l'autre bras sur son épaule, lui indiqua le trottoir.

— Là-bas ! L'homme qui grimpe dans le fiacre. Vous le connaissez ?

— Non, répondit-elle d'une voix haletante. Je ne l'ai jamais vu.

Sans desserrer son étreinte, Aiden soupira.

— Moi, je l'ai vu trois fois. Devant la vitrine de *L'Éléphant bleu* le jour où vous avez failli être enlevée, et deux fois aujourd'hui.

— Tout ce que je peux dire, c'est qu'il doit être kshatriya.

— Expliquez-moi, s'il vous plaît.

— Il y a quatre castes en Inde. Depuis la plus haute jusqu'à la plus basse, si je simplifie à l'extrême. Il y a les brahmanes, qui sont prêtres ou enseignants ; les kshatriya, qui sont les soldats et les administrateurs ; les vaishya, commerçants et hommes d'affaires ; et les shudra, qui sont les serviteurs.

Elle se tut un instant avant d'ajouter :

— Et puis, il y a les intouchables, mais ils sont considérés comme si peu de chose qu'ils n'ont pas le statut de caste. La famille de Mohan est, de toute évidence, kshatriya.

— Comment savez-vous en regardant quelqu'un à quelle caste il appartient ?

— En général – mais il y a toujours des exceptions –, à la couleur de la peau. Plus elle est claire, plus la caste est élevée. Il y a aussi l'activité que la personne exerce et la manière dont elle est vêtue. C'est sur la base de ces critères que j'ai classé cet homme parmi les kshatriya.

— Pourquoi nous suivrait-il ?

— Pour trouver Mohan ?

— Je ne le pense pas, objecta-t-il doucement. Si quelqu'un voulait le trouver, il lui suffirait de s'en enquérir sur les docks, ici ou en Inde. Vous recevez des cargaisons régulières. Il y a des tas d'hommes qui pourraient révéler où sont livrées les caisses.

— Les hommes de l'oncle de Mohan sont loyaux, répliqua-t-elle. Que ce soit à cause des liens familiaux ou par crainte importe peu. Ils ne donneraient pas ce genre de renseignements à un étranger.

— Cela fait trois jours que Mohan se promène à cheval en ville de l'aube au crépuscule, au vu et au su de tout le monde. Je n'ai pas vu l'ombre d'un étranger. Alors qu'il suffit que vous sortiez une fois avec moi pour qu'il soit là. C'est vous la proie, Alexandra. Pourquoi ?

— Je pense que vous imaginez des dangers qui n'existent pas, Aiden.

— Mohan m'a dit que certains, à la cour de son père, étaient opposés à votre présence. Est-ce vrai ?

— Il est bien trop jeune pour comprendre vraiment de telles choses.

Aiden ferma les yeux un instant. Puis il embrassa le sommet de son crâne, la fit pivoter face à lui et prit ses mains dans les siennes.

— Nous sommes allés trop loin ensemble, ma très chère duchesse, pour que vous recommenciez à éluder mes questions. Parlez-moi, Alexandra. Je ne peux pas vous protéger si j'ignore d'où vient le danger.

Le sourire qu'elle lui adressa était doux-amer.

— L'une des réalités que vous devez affronter en vivant dans un palais indien, c'est justement que vous ne savez jamais avec certitude d'où viendra le danger. L'intrigue y est un art, et ceux qui n'y excellent pas en meurent. Ne survivent que les plus doués pour dissimuler leurs intentions et leurs alliés.

— Pourquoi quelqu'un vous en voudrait-il ? Par jalousie ?

— Pour l'amour du ciel, Aiden, pourquoi serait-on jaloux de moi ?

— Parce que vous êtes une brahmane, et qu'on envie votre statut ?

— Je ne suis pas une brahmane, protesta-t-elle en riant. Certains vous diraient, à supposer qu'ils veuillent étendre le système des castes jusqu'à m'inclure, que je suis vaishya, puisque mon père travaillait pour une compagnie commerciale ; pour d'autres, je serais une intouchable, simplement parce que je suis anglaise et chrétienne. Il n'y a absolument aucune raison que quelqu'un m'envie quoi que ce soit.

Faute d'une alternative, Aiden décida d'abattre une carte maîtresse, en espérant que Mohan lui pardonnerait sa trahison.

— Peut-être que certains pensent que vous serez un jour l'épouse du rajah, ou l'une de ses maîtresses.

Le sourire d'Alexandra s'effaça sur-le-champ.

— Des règles très strictes régissent les relations – surtout les relations intimes – hors de sa propre caste. On ne peut les violer sans encourir un grand risque personnel et social.

— Ce n'est pas ce que pense Mohan.

— Mohan s'est montré très bavard ces derniers temps, non ? fit-elle remarquer en haussant les sourcils.

— Changement de sujet, très chère. Mais ça ne marchera pas. Mohan pense que vous allez épouser son père.

Alexandra en resta bouche bée. Mais, pour une raison inexplicable, elle ressentit une immense félicité.

— Je ne sais pas pourquoi il vous a dit une chose pareille. Il sait pertinemment que cela n'arrivera jamais.

Elle se mordit la lèvre, puis prit une profonde inspiration.

— Ce que je vais vous dire doit rester entre nous, Aiden. Promettez-le-moi. Si le père de Mohan avait dû prendre une Anglaise pour femme ou pour maîtresse, continua-t-elle quand il eut hoché la tête, ma mère et lui n'auraient pas eu une liaison clandestine pendant des années. Mais le prix à payer pour officialiser cette liaison aurait été trop important pour Kedar.

— Kedar ?

— Le père de Mohan.

— Quelles auraient été les conséquences ?

Alexandra soupira. Seul un Britannique pouvait poser cette question.

— Des relations intimes avec une femme que certains considèrent comme intouchable ? Ceux qui guignaient le trône auraient été trop heureux d'user de cette arme contre lui.

— Alors pourquoi a-t-il pris le risque d'entretenir cette liaison secrète ?

— Ils s'aimaient. Ils sont allés aussi loin qu'ils le pouvaient. Kedar a dû jouer l'indifférence, mais il a été anéanti quand ma mère est tombée brusquement malade et en est morte.

— Qui veut le trône ? Qui s'oppose au gouvernement de Kedar ?

— Il s'agit de l'Inde, lui rappela-t-elle. Il serait plus facile de répondre à la question : qui ne convoite pas son trône ?

— Une vérité en rapport avec le sujet. Si vous deviez établir une liste des comploteurs potentiels, qui figurerait dessus ?

— Tout en haut, on trouverait son cousin Kalin, répondit Alexandra, vaincue par son insistance. Ainsi que son jeune frère Hanuman.

— Avez-vous une idée de l'endroit où ils peuvent se trouver, en ce moment ?

— Quand j'ai quitté l'Inde, ils étaient à la cour. Je suppose qu'ils y sont toujours. Kedar préfère les avoir à l'œil.

— Est-ce qu'ils possèdent une fortune personnelle ?

— Je vois où vous voulez en venir. Oui, ils ont les ressources nécessaires pour venir jusqu'en Angleterre. Mais c'est la mort de Kedar et de Mohan qui leur serait favorable, pas la mienne. Pour eux, je ne compte pas.

— Nous voilà donc revenus à notre point de départ, dit Aiden en considérant leurs mains jointes, les sourcils froncés. Qui vous veut du mal ?

— Personne. Absolument personne.

— Qu'en est-il de ceux qui condamnent le principe d'une présence britannique à la cour ?

Avec un gémissement, Alexandra se laissa retomber sur la banquette. Sa ténacité était épuisante !

— Tout d'abord, commença-t-elle avec toute la patience dont elle était capable, leurs protestations sont assez vaines. Car ils ont beau ne pas apprécier d'être sous la domination des Anglais, ils sont assez réalistes pour savoir quel avantage il y a à comprendre leur mode de fonctionnement. Deuxièmement, ils n'ont ni le pouvoir ni les moyens de faire autre chose que de les critiquer verbalement. Tant que le père de

Mohan insistera sur la nécessité de coopérer avec les Anglais, le pire qu'ils puissent faire, c'est de se montrer désagréables.

— Alexandra, répliqua-t-il en plongeant son regard dans le sien, je n'ai jamais cru que ces deux crapules étaient venues à *L'Éléphant bleu* pour y voler de l'argenterie. Soit il s'agissait d'un prétexte, soit ils y ont pensé après coup, mais ce n'était pas leur but premier. Je pense qu'ils avaient pour ordre de vous amener à quelqu'un – notre homme de l'ombre – ou de vous tuer. Il doit y avoir une raison.

— S'il y en a une, je ne vois pas laquelle, hormis atteindre Mohan plus facilement.

— Dans ce cas, ce serait moi, la proie. Or, c'est *vous*.

Si seulement il pouvait cesser d'échafauder des hypothèses ! songea Alexandra en l'étudiant comme il regardait par la fenêtre. Mais il mettait une telle détermination à scruter la rue, il paraissait si inquiet de ne rien voir que son cœur se gonfla. Toute l'irritation qu'elle éprouvait reflua, et elle déplaça afin de s'appuyer de nouveau contre son torse.

— Il paraît que les tenues de rugby sont plutôt moulantes... et avantageuses, observa-t-elle. Non pas que vous en ayez besoin, bien sûr, ajouta-t-elle comme il glissait les bras autour d'elle.

— Vous êtes dangereusement près du bord, mon cœur.

— Je sais, répondit-elle en savourant la chaleur de son corps, et le roulement grave de sa voix.

— Viendra le moment où je fixerai une limite et vous mettrai au défi de la franchir.

— Cela aussi, je le sais.

Tout en lui mordillant le lobe de l'oreille, il chuchota :

— Demandez-moi de ne pas jouer.

— Non, répondit-elle alors qu'un frisson brûlant la parcourait. Vous avez promis à Hawkins d'être là.

— Ce que je regrette sincèrement.

— Les choses adviennent au moment voulu. Et pas avant.

Avec un grognement d'acquiescement, il repoussa ses cheveux.

— La patience, murmura-t-il en lui effleurant la nuque des lèvres, n'est pas ma qualité principale.

Savourant un autre délicieux frisson, Alexandra pencha la tête de manière à lui faciliter la tâche. Malgré ce qu'il prétendait, elle était convaincue qu'Aiden était l'homme le plus remarquablement patient qu'elle connaîtrait jamais.

Aiden descendit de la voiture avec la conscience aiguë que James Crumb était beaucoup plus fluet que lui. Son seul salut reposait sur l'état du terrain. Après une ou deux glissades dans la boue, le tissu se détendrait peut-être suffisamment pour lui permettre de respirer.

— Ô seigneur !

Il se retourna. Debout à côté de la roue avant, les sourcils arqués, Alexandra le détaillait tranquillement. Tonnerre ! L'effet qu'avait sur lui son petit sourire malicieux ! Pour ne rien dire de l'étincelle diabolique qui brillait dans ses yeux...

— Mon cœur, lança-t-il en pivotant avant qu'elle ne lui fasse perdre tout contrôle, ces culottes sont beaucoup trop moulantes pour que vous me regardiez de cette manière.

— Je suis désolée, prétendit-elle, la voix tremblant d'un rire contenu. Amusez-vous bien, mais soyez prudent. Si jamais vous déchiriez quelque chose, vous dévoileriez le peu que vous avez laissé à mon imagination.

N'ayant d'autre recours que la fuite, Aiden se dirigea vers le terrain. Du coin de l'œil, il aperçut l'équipe de Blackthorn. Gardant les yeux fixés sur sa propre équipe, il continua d'avancer.

— Comment diable vous êtes-vous débrouillé pour vous dégoter une aussi jolie métisse ?

Aiden savait à quel salaud appartenait cette voix, et que l'allusion concernait Alexandra. À ses yeux, peu importait qu'on fût à moitié anglais et à moitié autre chose. La pureté du sang était néanmoins primordiale pour certains, et, de toute évidence, Geoffrey Walker-Hines était de ceux-là. Les mâchoires serrées, Aiden l'ignora et poursuivit son chemin, espérant qu'il s'éloignerait.

— L'avez-vous ramenée d'Inde ? insista Walker-Hines en lui emboîtant le pas. C'est là que vous étiez, ces deux dernières années ?

Enfer et damnation ! Dire qu'il était de si bonne humeur, et qu'il suffisait d'un imbécile à l'esprit étroit... Déterminé à mettre un terme à ses insinuations, il s'arrêta net et lui fit face.

— Non pas que cela ait une quelconque importance, mais, pour information, ma mère est une Américaine d'origine irlandaise. Au sens strict, c'est moi, le sang-mêlé. Les parents d'Alexandra étaient tous deux anglais.

— Et vous croyez cette histoire ? riposta l'autre avec un petit rire suffisant. Je suis resté deux ans en garnison en Inde. Elle paraît anglaise, mais ses manières trahissent l'Indienne. C'est une métisse. Vous n'êtes plus ce que vous étiez, Terrell. Il fut un temps où vous étiez l'un des plus prompts à voir derrière la façade et les faux-semblants.

— Vous, d'un autre côté, avez toujours été et êtes encore un crétin fini.

— Il n'empêche que j'ai certaines exigences.

Se penchant vers Aiden, il tourna la tête en direction d'Alexandra et ajouta à voix basse :

— Mais, pour elle, je pourrais envisager d'y renoncer momentanément. Elle a l'air délicieuse. L'est-elle ?

La colère saisit Aiden qui serra les poings. Ce fut au prix d'un effort surhumain qu'il parvint à ne pas s'en servir.

— Vous dépassez les bornes de la décence, et cette conversation est close, articula-t-il lentement.

— Quand vous en aurez assez, continua Walker-Hines, obtus comme à son habitude, j'ai une petite Française, pour le moment. Nous pourrions échanger.

Échanger? Comme si Alexandra était un cheval ou un chien de chasse? Avant de perdre le peu de sang-froid qui lui restait, Aiden tourna les talons.

— Allez au diable, Geoffrey! lança-t-il par-dessus son épaule.

— Bon sang, Terrell... Très bien, voici ma proposition, dit Walker-Hines en le rejoignant à grands pas. Après le match, dix minutes, dix livres. Ça fait une livre la minute, alors que vous aurez Rose pour rien. Qu'en dites-vous?

Ce qu'il en disait? Il s'immobilisa et lui balança son poing dans la figure. Walker-Hines s'affala sur les fesses avec un beuglement avant de cracher des morceaux de dents ensanglantés dans l'herbe.

— Ne vous approchez pas de cette femme, lui ordonna Aiden, penché sur lui. Si jamais je vous vois à moins de cent pas d'elle, je vous émascule sur-le-champ! C'est une promesse, Geoffrey. Souvenez-vous-en.

Walker-Hines tentait de se relever quand Aiden se dirigea de nouveau vers son équipe. Il jeta un coup d'œil par-dessus son épaule. Alexandra se tenait devant leur voiture, et écoutait apparemment les trois femmes qui se tenaient en demi-cercle devant elle. Quand elle prit conscience du regard d'Aiden, elle sourit et lui fit un signe de la main. À son tour, il agita la main puis, souriant, traversa le terrain au petit trot.

C'était une femme incroyable. Et, entre tous les hommes, elle l'avait choisi, lui. Et elle serait bientôt sa maîtresse. La vie était belle!

14

— Oh, Aiden! murmura-t-elle quand il se laissa tomber sur la banquette opposée.

Il sourit, retira un brin d'herbe raidi de boue de ses cheveux et le jeta par la fenêtre.

— Après un bon bain chaud, je serai aussi irrésistible qu'avant.

— Ce n'est pas la boue qui me préoccupe, répliqua-t-elle en se penchant pour prendre son menton dans sa main avec douceur. Votre joue est égratignée, et votre mâchoire aussi.

— Ça ne fait pas mal.

Sans tenir compte de son affirmation, Alexandra continua son examen.

— Votre épaule est écorchée, elle aussi, constata-t-elle en écartant légèrement le col de son maillot.

— Vraiment? Je ne m'en suis même pas aperçu.

Dieu merci, il ne paraissait pas avoir d'os brisé. Alexandra ne put néanmoins retenir une exclamation quand son regard tomba sur sa main droite. La soulevant avec précaution, elle examina, horrifiée, les larges coupures, incrustées de sang et de boue, qui zébraient trois de ses doigts.

— Aiden!

— J'admets que celles-là me cuisent un peu.

— Et vous vouliez que j'autorise Mohan à pratiquer ce jeu de brutes! Quand je dis «jeu», je suis magnanime. Je n'ai jamais assisté à un tel déferlement de violence délibérée.

— On a gagné, déclara-t-il en souriant jusqu'aux oreilles.

— Est-ce que ça valait le coup d'en sortir cabossé et meurtri de partout ? demanda-t-elle en reposant avec précaution sa main blessée sur son genou.

— Oui. Pour deux raisons, répliqua-t-il avec entrain. La première, c'est que Blackthorn a essuyé sa première défaite en quatre ans, ce qui n'est pas un mince exploit. La deuxième, c'est que je vais avoir besoin de quelques soins. Ce qui offre certaines perspectives.

— De quel genre ? demanda-t-elle en croisant son regard. De douleurs supplémentaires ?

Dans son visage maculé de terre et de sang séché, ses yeux étincelèrent de malice.

— De plaisir, en fait. Surtout quand nous en arriverons à l'épisode du baiser qui guérit tout.

— Vous êtes vraiment optimiste !

— Pas tant que ça. Je sais que vous possédez le cœur le plus grand et le plus tendre de toute l'Angleterre. Alexandra, continua-t-il, plus sérieux, je vous remercie de vous être montrée si patiente. Autrefois, je jouais au rugby presque tous les jours. D'y avoir goûté de nouveau... J'ai eu l'impression que ces deux dernières années n'avaient pas existé. C'était très agréable.

— Dans ce cas, j'admets que ça valait la peine de souffrir.

Elle aurait tellement voulu qu'il connaisse cette paix en permanence. Si seulement elle avait le pouvoir de la lui donner !

Appuyant la tête contre la banquette, il fixa le plafond de la voiture. Son sourire s'évanouit.

— Si vous pouviez revenir en arrière et effacer quelque chose que vous avez fait, demanda-t-il, ce serait quoi ?

Alexandra devina qu'il pensait à Mary Alice, à son bateau, à l'équipage qu'il n'avait pu sauver. Elle fouilla dans sa mémoire, cherchant désespérément un événement d'une gravité identique à partager avec lui, afin qu'il sache qu'il n'était pas le seul à supporter le fardeau des remords.

— Rien ne me vient, finit-elle par reconnaître, non sans tristesse.

— Vous n'avez aucun regret? Pas le moindre?

— Eh bien, tout dépend du moment où j'envisage les choses.. Il y a un mois, expliqua-t-elle, j'aurais dit que je regrettais d'être venue en Angleterre avec Mohan. Si je m'étais abstenue, je ne serais pas confrontée à l'épineuse décision de rester ou de repartir. En revanche, aujourd'hui... Si je n'étais pas venue en Angleterre, je ne vous aurais jamais rencontré. Cela l'emporte sur le reste. Donc, plutôt que de regretter ce voyage, je suis maintenant très heureuse de l'avoir fait.

— Il vous faut quand même prendre une décision.

— Oui, mais cela ne change rien au fait que je suis contente d'être en Angleterre, finalement. Vous connaître m'apporte plus de plaisir que la décision ne me coûte de peine.

Il l'observa longuement avant de secouer la tête.

— Vous avez vraiment une manière unique de voir la vie, Alexandra. En admettant que j'y parvienne un jour, il me faudra du temps et beaucoup de réflexion pour acquérir votre vision des choses.

— Que le ciel me vienne en aide! Vous a-t-on déjà dit que vous aviez quelque chose du fox-terrier?

— Si vous trouvez que je ne renonce pas aisément, vous devriez voir mon père, répliqua-t-il avec un petit rire.

Il parlait rarement de celui-ci, mais toujours avec émotion. Alexandra débattit avec elle-même pendant quelques secondes. Puis jugea que se taire ne serait pas faire preuve de charité.

— Vous savez, Aiden, commença-t-elle d'une voix douce mais ferme, il est évident que vous aimez beaucoup votre père. À un moment ou un autre, il faudra que vous fassiez l'effort de franchir le fossé qui vous sépare, de crainte d'avoir un regret supplémentaire sur la conscience.

Il écarta son avertissement d'un haussement d'épaules. Puis il lui sourit.

— Pour le moment, c'est loin d'en être un. Si je n'avais pas débarqué à Londres pour le fuir, je ne vous aurais pas rencontrée. Et puisque vous apparaissez comme l'une des meilleures choses qui me soient jamais arrivées, je suis sacrément heureux que lui et moi nous soyons querellés.

Alexandra avait évoqué le long terme, mais ne conçut aucun déplaisir qu'il privilégie le plus court.

— C'est la preuve qu'il y a du bon en toutes choses. Et la preuve aussi que vous êtes capable, et sans grand effort, de changer d'opinion quand vous le voulez.

Il se mit à fredonner doucement, le regard tourné vers la fenêtre. Alexandra le laissa s'abîmer dans ses pensées. Elle le soupçonnait de se remémorer les deux dernières années, et d'essayer de modifier la perception qu'il en avait. Une tâche difficile, car se concentrer sur l'aspect positif des événements n'allait pas de soi chez lui.

Elle espérait ardemment qu'il y parviendrait, car il serait alors plus heureux. Et, qui sait ? peut-être qu'un jour, songeant aux moments qu'ils avaient partagés, il déclarerait que sa manière peu conventionnelle d'aborder l'existence avait changé la façon dont il voyait la sienne. Et que pour cette raison, elle était *la* meilleure chose qui lui fût jamais arrivée.

Comment pouvait-elle cultiver un espoir aussi futile et suffisant ? se morigéna-t-elle. Et si peu réaliste ? Des deux, elle seule était amoureuse. Pour Aiden, elle n'était qu'un intermède, une femme parmi tant d'autres. Elle pourrait s'estimer heureuse s'il se souvenait encore de son prénom dans cinq ans.

Elle tourna et retourna cette éventualité dans sa tête sans parvenir à comprendre pourquoi elle ne répugnait pas à envisager de n'être qu'une conquête parmi d'autres.

En vérité, elle était prête à accepter qu'Aiden ne l'aime pas. Qu'elle l'aime, elle, était suffisant. Elle voulait faire l'amour avec lui, corps et âme. Ce qu'il lui donnerait en retour serait toujours assez. L'aimer était un cadeau qu'elle s'offrait à elle-même, un cadeau très particulier, qui demeurerait unique.

Ce serait son secret, décida-t-elle en l'observant à la dérobée. Mieux valait qu'il n'en sache rien, qu'il ne soupçonne même pas qu'elle l'aimait. Le cadeau qu'elle lui ferait, ce serait de ne pas peser sur sa conscience, de l'assurer qu'elle comprenait et acceptait sans réserve la nature éphémère de leur relation.

Accompagnés par les cris stridents des paons, ils traversèrent la cour pour gagner la cuisine.

— Je vais les occire un de ces jours ! cria Aiden par-dessus le vacarme. Vous devriez conseiller à Preeya de ne pas trop s'attacher à eux.

En riant, Alexandra lui confia la clé de la porte en échange du petit mot qu'il venait d'arracher au chambranle.

— Dites-moi qu'il ne s'agit pas d'une demande de rançon, fit-il en la suivant dans la cuisine embuée de vapeur.

— C'est de Preeya, lui expliqua-t-elle tout en lisant. Mohan est parti avec M. Stanbridge un peu après 10 heures, ils rentreront aux alentours de 16 h 30 et, pendant leur absence, Sawyer l'a emmenée au marché. Elle ne précise pas quand ils sont partis ni à quelle heure ils prévoient de revenir.

— Sans doute bientôt, dit Aiden en déposant les paquets de couverts sur la table. Il se fait tard et elle doit encore préparer le dîner. À moins, bien sûr, qu'elle ne l'ait laissé sur la cuisinière ou dans le four. C'est ce que fait la cuisinière de ma mère quand c'est son jour de congé.

Après avoir déposé le billet et les vêtements d'Aiden à côté de l'argenterie, Alexandra se débarrassa de son manteau et s'approcha de la cuisinière.

— Aucun dîner à l'horizon, annonça-t-elle en refermant la porte du four. Mais elle a laissé de l'eau sur le feu. Elle est chaude et il y en a suffisamment pour un bain. Si vous voulez bien aller tirer un seau d'eau froide, je vous retrouve devant la baignoire.

— Pas dedans ?

Le cœur d'Alexandra fit un bond et, l'espace d'une seconde, la tentation fut forte. Mais la raison l'emporta.

— Avec Barrett, Mohan, Preeya et Sawyer qui sont susceptibles d'entrer à tout moment ?

— Vivez dangereusement, Alexandra, rétorqua-t-il depuis la pompe.

Si seulement c'était possible ! Si seulement ils avaient un peu plus de temps !

Après être passée derrière le paravent qui isolait le coin toilette, elle versa la bassine d'eau chaude dans la baignoire de cuivre.

— J'irai jusqu'à préparer votre bain, répondit-elle. Ensuite, je retournerai dans la maison.

Alors qu'il contournait à son tour le paravent, un broc d'eau à la main, il dit d'un ton qui n'avait plus rien de taquin :

— Je préférerais que vous ne ressortiez pas toute seule. Je ne pourrais ni vous voir ni vous entendre si vous aviez besoin d'aide.

L'étranger. C'était à lui qu'il pensait.

— Très bien, je resterai là. Je pourrai toujours nettoyer l'argenterie pendant que vous prenez votre bain.

— Merci. Avec le paravent entre nous, votre pudeur ne devrait pas trop souffrir. Sauf si vous regardez par un petit trou.

— Je n'en ai pas l'intention, assura-t-elle en lui apportant les vêtements qu'il avait quittés avant le match. C'est bon pour les collégiennes.

Assise devant la table, Alexandra fit amende honorable. Si les collégiennes regardaient par les petits trous, les femmes plus âgées regardaient tout court. Discrètement, bien sûr, et en feignant d'astiquer un couvert en argent. Non pas qu'il y eût grand-chose à voir à travers un paravent de bois sculpté. Cependant, son imagination suffisait à lui restituer les détails manquants, et elle commençait à trouver la cuisine suffocante. Elle eut beau rouler les manches de son corsage et en ouvrir les deux premiers boutons, ce fut loin d'être assez.

— J'ai pensé à quelque chose, lança-t-il soudain en se mettant debout dans la baignoire. À propos de votre dilemme sur un éventuel retour en Inde.

— Je n'en attendais pas moins de vous.

Comment ne pas s'extasier sur la largeur de ses épaules ? Et sa silhouette élancée ?

Il y eut une envolée de tissu blanc quand il décrocha la serviette pour s'en envelopper.

— Je crois que vous n'abordez pas le problème comme il faut. Ce n'est pas ce que vous préférez que vous devez prendre en considération, mais ce qui vous plaît le moins.

— Je ne vois pas quelle différence cela peut faire, répliqua-t-elle, le coude appuyé sur la table, le menton dans la main.

— Il y en a pourtant une. Qu'est-ce qui vous effraie le plus ? Rester ici ? Ou retourner en Inde ?

— Retourner en Inde, répondit-elle sans hésiter. La vie là-bas possède une qualité particulière, continua-t-elle, devinant la question suivante. Elle offre une liberté un peu terrifiante. Ainsi que beaucoup de possibilités.

— De... ?

— De ressentir.

— De ressentir quoi ? la pressa-t-il en jetant la serviette sur le paravent avant de tendre la main vers son pantalon.

— Tout. Les émotions sont considérées comme relevant du divin : la joie, la tristesse, l'amour, la haine, le désir. Les nier, c'est aller à l'encontre des intentions de Dieu.

— J'aime assez ce qui concerne le désir.

— Ça ne m'étonne pas, dit-elle avec un petit rire.

Elle vit ses jambes disparaître dans le pantalon sombre, et se jugea très sotte d'en éprouver du regret.

— En fait, continua-t-elle, vous seriez très à l'aise en Inde. Vous n'essayeriez même pas de résister à la tentation.

217

— Vous aviez raison, tout cela est très compliqué. Laissez-moi vérifier que j'ai compris jusqu'ici, dit-il en enfilant une botte. Étant née anglaise, mais élevée en Inde, vous n'êtes pas indienne, mais pas non plus complètement anglaise. Vous avez un pied dans chacun de ces mondes, continua-t-il en chaussant la deuxième botte, mais vous avez l'impression de n'appartenir à aucun. Je m'en sors comment ?

Il attrapa sa chemise suspendue à une patère. Dommage... Alexandra soupira, résignée à le voir se soumettre aux convenances.

— Pas mal, jusque-là.

— Oui, mais c'était la partie la plus facile. Il y a des dizaines de milliers d'Anglaises et d'Anglais qui doivent affronter le même dilemme que vous, poursuivit-il en contournant le paravent, chargé du reste de ses vêtements. Ce qui vous différencie d'eux, c'est l'intensité avec laquelle vous ressentez ce conflit intérieur, et la façon dont vous envisagez de le résoudre.

Son apparition, torse nu, lui coupa le souffle. Aiden était incontestablement sculptural.

— Vous êtes vraiment... trop rationnel, déclara-t-elle, sans même savoir ce qu'elle disait.

Les muscles fermes de son abdomen la fascinaient, de même que l'étendue doucement bombée de son torse, les muscles souples de ses épaules et de ses bras... et même la cicatrice ronde en haut de sa poitrine. Si la perfection existait, John Aiden Terrell en était l'incarnation.

Il posa sa chemise et sa veste à l'extrémité de la table tout en s'avançant vers elle, un sourire narquois aux lèvres.

— Alexandra ? De quoi parlons-nous ?

Au prix d'un effort considérable, elle détourna les yeux, et entreprit de rassembler ses pensées éparses.

— De retourner en Inde ou de rester ici.

Le cœur battant, elle se leva pour aller chercher le coffret où Preeya gardait ses remèdes.

— Vous disiez quelque chose sur ma manière de voir le problème différemment des autres, continua-t-elle en désignant du doigt le tabouret qu'elle venait de quitter. Asseyez-vous.

Enfer et damnation! Il avait espéré qu'elle ne s'en souviendrait pas. Puisque ce n'était pas le cas, il n'avait d'autre choix que de continuer. Tout en lui obéissant, il la suivit des yeux tandis qu'elle s'emparait d'une boîte métallique sur une étagère.

— D'un côté, il y a l'Inde, reprit-il alors qu'elle revenait et s'arrêtait devant lui, et la possibilité qu'elle offre de vivre pleinement sa vie, avec toutes les émotions et les sensations qui vont avec. C'est bien cela?

Alexandra posa la boîte sur la table et en souleva le couvercle.

— Oui.

— De l'autre, il y a l'Angleterre, qui a tendance à privilégier la rationalité et désapprouve toute démonstration d'émotion. Détachement et stoïcisme sont ses maîtres mots. Vous êtes d'accord avec ce résumé?

— En gros, oui, dit-elle avec un haussement d'épaules.

Du coffret, elle avait tiré un petit pot que fermait un bouchon de cire. Elle l'ouvrit, trempa les doigts dans le baume, reposa le pot et, se tournant vers Aiden, lui prit le menton de sa main libre.

Il lui saisit doucement les poignets pour l'immobiliser.

— Nous arrivons à la partie la plus compliquée, dit-il en cherchant ses yeux qui, aujourd'hui, étaient d'un bleu très sombre. Au cœur du problème, en fait.

Comme elle haussait un sourcil interrogateur, il prit une profonde inspiration.

— Vous aimeriez succomber à la tentation de vivre à la manière indienne, mais cela vous fait peur. Après tout, il y a quelque chose de très rassurant dans la façon qu'ont les Anglais de garder leurs distances. Vous ne risquez pas de souffrir si rien ne vous atteint ni ne vous touche.

Alexandra battit des paupières. Sous ses doigts, il sentit son pouls s'accélérer. Mais ce fut la seule manifestation, très discrète, de sa réaction. C'est avec un sourire placide qu'elle libéra ses mains et déclara :

— Encore un choix difficile.
— Vraiment ? insista-t-il en tournant la tête de manière à lui permettre d'appliquer le baume sur sa peau écorchée.
— Bien sûr.

Elle avait des gestes doux, et frémissait, compatissante, chaque fois qu'il tressaillait.

— Disons, pour alimenter le débat, que je décide qu'il est parfaitement légitime de s'abandonner à une émotion violente, continua-t-elle, après avoir de nouveau enduit ses doigts de baume.

— Prenons le désir, par exemple, suggéra-t-il avec un sourire tout en glissant les mains autour de sa taille. Juste pour le plaisir d'une discussion intéressante.

— Soit, acquiesça-t-elle, un sourire presque imperceptible sur les lèvres. Que se passera-t-il si je suis la proie de ce genre d'impulsion ?

Aiden fut brièvement tenté de répondre de manière conformiste. Mais il se ravisa. Elle allait être sa maîtresse et tous deux le savaient. Il n'y avait aucune raison de prétendre l'ignorer.

— Vous y cédez et notre satisfaction à l'un comme à l'autre sera non seulement grande, mais répétée.

Le sourire d'Alexandra s'élargit.

— Et que penserez-vous de moi ? harsarda-t-elle en suivant du doigt la ligne de ses épaules.

— Ce que j'en pense déjà. C'est-à-dire que vous êtes la femme la plus extraordinaire et la plus intéressante que j'aie jamais rencontrée.

— Et vos amis ? Que penseront-ils de moi ? Sawyer ? Barrett ?

— Un gentleman ne partage pas ce genre d'information, lui assura Aiden alors qu'elle s'emparait de sa main droite. Pas même avec ses amis.

Elle s'immobilisa, les doigts sur ses phalanges, et croisa son regard.

— Ça risque de faire un peu mal, le prévint-elle. Je vais y aller le plus doucement possible.

— Je survivrai.

— Pourquoi ne le leur diriez-vous pas ? demanda-t-elle alors que de brèves douleurs successives irradiaient dans le bras. Si vous êtes satisfait, si vous pensez que je suis extraordinaire et intéressante, pourquoi ne pas partager votre joie avec vos amis ?

— C'est un coup bas, Alexandra.

— Non, c'est honnête, répliqua-t-elle en prenant une étroite bande de coton blanc dans le coffret. Vous ne leur diriez pas parce que vous ne voudriez pas me déconsidérer auprès d'eux, ce qui, par ricochet, vous déconsidérerait aussi. À leurs yeux, je ne serais plus une femme convenable. Les femmes convenables n'ont pas ce genre de bas instincts.

Tout en parlant, elle avait enroulé la bande autour de sa main. Aiden rit doucement.

— Vous voulez parier ?

— Parce que vous avez connu beaucoup de femmes convenables ?

— Bien sûr, riposta-t-il. Ma mère, ma grand-mère, mes six sœurs, Seraphina Reeves. Et peut-être Emmaline, encore que je ne la connaisse pas beaucoup. Cela fait donc neuf, avec une dixième possible.

— La famille ne compte pas.

— Mais si.

— D'accord. Juste pour éviter la dispute, je vous accorde les dix et je rajoute Preeya pour faire bonne mesure, dit-elle avec un sourire, les mains sur les hanches. Ce qui nous donne onze femmes sur... combien au total ?

— Alexandra, mon cœur, répliqua-t-il d'un ton charmeur en l'enlaçant par la taille pour l'attirer à lui, quel est l'intérêt de cette discusion ? Vous avez pris votre décision, je l'ai lu dans vos yeux. Vous avez outrageusement flirté avec moi toute la journée.

— Je suis anglaise. En dépit de ma décision, je considère qu'obéir à ses impulsions n'est pas particulièrement sage. Tentant, oui, mais pas sage. Il peut y avoir des conséquences durables.

— Pas si l'on est prudent.

Elle avait passé ses bras autour de son cou et jouait avec les cheveux sur sa nuque.

— Peut-être pour un homme. Pour une femme, il y a toujours, toujours, des conséquences.

— Telles que ?

— Les enfants non désirés.

— Ce qu'on appelle condom est censé les éviter.

— La réputation.

— Discrétion est le maître mot, contra-t-il. On ne fait pas l'amour au vu et au su de tout le monde, et on n'envoie pas un compte rendu au *Times*.

— La fureur d'un mari.

— Seulement s'il vous surprend, souligna-t-il, amusé par cet échange. Une dose convenable de prudence est en générale suffisante. De toute manière, la question ne se pose pas. Vous n'avez pas de mari.

— C'est à un mari qui découvre qu'il n'est pas le premier amant de sa femme que je faisais allusion.

— S'il arrive après la bataille, c'est sa faute. Il ne fallait pas traîner. Mais le problème ne se pose pas non plus puisque vous n'avez pas l'intention de vous marier.

— Je parlais en général, pas de mon cas en particulier.

— Eh bien moi, je parle de *nous*, mon cœur. De vous et de moi.

Elle resta silencieuse quelques instants. Puis une ombre curieusement satisfaite voila son sourire.

— Je ne nierai pas qu'il y a un « nous », Aiden. Mais je ne prétendrai pas que cela va plus loin. C'est ici et maintenant.

— Où est le mal à en profiter pendant que cela existe ?

— Vous avez raison.

— Vraiment ? s'exclama-t-il, stupéfait qu'elle rende les armes aussi vite.

— Seulement si l'on adopte une vision très indienne du monde.

— Vous sentirez-vous anglaise ou indienne cette nuit ?

— Je l'ignore. La nuit n'est pas encore là.

— Et à cet instant ?

— Je ne suis pas très sûre. Peut-être un peu des deux. Mais j'ai surtout très, très chaud.

Pour n'être pas explicite, l'invitation n'en était pas moins réelle.

— Je peux vous aider, dit-il en levant la main pour, lentement, délibérément, défaire un bouton de son corsage.

Alexandra soutint son regard, sachant qu'elle aurait dû reculer. Ou, du moins, émettre une protestation, même faible et peu sincère. Quand il en déboutonna un autre, elle garda le silence, ne bougea pas. Au suivant, son sang se mit à chanter et son cœur à tambouriner dans sa poitrine. Encore un autre, et elle ne parvint plus à respirer. À la fin, lorsque son corsage fut ouvert jusqu'à la taille, elle dut lutter pour empêcher ses jambes de trembler.

Aiden écarta l'étoffe et souffla sur le renflement de ses seins. Les doigts enfouis dans ses cheveux, elle demanda, haletante :

— Vous pensez sincèrement que cela aide ?

— Je parierais qu'avoir chaud distrait moins votre attention que tout à l'heure, répondit-il avec un sourire impudent.

— Ce n'est certainement plus aussi déplaisant.

Les yeux étincelants, il suivit du bout des doigts le bord de son corset. De douces volutes de chaleur la parcoururent et vinrent se nicher au plus intime d'elle-même. Il recommença, avec plus d'audace et d'insistance cette fois. Elle sourit en humectant ses lèvres brusquement sèches.

Il glissa alors ses doigts sous la fine dentelle pour taquiner la pointe dressée de ses seins.

— Oh… souffla-t-elle en vacillant.

— Vous aimez ça, n'est-ce pas ? chuchota-t-il avec un sourire entendu.

— Beaucoup plus qu'il n'est probablement raisonnable, avoua-t-elle, le cœur battant la chamade.

— Le désir ne connaît pas la raison, mon ange. Demandez-m'en plus si vous cela vous plaît…

C'était à la fois un défi et une supplication. Si elle s'arrêtait là, il ne lui reprocherait pas sa timidité ; si elle acceptait, il n'y aurait plus ni hésitation ni restriction. Il lui donnerait la lune, les étoiles, et tout le plaisir qu'elle pourrait endurer.

— Plus, s'il vous plaît. Maintenant, si cela ne vous ennuie pas.

— Pas du tout, murmura-t-il avec un sourire impie en glissant les mains sous ses seins.

Quand il les eut sortis du corset, il en baisa un, longuement, puis l'autre. Éperdue, Alexandra ferma les yeux, retenant son souffle. Cette attente allait la faire mourir !

— Oh, Aiden… haleta-t-elle. Je vous en prie…

Les mains enfouies dans ses cheveux, elle arqua le dos pour mieux s'offrir à sa caresse. L'onde brûlante qui la parcourut lui arracha une exclamation de surprise ravie et l'incita à chercher un contact plus étroit avec le corps d'Aiden. La seconde vague de plaisir, bien plus intense que la première, déferla en elle, la projetant dans un monde d'exigences insatiables.

— Aiden ! cria-t-elle au moment où ses jambes cédaient sous l'empire du feu qui la consumait.

Il la retint en la plaquant contre lui. Le contact de ses seins contre son torse nu, de sa peau échauffée contre la sienne, lui fit oublier tout ce qui n'était pas la pulsation enfiévrée de ses reins et le grondement désespéré de son cœur. Il s'empara de sa bouche fiévreusement, et elle l'accueillit avec une passion qui menaça de lui faire perdre tout contrôle.

Dans un dernier sursaut de conscience, il essaya de lutter contre le tourbillon qui menaçait de l'entraîner. C'est alors que le monde extérieur se rappela à lui de manière stridente.

— Les paons, chuchota Alexandra, haletante.

Il y avait quelqu'un, comprit-il dès que son cerveau eut retrouvé la capacité de raisonner.

— Finalement, ils peuvent vivre, proclama-t-il en la reposant abruptement sur ses pieds.

Il ne put résister à l'envie de lui voler un dernier baiser, juste avant de récupérer sa chemise et de l'enfiler, les deux manches à la fois.

— Je vais faire distraction pendant que vous vous rajustez, dit-il.

Comme elle ne répondait pas, il lui jeta un coup d'œil tout en se reboutonnant en hâte. Elle le contemplait, le regard embrumé, un sourire ravi étirant ses lèvres.

— Rhabillez-vous, mon cœur, lui conseilla-t-il en attrapant son manteau.

Le sourire d'Alexandra s'élargit davantage. Tonnerre, elle était trop délicieuse pour qu'il la quitte ! Mais s'il ne la tirait pas de sa rêverie...

— Alexandra !

Elle sursauta, et retomba sur terre. Il gagna alors la porte à reculons afin de se repaître le plus longtemps possible de cette adorable vision.

— Je vous verrai au dîner. Mieux vaudrait toutefois que je n'en voie pas autant, ajouta-t-il avec un clin d'œil.

Se couvrant les seins de ses mains, elle éclata de rire.

Il exhala avec force, et sortit avant que ce qu'il lui restait de bon sens ne vole en éclats.

15

Debout dans l'ombre, près de la remise aux voitures, Aiden comptait sur le grand air pour l'aider à retrouver le contrôle de ses sens. À l'intérieur, Mohan et Barrett discutaient sans qu'il puisse comprendre ce qu'ils disaient. Peu lui importait, du reste, tant qu'ils ne se dirigeaient pas vers la porte.

Il avait besoin d'un peu de temps pour chasser le délicieux souvenir d'Alexandra, de son esprit comme de son corps. Plus que tout, il voulait éviter d'affronter Barrett avant d'avoir réussi à afficher un masque serein. Sa relation avec Alexandra appartenait au domaine privé – intime, même – et n'en sortirait pas. Il ne souhaitait pas en parler avec Barrett, ni avec quiconque. Alexandra mourrait de honte si elle soupçonnait que quelqu'un était au courant.

Les yeux étrécis, Aiden fixait sans le voir l'arrière de la maison. Sa conscience le travaillait. Quand il prétendait qu'Alexandra mourrait de honte, il exagérait. Elle serait embarrassée, certes, puis, de cette manière qui n'appartenait qu'à elle, elle passerait outre avec un sourire espiègle, évoquerait une expérience divine et le laisserait là, rougissant et essoufflé.

S'il voulait se montrer parfaitement honnête avec lui-même, ce n'était pas uniquement le souci de la réputation d'Alexandra qui l'incitait à garder le secret. Sinon, il se serait contrôlé et n'aurait pas laissé l'intermède dans la cuisine aller aussi loin. Ils avaient eu une chance du diable que personne ne soit entré. Sans les paons...

Aiden secoua la tête pour chasser cette image et se passa la main dans les cheveux. Il n'avait pensé qu'à une chose quand il avait déboutonné son corsage : à quel point il la désirait. Et, au premier soupir de plaisir qu'elle avait laissé échapper... il n'avait pas délibérément renoncé à se contrôler ; il avait tout bonnement perdu le contrôle de lui-même. Et c'était là le problème ; ce qu'il ne voulait pas que Barrett ou quiconque découvre.

Il savait que c'était non seulement égoïste, mais futile. Alexandra était si différente de toutes les femmes qu'il avait connues ! S'il le fallait, il était prêt à vendre son âme pour faire l'amour avec elle. En quelques jours, il s'était transformé en un homme avide, désespéré, l'un de ces mâles pathétiques que les autres hommes considèrent avec pitié.

Le pire était qu'il ne voulait pas vraiment cesser de ressentir cette faim insatiable. Si étrange et inexplicable que cela paraisse, elle lui paraissait juste. Et, si le plaisir des préliminaires avait été magnifiquement intense, il supposait que leur aboutissement le serait tout autant.

Il supposait ? Bon sang, cela ne faisait aucun doute ! Alexandra allait le réduire à l'état de cendres, et il était hors de question qu'il renonce à une telle extase ; pas même pour éviter le risque d'encourir la réprobation des hommes de son milieu. Il était égoïste – et peut-être un peu vaniteux –, mais pas stupide. Il lui suffirait d'être prudent pour que son rêve le plus fou devienne réalité *sans* qu'il soit la risée de ses pairs.

Barrett était la personne avec qui ce serait le plus difficile. Il était redoutablement habile lorsqu'il s'agissait de détecter les mensonges ou les tentatives pour travestir la vérité, et il n'hésitait jamais à poser les questions les plus directes.

Ce qui faisait de lui un bon détective, devait admettre Aiden. Ainsi qu'un ami dévoué. On ne mentait pas à Barrett, en tout cas, pas au sujet de choses importantes. Tôt ou tard, il finissait par vous mettre au pied du mur. Voilà pourquoi il était impératif de maintenir leurs conversations sur un plan strictement professionnel. Heureusement, les sujets de préoccupation ne manquaient pas, avec, en premier lieu, celui de la sécurité d'Alexandra.

Carrant les épaules, Aiden s'avança vers la porte ouverte de la remise. Et tomba sur Barrett et Mohan qui s'apprêtaient à en sortir.

— Je pensais bien que c'était votre retour que les paons annonçaient, dit-il en les arrêtant sur le seuil.

Comme son ami le considérait avec un demi-sourire, le sourcil levé, il ajouta :

— Bonne nouvelle, Barrett ! Tu trouveras la ménagère de douze couverts en argent des Westerham sur le siège de ta voiture. Moins un couteau à beurre. Et tu ferais bien d'aller la récupérer le plus tôt possible parce que je n'irai pas la chercher une seconde fois.

— Tu l'as retrouvée ? Combien cela t'a-t-il coûté ?

— C'est Alexandra qui l'a retrouvée, corrigea Aiden. La totalité des deux cents livres. Et ça n'a pas été facile. La vieille femme était coriace.

Le regard de Barrett s'attarda sur sa main. Son sourire s'accentua.

— Tu n'as quand même pas dû la frapper ?

— Je me suis laissé embringuer dans un match de rugby, cet après-midi, répondit-il en remuant les doigts avec précaution.

Il ignorait la composition du baume appliqué par Alexandra, mais la douleur avait miraculeusement disparu.

— C'était un match contre Blackthorn, précisa-t-il. Walker-Hines jouait pour eux.

— Laisse-moi deviner… Avec son lamentable manque de jugement, il s'est frotté contre Alexandra et lui a fait une proposition inconvenante.

— S'il s'était avisé de la toucher, ton avocat serait déjà sur l'affaire, car je l'aurais tué.

Le visage de Mohan se fendit d'un large sourire, tandis que Barrett secouait la tête.

— Dommage qu'il ait choisi aujourd'hui pour faire preuve d'un soupçon de bon sens. Alors, est-ce que Blackthorn a été enfin battu ?

— Cinq à deux.

— À plate couture ! Bravo, John Aiden, fit-il en lui tapant sur l'épaule. Cela dit, tu ne sembles pas démesurément content de ce succès. J'ai l'impression que quelque chose te tracasse. Je me trompe ?

Aiden se tourna vers Mohan.

— Preeya est au marché avec Sawyer, et je pense qu'Alexandra met le dîner en route dans la cuisine. Tu pourrais aller voir si elle a besoin d'aide ?

Le garçon commença par soupirer, esquissa une moue boudeuse, puis finit par hocher la tête. À peine avait-il tourné les talons que Barrett lâcha :

— Tu *penses* qu'Alexandra est dans la cuisine ? Tu n'en es pas certain ?

Dédaignant l'hameçon, Aiden enfonça les mains dans ses poches et soutint le regard de son ami.

— Que connais-tu de l'Inde ?

— Pas grand-chose. Pourquoi ?

— Si nous allions jusqu'à ta voiture pendant que nous discutons ? proposa-t-il en pivotant sans laisser le temps à Barrett d'émettre une éventuelle objection.

Quand celui-ci lui eut emboîté le pas, Aiden reprit :

— Je n'arrête pas de trouver les pièces d'un puzzle, mais je ne connais pas suffisamment l'Inde pour savoir si l'image qu'elles forment a ou non un sens.

— Apparemment, ce que tu crois voir te préoccupe. Jette toutes les pièces sur la table et nous allons les examiner ensemble.

— Je ne sais même pas par où commencer, avoua Aiden.

— Il me semble qu'Alexandra Radford a proféré quelque chose de ce genre le jour où elle est entrée dans mon bureau, observa Barrett avec un petit rire. Pour autant que je me souviens, tu ne t'étais pas montré particulièrement soucieux de l'aider.

Ce matin-là, il s'était conduit comme un imbécile. Qu'Alexandra lui ait permis de se racheter témoignait de son sens inné de l'équité.

— Je n'avais pas compris à quel point son monde est complexe. Ni à quel point elle est elle-même compliquée. Même si je disposais de l'éternité et un jour, je ne la connaîtrais jamais tout à fait, Barrett. Jamais. Elle me surprendrait toujours.

— Sauf que tu ne disposes pas de l'éternité et un jour.

Un rappel, d'une subtilité inaccoutumée chez Barrett, qu'Alexandra était une relation temporaire, tant sur le plan professionnel que privé.

— En effet, acquiesça-t-il en s'adjurant de rester attaché au côté professionnel. Et si mon instinct ne me trompe pas en ce qui concerne le puzzle, Alexandra non plus.

— Tu as toujours l'impression que c'est elle qui est en danger, et non le garçon ?

— C'est elle qui a failli être enlevée, et c'est elle qu'on file. J'ai entraperçu l'homme ce matin, à la vente aux enchères, et de nouveau cet après-midi. Alexandra ne le connaît pas, mais elle pense qu'il appartient à la même caste que Mohan et son père.

— Est-ce que c'est important ?

— Je n'en sais fichtre rien ! avoua Aiden avec un soupir contrarié. Pourtant, le sujet des castes revient souvent dans la conversation, la plupart du temps en rapport avec ce que chacun peut ou ne peut pas faire. Ma parole, ils ont plus de règles que nous !

— Par exemple ?

— Tu as intérêt à tomber amoureux de quelqu'un de ta propre caste, car on ne t'autorisera pas à en sortir.

Barrett hocha la tête en enfonçant à son tour les mains dans ses poches.

— Si tu veux mon avis, ce n'est pas si différent en Angleterre. À part que ma mère serait à présent disposée à envisager une belle-fille non titrée si je consentais à me mettre sérieusement en quête d'une épouse. Apparemment, en Inde, ils sont plus patients sur la question des petits-enfants.

Aiden lui glissa un regard de biais.

— Quel est le rapport ?

— Il n'y en a pas, admit Barrett avec un sourire contraint. C'est juste la croix que je porte en ce moment. Qui est tombé amoureux hors de sa caste et n'a pas pu épouser l'élue de son cœur ?

Barrett et ses questions ! Il ressemblait beaucoup à Mohan... en plus dangereux.

— Ce n'était qu'une illustration, prétendit-il, pour honorer sa promesse à Alexandra. Je n'évoquais personne en particulier.

Avant que Barrett puisse insister, il lui jeta en pâture l'une des pièces qu'il avait rassemblées depuis leur dernier entretien.

— Alexandra m'a appris que le trône de Kedar, le père de Mohan, était convoité par deux rivaux : son cousin et son jeune frère. Tous deux seraient pour le moment en Inde. Cela dit, selon Alexandra, ils n'ont aucune raison de s'attaquer à elle. Leur intérêt est de renverser Kedar et d'empêcher Mohan de lui succéder.

— Alors pourquoi quelqu'un la suit-il ?

— C'est la question que je me pose, répondit Aiden alors qu'ils arrivaient devant la voiture. Les allées et venues de Mohan ne sont pas vraiment discrètes, et il n'est pas besoin de suivre Alexandra pour les connaître. Quant à cette histoire d'un éventuel mariage avec le rajah... Alexandra m'assure que Mohan ignore de quoi il parle. Une telle union ne pourrait avoir lieu, car ils n'appartiennent pas à la même caste.

— Voilà qui élimine la possibilité de quelqu'un voulant l'empêcher de donner un héritier à demi anglais au trône. Dommage. Cette théorie avait ma faveur.

— C'était la seule que j'avais, grommela Aiden. Bon sang, Barrett ! C'est là, je le sens, mais je n'arrive pas à le voir. Quelle menace peut-elle bien représenter ? Et pour qui ?

— Peut-être connaît-elle quelque chose qu'elle n'est pas supposée connaître, ou a-t-elle vu quelque chose qu'elle n'était pas censée voir.

— Si c'était le cas, j'imagine qu'elle en aurait conscience, répliqua Aiden, de plus en plus préoccupé. Elle est formelle : il n'y a aucune raison que quelqu'un lui veuille du mal.

— Preeya aurait peut-être une idée, hasarda Barrett. Lui en as-tu parlé ?

— Je n'ai compris qu'Alexandra était vraiment en danger que ce matin. Il n'y a pas longtemps que nous sommes rentrés, et Preeya est encore au marché avec Sawyer.

— Il n'est pas un peu tard pour faire le marché ?

— On ne vit pas l'œil sur l'horloge dans cette maison. Pas sur une horloge britannique, en tout cas. Quand elle reviendra, je poserai la question à Preeya. Je doute cependant qu'elle sache quelque chose. Si elle croyait Alexandra en danger, elle serait venue me trouver.

— Je ne sais pas si ça vaut la peine d'interroger Mohan. Il ne me semble pas très fiable. En outre, qu'est-ce qu'un enfant de dix ans pourrait savoir ?

— Je l'interrogerai quand même. Ça ne peut pas faire de mal.

Ils demeurèrent silencieux quelques instants. Aiden fixait le bout de ses bottes, en proie à un malaise grandissant. Une question vague, informulée, le taraudait sans qu'il parvienne à lui donner forme. S'il se concentrait et…

— C'était la mère d'Alexandra et le rajah ? demanda Barrett abruptement.

Interloqué, Aiden releva la tête pour dévisager son ami.

— Qu'est-ce que tu racontes, et quel rapport avec le prix du thé en Chine ?

— Les deux qui sont tombés amoureux et n'ont pu vivre ensemble, expliqua Barrett, pensif. Était-ce la mère d'Alexandra et le rajah ?

Sapristi! Vous lui donniez une miette minuscule et il vous confectionnait un gâteau!

— Je ne t'ai pas dit ça.

— C'était inutile, rétorqua Barrett en souriant. Il m'arrive, de temps à autre, d'additionner deux et deux et de parvenir à une conclusion raisonnable.

— C'est censé être un secret. J'ai promis à Alexandra de le garder.

— Je ne dirai rien, promit Barrett.

— Si seulement tu pouvais appliquer tes remarquables capacités de déduction à mon problème. Ça faisait plusieurs jours. Alors, pourquoi aujourd'hui?

— Je crains de n'avoir pas suivi. Mon génie de la déduction ne va pas aussi loin.

Aiden soupira. Il avait de nouveau le pressentiment qu'une question cruciale flottait à la marge de sa conscience.

— Il était devant la vitrine de *L'Éléphant bleu* le jour où Alexandra a failli se faire enlever. Puis il a disparu. Pourquoi a-t-il réapparu aujourd'hui précisément?

Son intuition lui soufflait qu'il se rapprochait. Mais la question importante continuait de lui échapper.

— Je suppose que tu parles de l'étranger?

Aiden acquiesça d'un signe de tête.

— Je l'appelle l'homme de l'ombre.

— À part ce matin, est-ce qu'Alexandra est sortie de la maison? Depuis l'autre jour, je veux dire.

— Non, répondit Aiden, sentant qu'il brûlait. Mais elle n'était pas dehors, ce matin-là. Et pourquoi était-il là, aujourd'hui, à deux reprises?

— Bonne question. Je regrette de ne pas être capable de te fournir les réponses. Je crois qu'il faudra les soutirer à ton Indien.

— Il faudrait déjà l'attraper, et il est rapide. On ne le voit qu'une fraction de seconde et il disparaît.

— Même les meilleurs finissent par commettre une erreur, assura son ami en lui tapotant l'épaule. En attendant...

Barrett ouvrit la portière, donna à son cocher l'ordre de le conduire à son club, puis grimpa dans sa voiture.

La portière était fermée et le cocher avait déjà les rênes en main quand la question se précisa suffisamment dans l'esprit d'Aiden pour qu'il en discerne les contours. Il ne lui en fallut pas plus. Avec un grognement, il prit conscience de sa simplicité, et mesura à la fois ses implications et les dispositions à prendre.

— Barrett ! Attends ! cria-t-il en s'accrochant à la fenêtre ouverte. Peux-tu revenir vers 2 heures du matin ?

— Si tu as besoin de moi, oui. Qu'as-tu en tête ?

Aiden avait besoin de temps pour étudier les détails, mais la tâche principale lui apparaissait avec clarté.

— Laisse ta voiture chez toi, se contenta-t-il de répondre. Mets des vêtements qui ne craignent rien et emporte ton pistolet. Je t'expliquerai à ce moment-là.

— Je serai là.

Tout en regardant la voiture s'éloigner, Aiden déplora d'avoir passé l'année à boire jusqu'à l'inconscience. Alors qu'il avait besoin de mobiliser toutes ses facultés, il n'y parvenait qu'au prix d'un effort important, et cela lui prenait beaucoup trop de temps. Il avait toujours deux mesures de retard sur le tempo. Jusqu'à présent, il avait réussi à se reprendre suffisamment vite pour éviter qu'Alexandra ou Mohan n'en pâtisse. S'il avait beaucoup de chance, l'engourdissement de son cerveau n'aurait plus d'importance à compter du lendemain matin.

Où chercher ? Aiden tourna lentement sur lui-même en observant les bâtiments et les ruelles entourant *L'Éléphant bleu*. L'homme était là, à les épier. La conscience de sa présence invisible était à l'origine d'une partie de son malaise, mais d'une partie seulement. Pour l'essentiel, il venait du pressentiment que le temps était compté.

Aiden s'approcha de la rue pour inspecter le voisinage. Quelque part...

Un fiacre s'arrêta le long du trottoir, à quelques pas, le tirant de ses réflexions. La portière s'ouvrit, livrant passage à Sawyer chargé d'un panier. Sitôt descendu, il se tourna pour tendre la main à Preeya, qui le rejoignit avec grâce sur le trottoir. Le fiacre s'éloigna tandis qu'Aiden, fasciné, regardait approcher les deux domestiques, bras dessus bras dessous. De toute évidence, ils ne l'avaient pas vu.

— Sawyer... Preeya... Bonjour, les salua-t-il, dès qu'ils furent assez près pour qu'il n'ait pas à élever la voix.

Sawyer sursauta. Puis, recouvrant son sang-froid, il s'éclaircit la voix.

— Bonjour, monsieur, répondit-il avec affabilité.

Il dépassa Aiden sans même ralentir l'allure. Celui-ci pivota pour suivre le couple des yeux tandis qu'une hypothèse surprenante se formait dans son esprit.

— Sawyer ? Seriez-vous en train de... prendre du bon temps ?

Le majordome s'arrêta net et se retourna. Haussant un sourcil argenté, il parut réfléchir et écarter plusieurs réponses avant de sourire et de lâcher :

— Votre chemise est boutonnée de travers, monsieur.

Aiden baissa les yeux. Il ne vit rien d'anormal. Mais quand il porta la main à son col, le cœur lui manqua. Le premier bouton était attaché à la deuxième boutonnière... Et il avait discuté tranquillement avec Barrett dans cette tenue ! Il aurait pu tout aussi bien s'attacher une pancarte autour du cou pour proclamer sa culpabilité. Barrett savait. Le doute n'était pas permis. Et ce salaud n'en avait pas dit un mot !

À peine avait-il pris conscience de cette embarrassante situation que Preeya, s'approchant de lui, tendit la main vers lui. De nouveau, il baissa les yeux, perplexe. Jusqu'à ce qu'il voie le long cheveu noir qu'elle retirait délicatement d'une des boutonnières. Celui-ci libéré, elle le tint devant elle, puis le tendit à Aiden avec un sourire entendu.

— Je vous remercie, Preeya, réussit-il à articuler d'une voix étranglée en s'en saisissant.

— Si vous n'y voyez pas d'objection, monsieur, intervint Sawyer qui luttait visiblement pour ne pas rire, Preeya et moi dînerons en tête à tête dans la cuisine, ce soir.

Comme s'il était en position d'invoquer les règles de bienséance !

— Aucune objection. Bonne soirée.

— Je vous remercie, monsieur.

Sur ces mots, Sawyer offrit de nouveau le bras à Preeya. Aiden les suivit des yeux en secouant la tête. La cuisine semblait un lieu doté d'un romantisme considérable : d'abord Alexandra et lui, et maintenant, apparemment...

Avec un gémissement, il ferma les yeux. L'abus de cognac avait dû lui détruire la cervelle ! Il n'y avait pas d'autre explication. Sinon, il n'aurait jamais oublié qu'il avait demandé sans détour à Alexandra de partager son lit cette nuit. Il était impossible de décommander Barrett et de reporter leur recherche à la nuit suivante. La menace était proche, elle se rapprochait, même.

Deux mesures de retard ? Plutôt six, oui ! Il ne lui restait plus qu'à espérer qu'Alexandra, outre le fait d'être la femme la plus ensorcelante qu'il eût jamais rencontrée, était aussi la plus patiente et la plus compréhensive.

16

Chaque chose vient en son temps. Du moins, Alexandra essayait-elle de s'en convaincre tout en se brossant les cheveux. Elle ne pouvait rien au fait que le dîner avait été très tardif, et que Sawyer s'était attardé dans la cuisine avec Preeya ; pas plus qu'elle n'avait pu renvoyer Preeya dans sa chambre une fois le majordome parti. Elle aurait apprécié un bain plus chaud, mais ne s'était pas montrée très philosophe sur ce point. Elle avait compté chaque seconde et, poussée par un sentiment d'urgence, s'était contentée d'un bain tiède, que la chaleur de la cuisine rendait d'ailleurs très supportable.

À présent, cependant... Alexandra reposa la brosse et contempla son reflet dans le miroir de la coiffeuse. Elle s'était baignée, s'était enduite d'huile parfumée, avait coiffé ses longs cheveux pour rejoindre un homme dans son lit. Et pas n'importe quel homme. Aiden Terrell. Lequel, songea-t-elle avec un soupir, avait sans doute abandonné tout espoir de la voir frapper à sa porte cette nuit.

Elle voulait aller jusqu'au bout. Elle avait la certitude absolue que, si elle renonçait, elle passerait le reste de son existence à le regretter. Cependant, si elle se montrait honnête avec elle-même, elle aurait préféré que ce soit Aiden qui vienne à elle. Ce n'était qu'un détail, certes... mais il y avait néanmoins quelque chose d'un peu trop froid, d'un peu trop rationnel, à se présenter à sa porte pour lui demander s'il était encore disposé à lui faire l'amour.

Alexandra sourit en pensant qu'Aiden ressentait la même chose à l'idée de traverser le palier. Mais lui croirait ensuite lui avoir forcé la main et s'être imposé à elle. Cela dit, étant donné sa propension à cultiver les regrets, il allait probablement s'en persuader, quel que soit celui qui allait frapper à la porte de l'autre.

Arquant les sourcils, elle croisa son propre regard avec détermination. Il n'y avait qu'une façon d'éviter qu'Aiden ne s'inflige cette punition : utiliser tout ce qu'elle avait appris dans le quartier des femmes, ainsi que dans les textes anciens, pour mener le jeu. Quand Aiden regarderait en arrière, ce qu'il ferait inévitablement, elle voulait qu'il s'émerveille de la manière irrésistible dont il avait été séduit et aimé. Par une vierge...

Avec un petit rire, Alexandra se leva et attrapa son peignoir. Elle était prête. L'heure était venue. Avec un peu de chance, Aiden serait encore éveillé et les autres habitants de la maisonnée profondément endormis. Et si les dieux se montraient particulièrement bienveillants, le cours des événements cesserait très vite d'être formel.

Une bougie brûlait de l'autre côté de la porte ; un rai lumineux sur le sol en témoignait. Elle ferma les yeux, redressa le menton et se força à lever la main. Comme Preeya et Mohan dormaient non loin de là, elle ne frappa que deux coups discrets. Puis elle rouvrit les yeux et retint son souffle.

La poignée tourna, la porte pivota silencieusement sur ses gonds. Aiden se tenait devant elle, une simple serviette nouée autour des hanches, ses larges épaules nues baignées par la douce lueur de la bougie. Comme d'habitude, ses cheveux indisciplinés retombaient sur son front, invitant la main à les repousser. Quant à ses yeux...

La gêne qui lui serrait l'estomac reflua lorsqu'elle vit la manière dont il la regardait. Il l'attendait, et craignait qu'elle n'ait changé d'avis. Sur son visage se mêlaient l'étonnement, la gratitude et l'adoration, et Alexandra comprit que, aussi longtemps qu'elle vivrait, elle mesurerait la dévotion de tous les hommes à l'aune de la lumière qui brillait dans ses yeux. Quoi qu'il arrive après cette nuit, elle se souviendrait à jamais de cet instant, et de ce sentiment d'avoir enfin trouvé sa place. Elle était tiraillée entre le désir de se jeter dans ses bras et de lui avouer qu'elle l'aimait, et celui de rester simplement là, à savourer cet incroyable bonheur.

À son menton levé, à son souffle précipité, Aiden devina qu'elle ne savait que dire ni que faire. Sa ravissante duchesse, innocente et téméraire.

— Alexandra... chuchota-t-il en lui tendant la main.

Elle la prit, le laissa la tirer à l'intérieur de la chambre et refermer la porte derrière elle.

Il aurait voulu être capable de jeter un commentaire désinvolte qui aurait atténué son appréhension. Mais il était si fasciné par sa beauté que les mots lui manquaient. La lueur de la bougie assombrissait ses yeux, dorait sa peau ; levant sa main libre, il suivit lentement, du bout du doigt, le doux arrondi de sa pommette. Il avait toujours cru que le parfum du paradis serait léger, fleuri et sucré. Quelle erreur ! Le paradis avait un parfum épicé, capiteux, enivrant...

— Tout à l'heure, commença-t-elle d'une voix douce, vous m'avez demandé si je me sentirais anglaise ou indienne ce soir.

— Et vous m'avez répondu que vous l'ignoriez. Dois-je comprendre que vous le savez, à présent ?

— En fait, non, admit-elle avec un sourire tremblant.

Elle s'humecta la lèvre inférieure du bout de la langue et prit une inspiration, sans doute pour se rassurer. L'effet sur Aiden fut tout autre : d'impatience et de plaisir anticipé, ses jambes menacèrent de se dérober sous lui.

— Il y a certaines choses dont je suis sûre, cependant, reprit-elle. J'aime ce que je ressens quand vous m'enlacez, quand vous m'embrassez et que vous me touchez. Et, plus que tout au monde, je veux découvrir le plaisir de m'endormir entre vos bras.

Aiden avait l'impression que son cœur allait jaillir de sa poitrine, mais cela ne le gênait pas. D'un doigt léger, il suivit le contour de ses lèvres parfaites, pleines et pulpeuses. Il s'émerveilla de leur douceur tout en se rappelant le goût qu'elles avaient sous les siennes.

— Je ne peux pas vous promettre que vous dormirez.

Elle lui embrassa les doigts, lentement, avec un tel respect que son cœur manqua un battement, avant de se mettre à cogner violemment.

— Je ne veux aucune promesse, Aiden, chuchota-t-elle.

Tout doute avait disparu du regard qu'elle leva vers lui.

— Ce qui se passe entre nous à n'importe quel moment n'existe qu'à ce moment-là. Je ne demande rien de plus.

Aiden lui lâcha la main pour prendre son visage entre ses paumes.

— Savez-vous à quel point vous êtes unique ?

— Montrez-le-moi, suggéra-t-elle avec un sourire doux, mais néanmoins séducteur.

Que le ciel lui donne la patience et l'habileté d'être l'amant qu'elle méritait !

— Ce sera un peu douloureux, mon ange, la prévint-il, sachant ce qui l'attendait et souffrant à l'avance d'en être l'artisan. Pas longtemps, mais c'est malheureusement inévitable.

— Je sais, Aiden, dit-elle avec une sérénité admirable.

Puis ses yeux étincelèrent d'une joie paisible, d'une confiance si totale qu'il en eut le souffle coupé.

— J'ai été élevée dans le quartier des femmes. Je ne contribuais certes pas à enrichir les conversations, mais je les écoutais. Avec attention.

Sa certitude, son bonheur le submergèrent et, curieusement, l'exaltèrent tout en le rassurant. Il comprit que faire l'amour avec elle ne pouvait que bien se passer. C'était ce que Preeya lui avait dit cette nuit-là, dans la cuisine.

— Ainsi, vous pensez savoir ce que vous faites ? la taquina-t-il tout en tirant doucement sur la ceinture qui fermait son peignoir.

— J'ai une idée générale, répliqua Alexandra qui, d'un mouvement d'épaules, se débarrassa du vêtement de soie. J'espérais que vous seriez désireux d'entrer dans les détails.

Seigneur, elle avait un corps de rêve. Des seins fermes et pleins, aux pointes sombres et érigées ; des hanches, des jambes aux lignes somptueuses et parfaites. Il contraignit ses mains à rester immobiles, et aspira une grande goulée d'air pour avoir la force de lui donner un dernier avertissement.

— Vous êtes au bord du précipice, Alexandra. Réfléchissez bien, car il n'y aura pas de retour en arrière possible.

Soutenant son regard, elle tendit la main et, d'un geste assuré, défit la serviette qui lui ceignait les reins. Il déglutit avec peine quand elle s'avança contre lui, enroula les bras autour de son cou, et murmura avec un sourire :

— J'en ai assez de réfléchir. Voulez-vous faire l'amour avec moi, Aiden ?

Comment refuser ? Il s'empara de ses lèvres offertes et, avec un gémissement étouffé, elle s'abandonna contre lui, écrasant ses seins contre son torse tandis que son ventre souple se pressait contre son sexe dressé.

Elle ravala un cri de déception quand Aiden s'écarta. Mais ce n'était que pour lui prendre la main et l'entraîner vers son lit. Elle le suivit, le cœur battant, les jambes tremblantes.

Posant les mains sur ses épaules, il l'embrassa de nouveau. Elle voulut le toucher, mais il l'en empêcha, et s'inclina davantage pour déposer un baiser au creux de sa gorge. Rejetant la tête en arrière, Alexandra s'offrit à la douce autorité de ses caresses. Quand il referma les lèvres sur l'extrémité de son sein, une langue de plaisir brûlant jaillit de son être le plus intime : elle s'accrocha à ses avant-bras, le souffle court. Déjà, il déposait une pluie de baisers le long de son abdomen puis, s'agenouillant, continua jusqu'à sa toison bouclée.

Comme il approfondissait son exploration intime, elle se sentit emportée dans un tourbillon de sensations inouïes qui, s'accélérant follement, finirent par un jaillissement de plaisir.

Aiden sourit quand la jouissance lui arracha un gémissement sourd tandis qu'elle se laissait aller contre lui, frémissante et amollie. Doucement, il l'étendit sur le lit et prit un condom dans la table de nuit.

Elle soupira contre ses lèvres et murmura son prénom lorsqu'il l'embrassa tout en s'insinuant entre ses cuisses. Puis elle rouvrit les yeux et, avec cette malice qui n'appartenait qu'à elle, hasarda :

— Serait-il très égoïste de ma part d'en demander plus ?

Alexandra était, sans conteste, la créature la plus délicieuse qu'il eût jamais connue. Comment parvenait-t-elle à le faire rire et se consumer de désir au même moment ?

— Je vous adore, avoua-t-il en riant, avant de déposer un baiser au coin de ses lèvres.

Mais son amusement fut remplacé par un flot de désir quand, nouant les bras autour de son cou, elle creusa les reins de manière à l'accueillir en elle. Il ne put réprimer un gémissement rauque, alors même qu'il s'adjurait de la ménager, de ne pas aller trop vite.

Dès qu'il la sentit tressaillir, il s'immobilisa, avant de revenir doucement à la charge, les yeux rivés sur son visage. Gardant difficilement le contrôle de lui-même, il se retira une dernière fois et glissa les mains plus bas sur ses hanches.

— Non, souffla-t-elle en le repoussant.

Aiden lutta pour se contenir, déterminé à se montrer patient.

— Dites-moi quand vous êtes prête, mon cœur... Mais, qu'est-ce que... ? balbutia-t-il quand, d'un mouvement preste, elle le fit basculer sur le dos et l'enfourcha.

Il l'attrapa par les hanches de peur qu'elle ne se fasse mal. Mais elle lui prit les mains pour les rabattre sur l'oreiller avant de se pencher en ondulant doucement. Il dut serrer les dents pour ne pas être emporté dans un maelström de sensations exquises.

— Plus, Aiden ?
— Alexandra ! gémit-il, fou de désir.

À présent, elle se balançait d'avant en arrière, toujours plus vite, toujours plus fort. Éperdu de plaisir, il eut à peine le temps de savourer l'extase de ne faire qu'un avec elle lorsqu'elle poussa un petit cri. Celui-ci lui déchira le cœur. Il se redressa d'un bond et lui couvrit la bouche de la sienne dans l'espoir de prendre en lui un peu de sa douleur.

Quand celle-ci eut reflué, Alexandra glissa les doigts dans les cheveux d'Aiden, les yeux fermés pour savourer la cascade de tendres baisers qu'il déposait le long de son cou.

— À vous de décider, mon ange, chuchota-t-il. Dès que vous serez prête.

La tête rejetée en arrière, elle s'émerveilla de son sourire si plein d'une patience infinie. Existait-il un homme plus extraordinaire sur terre ? Comment aurait-elle pu ne pas l'aimer ? C'était à elle de décider ? Oh, oui, elle voulait combler ses attentes et ses espoirs, et même davantage encore.

Avec une lenteur délibérée, elle le fit s'allonger, puis commença à dessiner un huit avec les hanches. Les yeux d'Aiden s'assombrirent, son souffle se fit irrégulier. Enhardie, elle poursuivit sa danse lascive.

— Seigneur, Alexandra, haleta-t-il en lui agrippant les hanches, où avez-vous appris… ?

Après s'être légèrement relevée, elle se laissa retomber, caressant étroitement toute la longueur de son sexe, puis recommença, jusqu'au moment où, l'attirant brutalement à lui, Aiden la fit rouler sur le dos. L'embrassant fiévreusement, il retrouva aussitôt le rythme de leur danse exotique. Et gémit de gratitude comme elle ondulait avec lui dans une harmonie parfaite.

Accélérant l'allure, il se mit à donner des coups de reins vigoureux qui, leur arrachant un cri commun, les conduisirent par degrés vers le paroxysme de l'extase.

Flottant sur un océan de félicité, Alexandra essayait de retenir les doux échos du plaisir qui palpitait encore en elle. Après s'être laissé retomber près d'elle, Aiden l'attira contre son flanc. La tête nichée au creux de son épaule, elle glissa une jambe en travers des siennes et posa le bras sur son torse.

Il émit un soupir d'aise puis sourit, les yeux au plafond.

— Dès que j'aurai repris mes esprits, dit-il quand il eut assez de souffle pour parler, nous recommencerons.

— Espérons que les miens seront au rendez-vous, fit-elle avec un petit rire en pressant les lèvres contre sa peau.

Parce qu'elle aussi avait perdu la tête ? La sensation d'intense plénitude qu'il éprouvait s'en trouva renforcée.

— En toute honnêteté, mon cœur, je ne me souviens pas d'avoir été un jour à ce point comblé.

— Parfait, soupira-t-elle. Je ne voudrais pas être la seule.

Comme il lui serait facile de s'accoutumer à une telle félicité ! songea-t-il. Au cours des semaines à venir, il entendait bien faire tout pour l'attirer dans ses bras. Et à l'arrivée du remplaçant de Lal... ils pourraient toujours se retrouver à Haven House. Tous les jours, ce serait merveilleux, et deux fois par jour, encore mieux.

C'était le plus long terme qui posait un problème. Comment la garder auprès de lui quand Preeya et Mohan retourneraient en Inde ? Il lui faudrait y réfléchir. Demain. Car pour l'heure, il était incapable de planifier quoi que ce soit.

Serrant Alexandra plus étroitement, il déposa un baiser au sommet de son crâne. Elle murmura son prénom d'une voix ensommeillée, puis ses paupières se fermèrent. La vie n'était pas seulement belle, elle était parfaite.

Alexandra s'éveilla en sursaut, le cœur battant. Aiden la tenait enlacée, et les paons faisaient un horrible charivari dans la cour.

À peine eut-elle repris conscience qu'elle entendit Aiden grommeler :

— Bon sang, j'ai oublié !

Un rapide baiser, et ce fut tout juste s'il ne la laissa pas tomber sur le matelas avant de bondir sur le sol.

— Barrett est là, dit-il en enfilant son pantalon à la hâte. Je dois y aller.

— Aller où ? demanda-t-elle, abasourdie, en le regardant chausser ses bottes. On est en pleine nuit.

— Ne vous inquiétez pas, la rassura-t-il en passant un gros pull noir, je ne serai pas parti longtemps. Et je ne vais pas loin, précisa-t-il en glissant son pistolet dans sa ceinture.

Il s'empara d'un court manteau noir et s'arrêta sur le seuil de la chambre.

— Attendez-moi, Alexandra. Ici. Comme ça... Je vous en prie.

— Si vous me promettez d'être prudent, répondit-elle quand elle comprit que rien ne le retiendrait.

— Promis.

Juste avant de refermer la porte, il ajouta avec un sourire :

— Dormez pendant que vous en avez l'occasion, mon ange.

Restée seule, Alexandra soupira. Si les paons n'avaient pas crié, elle serait encore lovée contre Aiden. Il avait raison : ces maudits volatiles devaient disparaître. Et avant demain soir si possible.

Enfouissant le visage dans l'oreiller, elle le serra entre ses bras pour se gorger de la chaleur et de l'odeur d'Aiden. Il lui manquait déjà.

Pourvu que Kedar ne la rappelle pas avant un an ! Deux seraient encore mieux. Et une vie entière, le paradis.

17

Quand Aiden atteignit le rez-de-chaussée, les paons s'étaient tus. Sachant qu'ils seraient encore en train de pousser les hauts cris si Barrett se trouvait à l'arrière de la maison, il sortit par la porte du magasin, qu'il referma soigneusement derrière lui. Barrett se tenait dans l'ombre, à l'extrémité de la rue. Il était vêtu de noir et fumait un cigare. Seul le petit point rouge qui s'allumait à intervalles réguliers trahissait sa présence.

— Ces paons sont une nuisance publique, déclara-t-il quand Aiden l'eut rejoint.

— Ils sont odieux. Je m'apprêtais à leur tordre le cou hier matin quand j'ai été attaqué par une horde de chatons déchaînés.

— Tu es certainement plus fringant à 2 h 30 du matin, ricana Barrett.

2 h 30 ? Enfer et damnation !

— Désolé de ce retard, dit-il, penaud. Je me suis endormi.

— Plutôt profondément, répliqua Barrett, une pointe d'amusement perçant sous la condamnation. Comme lancer des cailloux dans ta fenêtre ne donnait pas de résultat, je n'ai eu d'autre choix que de provoquer ces maudits volatiles.

— Eh bien, rétorqua Aiden, cherchant à détourner la conversation, au moins, ils n'ont pas crié pendant des heures, comme cela leur arrive.

La pointe du cigare devint incandescente. Après avoir exhalé un long panache de fumée, Barrett observa tranquillement :

— Je ne savais pas que tu avais l'habitude de dormir avec une bougie allumée. Il y a des monstres dans le noir ?

— Non.

Il lui arrivait de haïr cette faculté qu'avait Barrett d'additionner des faits et d'en tirer une conclusion exacte. Avec lui, il était très difficile, voire impossible, de garder un secret.

— Ton bouquin ne doit pas être particulièrement bon si tu as piqué du nez en le lisant. Quel est le titre, que j'évite de l'acheter ?

Aucun titre ne lui vint à l'esprit. Ce n'était pas que sa tête fût vide ; au contraire, elle était pleine du souvenir d'Alexandra et de leur étreinte. Il avait sombré dans le sommeil alors qu'elle était pelotonnée contre lui, et n'avait même pas songé à souffler la bougie. D'une manière délibérée, mais non sans tendresse, il chassa ces images et soutint le regard de son ami, un sourcil levé en signe d'avertissement.

— Content de te revoir, dit celui-ci avec un petit rire. Ça fait du bien de retrouver le vieux John Aiden. Il nous a manqué.

Le *vieux* John Aiden aurait souri et proposé, une fois fatigué de sa maîtresse, d'en faire profiter son ami. Le *vieux* John Aiden était un coquin charmant, mais très indifférent.

— Nous n'en parlerons pas, Barrett. Ce n'est pas quelque chose que je veux partager.

« Alexandra n'est pas quelqu'un que l'on partage, ajouta-t-il en lui-même. Tu n'y toucheras pas. Jamais. »

— Compris, dit Barrett avant de tirer longuement sur son cigare, qu'il jeta ensuite sur le trottoir pour l'écraser de la pointe de sa botte. Alors, où allons-nous ce soir ? Ou plutôt, ce matin.

Parfait. Il avait posé des limites et Barrett était d'accord pour les respecter.

— Nous partons en chasse, répondit-il, avant de lui soumettre le résultat de ses cogitations de l'après-midi. Je suis prêt à parier que l'homme de l'ombre se tapit quelque part non loin d'ici. Dans un endroit à l'abri du froid, d'où il peut voir la maison et nous surveiller.

— Ça tient debout. Je suppose que tu as une vague idée dudit endroit ?

— À sa place, je m'installerais dans un recoin d'une remise à voitures. Par exemple, celle de quelqu'un qui passe l'hiver à l'étranger, et ne remarquerait donc pas l'existence d'un hôte clandestin. Je propose que nous commencions par la ruelle qui passe derrière *L'Éléphant bleu*. Sa cachette ne doit pas être très loin.

Barrett acquiesça d'un signe de tête puis, observant les maisons alignées dans la rue, marmonna :

— J'espère simplement que vous êtes les seuls à avoir des paons.

Alors qu'ils se glissaient dans une autre cour obscure, Aiden songea que, si jamais l'armée de Sa Majesté voulait envahir une remise à voitures, Barrett et lui étaient les hommes de la situation. Après en avoir visité une dizaine, ils avaient atteint un niveau de discrétion et d'efficacité sans équivalent.

Ils commençaient par inspecter le sol tout autour du bâtiment à la recherche d'empreintes humaines récentes ; ils s'arrêtaient ensuite à côté de la porte, écoutaient, vérifiaient qu'aucune lumière révélatrice ne filtrait, puis, lentement, avec précaution, repoussaient les verrous. Cela fait, Barrett levait trois doigts en l'air, avant de les replier l'un après l'autre. Quand le troisième retombait, Aiden ouvrait la porte, Barrett se précipitait à l'intérieur, courbé en deux, et décrivait un vaste quart de cercle vers la gauche, son pistolet tenu à bout de bras. Ayant perdu au jeu de caillou-papier-ciseaux, Aiden jaillissait à sa suite, et balayait l'espace vers la droite.

Tout cela pour ne trouver que des toiles d'araignée et une demi-douzaine de flaques boueuses formées par la neige fondue qui s'infiltrait par les bardeaux. Perfectionner leur manœuvre les avait amusés les cinq premières fois ; l'excitation due au danger potentiel avait duré un peu plus longtemps. Mais pas beaucoup plus. Elle renaissait durant quelques secondes chaque fois qu'ils parvenaient devant un nouveau bâtiment, mais l'absence d'empreintes avait tôt fait de la calmer.

Pourtant, ils s'acharnaient.

L'arme au poing, ils contournèrent l'écurie en silence, la tête baissée, scrutant le sol.

— On le tient ! chuchota Barrett, qui s'immobilisa et pointa le doigt vers la gauche. Il s'est dirigé vers la porte arrière.

Un flot d'adrénaline fusa dans les veines d'Aiden. Il fit jouer les doigts de sa main gauche, engourdis par le froid, tout en suivant des yeux les traces de pas. D'un signe de tête, il signifia à Barrett qu'il était d'accord avec sa conclusion. Puis il se retourna afin de se rendre compte de la vue qui s'offrait depuis le bâtiment. De l'autre côté de la rue, quelques maisons plus loin, on voyait non seulement les murs arrière et ouest de *L'Éléphant bleu*, mais aussi la cuisine, le côté ouest de l'écurie et la cour dans son ensemble. De la lumière filtrait toujours à travers les grilles ouvragées des fenêtres de sa chambre.

— C'est un poste d'observation parfait, murmura-t-il en faisant face à Barrett. On entre par l'arrière ou par l'avant ?

En guise de réponse, son ami se dirigea en silence vers l'arrière du bâtiment, suivant le chemin que les empreintes traçaient à leur intention. L'œil sur les fenêtres du bas, Aiden lui emboîta le pas. Il ne décela aucune lumière ni aucun mouvement. Levant les yeux, il remarqua alors la hauteur et la pente du toit. Il y avait largement la place pour un fenil. Leur proie se trouverait-elle en haut ou en bas ? En imagination, il essaya de se représenter *L'Éléphant bleu* vu d'ici. L'homme se trouverait en bas. Sans doute non loin du centre du bâtiment.

Le verrou fut repoussé sans un bruit. Barrett leva la main et replia rapidement ses doigts l'un après l'autre.

Aiden tira la porte juste assez pour que Barrett puisse se glisser à l'intérieur, puis il bondit derrière lui.

Tous deux se figèrent.

Juste devant eux, dans la pénombre, se trouvait l'homme qu'Aiden avait vu à trois reprises alors qu'il était en compagnie d'Alexandra. Ces fois-là, il n'était pas armé. Tandis qu'à cet instant, il tenait deux pistolets braqués sur eux.

Au temps pour l'effet de surprise. Quant à l'affirmation d'Alexandra selon laquelle un Indien n'utiliserait pas d'arme à feu... Il ne leur restait plus qu'à bluffer, et à compter sur la chance.

Son pistolet pointé sur la poitrine de l'homme, Aiden se mit de profil afin de constituer une cible moins importante.

— J'espère que vous parlez anglais, parce que j'ai un certain nombre de questions à vous poser auxquelles il vaudrait mieux que vous répondiez. Pour commencer : qui êtes-vous et pourquoi êtes-vous ici ?

— Je m'appelle Vadeen, dit l'homme en articulant soigneusement, mais avec un fort accent. Je suis le garde du corps du prince Sarad, un des jeunes frères du rajah, Kedar. J'ai été envoyé pour protéger les enfants de Kedar. Je vous ai vu avec le prince et la princesse, et je sais que votre rôle est le même que le mien.

En un temps record, toutes les pièces du puzzle s'ajustèrent, et le motif apparut à Aiden avec une clarté stupéfiante. Si l'intention de l'homme était de lui faire perdre ses moyens, il avait amplement réussi. Seigneur ! Son cœur battant à tout rompre le sommait de faire demi-tour et de prétendre que l'écurie avait été aussi vide que les précédentes. Mais ses pieds refusaient de bouger ; et la voix de la raison, triste et affolée, lui soufflait qu'il ne pourrait jamais courir assez vite ni assez loin pour échapper à la vérité.

— La princesse ? répéta Barrett en se redressant lentement.

Son mouvement fut une distraction bienvenue dans l'horrible tourbillon des pensées d'Aiden. Vadeen releva le canon d'une de ses armes pour suivre la progression de Barrett, mais l'essentiel de son attention demeurait concentré sur Aiden.

— Il y a beaucoup de choses que vous ne connaissez pas encore. Je poserai mes pistolets si votre ami et vous en faites autant.

— Nous allons les abaisser, concéda Aiden, l'estomac noué. Mais notre confiance n'ira pas au-delà pour le moment. Vous aurez à nous donner plus de preuves.

— Un compromis sage et acceptable, commenta l'homme avec un sourire qui révéla des dents d'une blancheur éclatante.

Il abaissa ses pistolets, calquant ses mouvements sur ceux d'Aiden et de Barrett.

— Avez-vous un nom ? s'enquit-il quand toutes les armes furent dirigées vers le sol.

— Aiden, répondit ce dernier en esquissant un discret signe de tête. Mon ami s'appelle Barrett.

L'homme les salua avec une réserve identique à la sienne, avant d'indiquer des bottes de foin et des tonneaux alignés contre le mur.

— Ma demeure est humble, mais je vous invite à vous asseoir et à vous installer confortablement. C'est une longue histoire, et elle prendra du temps.

Il n'était pas encore trop tard pour s'en aller. S'il s'éclipsait à cet instant, Aiden en resterait au stade des suppositions. Il pouvait retourner auprès d'Alexandra et… prétendre qu'il n'y avait pas de danger, qu'il en savait assez pour la protéger, qu'ils étaient seuls au monde et seuls responsables de leur destin. Mais ce serait mentir, et risquer la vie d'Alexandra.

Tous trois se déplacèrent en même temps, l'Indien reculant, Aiden et Barrett avançant, sans jamais quitter des yeux le pistolet que tenait l'autre.

Aiden s'assit sur un tonneau en face de Vadeen et posa son arme sur ses genoux, le doigt sur la détente. Barrett prit place à sa droite.

— Bien, fit Aiden. Allez-y, je vous écoute.

— Avec beaucoup de méfiance, observa Vadeen, accompagnant ces mots d'un nouveau sourire éclatant.

— Pouvez-vous me le reprocher ?

Son sourire s'évanouit.

— Non. Un homme méfiant vit plus longtemps qu'un homme confiant.

— Commencez votre histoire, Vadeen.

— Surtout l'épisode qui concerne la princesse, ajouta Barrett.

— C'est trop tôt. J'y viendrai au moment opportun.

— À vous d'en décider, convint Aiden.

S'efforçant de contrôler ses émotions, il s'adjura de se concentrer sur les détails. Séparer le vrai du faux dépendait de sa capacité à trier les faits et à comparer ce que disait Vadeen avec le peu qu'il connaissait déjà. S'il existait un moyen de se sortir de ce guêpier, il devait impérativement le trouver. L'alternative était trop terrifiante pour qu'il ose seulement l'envisager.

— Il y a cinq semaines, commença Vadeen, les ennemis de Kedar ont fini par passer à l'action. Leur intention était de l'assassiner et de s'emparer du trône. Grâce à Vishnou, ils ont échoué. L'un des conspirateurs a été tué. Il s'appelait Kalin et était un cousin de Kedar. L'autre a réussi à profiter du chaos pour s'échapper. Son nom est Hanuman, et c'est le plus jeune frère de Kedar et de Sarad.

Les noms et les liens familiaux correspondaient à ceux qu'avait évoqués Alexandra la veille, dans Fleet Street.

— Kedar ne sait pas où est Hanuman, mais il craint qu'il ne vienne à Londres pour s'emparer du prince et de la princesse ou pour leur nuire gravement. Il m'a envoyé ici afin de retrouver Hanuman et de m'assurer qu'il trouve la mort avant d'accomplir son forfait.

C'était là ce que Vadeen prétendait, réfléchit Aiden. Mais il pouvait tout aussi bien être lui-même l'agent d'Hanuman et être ici pour supprimer Mohan et Alexandra.

— En parlant de forfait, connaissiez-vous les deux individus qui ont essayé d'enlever Alexandra, à *L'Éléphant bleu* ?

— Non, répondit l'homme sans hésiter. Je suis arrivé à Londres sur le bateau qui transportait les caisses destinées à la princesse Alexandra. Les hommes qui les ont livrées m'ont parlé du retour de Lal en Inde, ainsi que de votre présence dans la maison. Comme je ne savais rien de vos capacités, j'ai craint de devoir abandonner mes recherches pour prendre la place de Lal. Ne sachant que faire, j'ai choisi d'attendre et d'observer.

« Dans la nuit, j'ai trouvé cet endroit et, au matin, j'ai vu les deux hommes se diriger vers le magasin. Leur allure ne m'a pas plu et je les ai suivis. J'avais l'intention d'intervenir s'ils se révélaient immoraux.

Immoraux? C'était une façon de voir les choses. Un peu trop polie.

Le sourire de Vadeen s'épanouit comme il ajoutait :

— C'est en regardant par la vitrine que j'ai découvert que vous étiez un homme des plus capables. J'ai compris que je servirais mieux le prince et la princesse si je continuais à chercher Hanuman.

La flatterie était habile, mais elle ne signifiait pas forcément que l'homme disait la vérité. Les mots, aussi élogieux fussent-ils, n'étaient que des mots.

— Le deuxième homme a regardé derrière moi, souligna Aiden. Je pense qu'il vous a vu derrière la vitrine, et qu'il vous a reconnu.

— Il m'a vu, confirma Vadeen. Comme je l'ai vu. Mais il avait peur, il était loin et, aux yeux de la plupart des Occidentaux, tous les Indiens se ressemblent... J'imagine qu'il a cru voir Hanuman. Celui-ci a pour habitude d'utiliser des hommes de main pour accomplir ses forfaits. Je ne peux pas le prouver, mais je suis certain que ceux-ci étaient à son service.

— Puisque vous ne pouvez pas le prouver, intervint Barrett, laissons cela pour le moment et venons-en à la question suivante : pourquoi Kedar a-t-il envoyé le garde du corps de son frère? Pourquoi pas l'un des siens?

— Plusieurs de ses hommes de confiance ont péri en tentant de le protéger, répondit Vadeen sans cesser de regarder Aiden. Il a besoin de ceux qui ont survécu. On m'a choisi parmi les hommes de Sarad parce que je parle anglais et que je suis digne de confiance.

— Question suivante, enchaîna Barrett. Si vous êtes censé rechercher Hanuman, pourquoi suivre Alexandra ?

De nouveau, ce fut en regardant Aiden que l'homme répondit :

— C'est la princesse qu'il veut. En allant à elle, il viendra à moi. Je la suis pour monter la garde et m'interposer entre Hanuman et vous, Aiden. Je sais à quoi ressemble Hanuman, pas vous, et je serai le premier à percevoir le danger. Si jamais j'échouais à le retenir, vous seriez averti et plus à même de la protéger.

— Vous ne craignez pas qu'Hanuman ne s'attaque à Mohan ? s'étonna Aiden.

— Sans vouloir manquer de respect au prince Mohan, la princesse est une proie bien plus précieuse. C'est elle qu'Hanuman veut atteindre.

Barrett posa la question avant Aiden.

— Pourquoi ?

— Hanuman a perdu le trône, mais il n'accepte pas sa défaite de bonne grâce. Il cherche à nuire le plus possible. Le prince Mohan est le fils aîné de la première femme de Kedar, et sera donc le prochain rajah. Sa mort serait tragique et on la déplorerait énormément, mais il y a d'autres princes pour succéder à Kedar. La princesse Alexandra est la fille que Kedar chérit dans son cœur. Elle ne peut être remplacée. Sa mort lui déchirerait l'âme.

— Et nous en arrivons à l'histoire de la princesse, dit Aiden à regret.

Malheureusement, la vérité ne pouvait être ignorée. Mais son cœur battait si vite et si fort qu'il lui semblait prêt à exploser.

Vadeen l'observa longuement, puis hocha la tête.

— Quand Kedar n'était pas encore rajah, son père l'a envoyé vivre pendant quelque temps chez le frère de sa mère, à Delhi. Il devait y apprendre les us et coutumes des Anglais afin de se préparer à ses futures responsabilités.

Comme Mohan avait été envoyé à Londres, ajouta Aiden en lui-même. Une tradition familiale.

— C'est à Delhi qu'il a rencontré une jeune Anglaise, la fille d'un officier de la Compagnie des Indes orientales. Ils sont tombés amoureux l'un de l'autre. Ayant découvert qu'ils s'aimaient, le père de la jeune femme, qui avait l'esprit étroit, a mis celle-ci à la porte la nuit même. Kedar l'a cherchée des années durant. En vain.

« À la mort de son père, il a dû y renoncer au nom du devoir. Il est devenu rajah et a pris une femme. Puis, selon nos coutumes, il en a pris une autre ainsi que plusieurs maîtresses. Le prince Mohan est né, suivi d'autres enfants. L'avenir du royaume était assuré. Mais Kedar n'avait pas oublié cette femme. Elle demeurait dans son cœur.

— Et puis un jour, dans un temple, continua Aiden avec un soupir, en retirant le doigt de la détente.

Vadeen ouvrit de grands yeux.

— Vous connaissez la suite de l'histoire ?

— Uniquement des bribes rapportées par Mohan, répondit-il. Plus ce que j'ai pu deviner moi-même d'après les propos d'Alexandra. Autant que vous me racontiez tout en détail.

— Dans le temple, il n'y avait une petite fille occidentale qui volait les offrandes de nourriture. En la voyant, Kedar a reconnu le visage de l'Anglaise qu'il avait aimée à Delhi. La fillette s'est enfuie, mais il a envoyé des soldats à sa recherche. Ils l'ont ramenée avec sa mère.

Être découverte dans un temple et ressembler à sa mère ne faisait pas d'une petite fille une princesse. L'histoire ne s'arrêtait pas là. Mais il n'était pas difficile d'imaginer la fin. Il avait eu toutes les pièces en sa possession, mais avait refusé de voir l'image qu'elles formaient.

— Et Kedar fut enfin heureux, résuma Barrett avec cynisme. Les anges ont joué de la harpe et tout fut pour le mieux dans le royaume.

Avec un grognement, Aiden secoua la tête. Il était déjà pénible que Barrett se montre désagréable, mais il le faisait sans avoir la moindre idée de la complexité des relations entre les castes et les races en Inde. Lui-même n'avait commencé à les comprendre que lorsque Alexandra lui en avait expliqué les grandes lignes. Et tout ce qu'elle lui avait dit concordait avec le récit de Vadeen.

— Je vois, Aiden, que vous avez une certaine compréhension de son dilemme, reprit ce dernier. Non, il ne pouvait pas être heureux. Il était rajah et il savait qu'on cherchait un moyen de le renverser. Son amour pour une Anglaise aurait été vu par certains comme le signe qu'il était indigne de régner, et il ne doutait pas que, s'il était assez stupide pour offrir une telle arme à ses ennemis, ils l'utiliseraient contre lui. Et contre la femme. Il n'avait d'autre choix que de garder le secret au plus profond de son cœur.

— Et Alexandra ? demanda Aiden qui, connaissant déjà la réponse, luttait pour contenir son désespoir. Était-elle un secret, elle aussi ?

— Vous êtes un homme très perspicace, Aiden. L'Anglaise connaissait les dangers de la cour de Kedar. Elle a juré que sa fille était l'enfant de son mari. Mais Kedar sait compter, et il n'est pas aveugle. Il a toujours su que c'était sa fille. Tout comme il a toujours su qu'il ne la désignerait comme sa première-née qu'une fois ses ennemis vaincus.

— Ce qui adviendra dès que vous aurez trouvé et éliminé Hanuman, avança Barrett.

— Oui. Dès qu'il pourra le faire en toute sécurité, Kedar la reconnaîtra comme princesse royale.

Aiden serra les dents. Il allait la perdre. Elle n'aurait d'autre choix que de retourner en Inde. Les princesses n'étaient pas libres, elles n'existaient que pour servir les besoins du royaume. Alexandra méritait une autre existence.

— Alexandra sait-elle qu'elle est la fille de Kedar ? entendit-il Barrett demander.

La question était inutile, en tout cas à ses yeux. Il connaissait Alexandra. Si elle avait ne serait-ce que soupçonné qu'elle était de sang royal, elle n'aurait pas hésité une seconde entre l'Inde et l'Angleterre. Pas une seule seconde. Elle se serait acquittée de son devoir sans hésiter. Alexandra ne reculait pas plus devant les obligations que la reine en personne.

— Non. Elle a l'apparence d'une Anglaise. On ne lui a donc pas révélé la vérité de peur que, par inadvertance, elle ne mette le trône ou elle-même en danger.

Aiden ravala la boule douloureuse qui lui obstruait la gorge pour poser une question importante.

— Mais Hanuman le sait, n'est-ce pas ? Sinon, Alexandra ne serait pas en danger.

— Il a des soupçons, répondit simplement Vadeen. Aux yeux d'Hanuman, c'est suffisant.

— Excuse mon scepticisme, Aiden, intervint Barrett, sarcastique. Mais tu ne trouves pas étonnant que le garde du corps du frère de Kedar connaisse tous les secrets de ce dernier ?

Non. Que Vadeen en soit le dépositaire lui suffisait. Il ignorait les manières de faire indiennes et les ignorerait toujours. Mais tous les faits paraissaient concorder. Soit Vadeen disait la vérité, soit c'était le plus grand menteur de tous les temps.

— Lorsque j'ai été choisi pour partir à la recherche d'Hanuman, expliqua Vadeen, il a été décidé que je devais connaître la vérité afin de mesurer l'importance de ma mission. C'est Kedar lui-même qui m'a confié son secret.

— Vraiment ? répliqua Barrett. Et comment réagira-t-il quand il saura que vous nous l'avez divulgué ?

Pour la première fois depuis qu'ils avaient fait irruption dans l'écurie, Vadeen reporta son attention sur Barrett.

— Aiden est le protecteur que la princesse Alexandra s'est choisi. J'ai observé celui-ci et je sais qu'elle a fait le bon choix. Si jamais j'échoue dans ma mission et qu'Hanuman me tue, il est vital qu'Aiden sache quel danger la menace et la raison pour laquelle il doit réussir. Vous êtes son ami. Comme vous êtes venu avec lui cette nuit, vous l'aiderez à protéger le prince et la princesse, il est donc normal que vous aussi connaissiez l'histoire.

En son for intérieur, Aiden félicita l'Indien d'avoir mis un terme – du moins pour le moment – aux interrogations sceptiques de Barrett.

— Quand comptiez-vous me raconter tout cela, Vadeen ?

— Vous m'avez aperçu aujourd'hui, en ville. Et je vous ai vu dans la cour, en fin d'après-midi, en train de tenter de situer ma cachette. Je pensais me présenter devant vous demain matin pour tout vous expliquer. Mais, continua-t-il avec un large sourire, quand les paons se sont mis à crier, j'ai compris que vous aviez un sens différent du temps. Alors, je vous ai attendu ici.

— J'espère que nous ne vous avons pas fait attendre trop longtemps, lança Barrett, narquois.

— Non, répondit Vadeen avec un petit rire. Vous êtes très efficace, Barrett. Si jamais vous souhaitiez entrer au service de mon maître, je serais prêt à témoigner en votre faveur.

Barrett grommela quelque chose au sujet d'un pacte avec le diable. Sans se préoccuper de lui, Aiden demanda :

— Quand Alexandra est-elle censée apprendre cette histoire ? Pensiez-vous l'en informer ce matin ?

— Kedar m'a laissé seul juge. Mon intention était de m'entretenir avec vous seul.

Il marqua une pause, puis :

— Je vais prendre quelque chose dans la poche intérieure de ma veste, annonça-t-il en laissant son pistolet sur ses genoux pour lever les mains, paumes visibles. Je le ferai avec précaution et lentement, afin que vous sachiez que je ne cherche pas une arme.

— Un homme prudent vit plus longtemps qu'un homme téméraire, ironisa Barrett.

— C'est exact.

Fidèle à sa parole, Vadeen inséra la main droite dans l'ouverture de sa veste avec une lenteur délibérée. Puis, tout aussi lentement, il la retira, un pli cacheté coincé entre le pouce et l'index.

— Le récit de Kedar a été transcrit au fur et à mesure qu'il parlait. Ce sceau est le sien. Il m'a donné l'ordre de remettre ce document à la princesse lorsque je jugerais le moment opportun.

Aiden dut déglutir et prendre une profonde inspiration avant de parvenir à demander :

— C'est-à-dire ?

— Je vous laisse le choix, Aiden, répondit Vadeen en lui tendant la lettre. Vous la connaissez bien, et elle a confiance en vous.

Aiden considéra le pli scellé, plus sensible à l'écoulement inéluctable des précieuses secondes qu'aux battements douloureux de son cœur. Il finit par s'en saisir et le glissa dans sa poche.

— Alexandra m'a dit un jour qu'elle serait rappelée en Inde quand le père de Mohan jugerait la situation plus sûre.

— Le prince Sarad devrait être ici dans une semaine, expliqua Vadeeen. Peut-être même plus tôt si les vents sont favorables. Il ramènera les enfants de Kedar chez eux sans attendre.

Quelques jours. Seulement ! Aiden aurait voulu pleurer et, craignant de ne pouvoir s'en empêcher, il se leva et demanda :

— Allez-vous rester ici ou voulez-vous venir dans la maison ?

Barrett et Vadeen s'étaient levés, eux aussi. Ce dernier secoua la tête.

— On voit souvent plus clair avec un certain recul. Je resterai ici.

— Si vous avez besoin de quoi que ce soit...

— Je vous le demanderai, promit-il. Et vous devez faire la même chose.

Aiden acquiesça en silence avant de pivoter et de se diriger à grands pas vers la porte. Il priait pour que Barrett ait la sagesse de le laisser seul un moment. Il ne savait pas s'il se sentirait mieux après avoir frappé quelqu'un, mais si son ami lui en offrait l'occasion, il la saisirait.

Il avait couvert la moitié du chemin, en proie à un mélange de colère, de désarroi, de dégoût de lui-même et de panique grandissante quand Barrett le rattrapa.

— Parle-moi, lui intima-t-il sans préambule. Qu'en penses-tu ?

Aiden ne ralentit pas l'allure ni ne tourna la tête pour le regarder.

— Pas grand-chose, à part ton habituel « Bon Dieu de bon Dieu ! J'ai séduit une princesse ! »

— Tu ignorais qu'elle était princesse.

— Et alors ? Ça empêchera qu'elle ait à affronter d'horribles conséquences ? Quand il s'agit de faire la pire chose possible, la plus abominable, personne ne réussit mieux que moi. Personne ! Bon sang, j'y arrive sans même essayer. Il me suffit de respirer et de me dire : « Où est le mal ? » Tonnerre !

Barrett garda le silence jusqu'à ce qu'ils aient atteint *L'Éléphant bleu*. Aiden cherchait ses clés dans sa poche quand son ami posa la main sur son bras.

— Que comptes-tu faire ?

— Je n'en sais fichtre rien. Aurais-tu une perle de sagesse à jeter sur mon chemin ?

Barrett le lâcha et, avec un soupir, tourna les yeux vers l'endroit d'où ils venaient.

— Il est trop tard pour la seule que j'aurais eue à te proposer.

Beaucoup trop tard, même. Une nouvelle vague de désespoir assaillit brusquement Aiden. La poitrine dans un étau, les larmes lui brûlant la gorge, il ferma les yeux.

— Tu parles d'un désastre, murmura-t-il en se passant la main dans les cheveux.

— Ça pourrait être pire, avança Barrett sans conviction.

— Tu as raison, acquiesça-t-il, de nouveau saisi par la colère. On pourrait attendre d'une princesse indienne déshonorée qu'elle se donne la mort.

— Ne lui remets pas la lettre tout de suite, John Aiden. Donne-toi un peu de temps pour réfléchir. Vous avez tous deux besoin de quelques jours pour recouvrer vos esprits.

— Dans quelques jours, Sarad franchira le seuil de *L'Éléphant bleu*, répliqua-t-il entre ses dents. Que serais-je censé dire à ce moment-là ? Si vous voulez bien m'excuser, Votre Altesse, j'ai oublié de dire quelque chose à ma maîtresse, votre nièce ?

— Aiden, ne fais rien de noble cette nuit, le pria son ami. Tu le regretterais au matin.

Au point où il en était, que signifiait un regret de plus ou de moins ?

— Je te remercie de m'avoir accompagné, Barrett, dit-il en ouvrant la porte de la boutique. Nous voulions des réponses, nous les avons obtenues. Si terribles soient-elles.

— Ça va aller ?

Une fois à l'intérieur, Aiden inséra sa clé dans la serrure.

— C'est pour Alexandra que tu dois t'inquiéter, répliqua-t-il.

— Alexandra Radford n'est pas mon amie.

— Ce qui est bien dommage pour toi, rétorqua Aiden. Bonne nuit. Et merci encore.

Sans laisser à Barrett le loisir de dire un mot de plus, il referma la porte à clé.

Seul dans la pénombre du vestibule, il leva les yeux vers l'escalier, sachant qu'elle attendait. Sa fascinante, sa fougueuse princesse indienne. Sans le vouloir, il avait commis une faute. Il devait agir correctement envers Alexandra. Quoi qu'il lui faille faire pour la protéger, il veillerait à ce que ce soit fait.

18

Ouvrant les yeux, Alexandra s'efforça d'identifier le bruit qui l'avait réveillée. Elle se redressa quand elle l'entendit de nouveau, entre le gémissement et le soupir. Aiden était assis sur le coffre, les coudes sur les genoux, le visage enfoui dans les mains.

— Aiden? appela-t-elle à voix basse en ramenant le drap sur sa poitrine.

Il releva la tête, l'air surpris. Puis il lui adressa un sourire crispé.

— Je ne voulais pas vous réveiller, mon cœur. Rendormez-vous.

— Aiden, qu'y a-t-il? s'écria-t-elle en sautant à bas du lit pour venir s'agenouiller devant lui, la main posée sur sa cuisse. Que s'est-il passé?

Fermant les yeux, il s'adossa au mur.

— Qui est Sarad? demanda-t-il doucement.

— L'oncle de Mohan, répondit-elle, le cœur battant, le frère de Kedar. C'est lui qui m'envoie les marchandises pour *L'Éléphant bleu*. Comment...

— Avez-vous confiance en lui?

— Il a la confiance de Kedar. Comment connaissez-vous Sarad? Je ne vous ai jamais dit son nom.

— Avez-vous entendu parler d'un homme appelé Vadeen?

— C'est un nom assez courant...

— Celui-là est un garde du corps de Sarad. Le connaissez-vous?

— La dernière fois que j'ai vu Sarad, répondit-elle avec un sentiment croissant de désespoir, je n'étais guère plus âgée que Mohan. Je ne connais certainement pas ses gardes du corps.

— Avez-vous déjà rencontré Hanuman ? Le reconnaîtriez-vous s'il s'avançait vers vous ?

Hanuman ? Oh, non !

— Oui, je le connais. Est-il ici, à... ?

— Si un homme entrait dans le magasin et vous disait qu'il s'appelle Sarad, comment sauriez-vous qu'il dit la vérité ?

— Je ne répondrai plus à une seule de vos questions tant que vous n'aurez pas répondu aux miennes, Aiden, rétorqua-t-elle, à bout de patience. Que s'est-il passé cette nuit ?

Rouvrant les yeux avec un soupir, il tira un pli de sa poche.

— Le monde s'est effondré, murmura-t-il en le lui tendant.

Après avoir retourné la lettre, elle s'assit sur ses talons, saisie d'appréhension. Le sceau de Kedar ! Et son propre nom, écrit en hindi. Diverses possibilités lui traversèrent l'esprit : Kedar les rappelait en Inde et le messager, ce Vadeen auquel Aiden avait fait allusion, attendait en bas. Ou alors, Kedar, fait prisonnier, lui demandait de continuer à veiller sur Mohan. Kedar se mourait... La mère de Mohan se mourait...

Les doigts tremblants, elle rompit le sceau, déplia les feuillets et commença à lire.

Les premiers mots la rassurèrent. Kedar se portait bien, de même que tous les membres de sa famille. Ses ennemis avaient échoué. Soulagée au-delà de toute expression, Alexandra alla jusqu'au bout de la missive, avec l'impression d'entendre à la fois la voix profonde du rajah et les chuchotements qui l'avaient suivie sa vie durant au palais. À la lecture de la phrase finale, elle écarquilla les yeux. Kedar appelait la protection divine sur sa fille. *Sa fille.* Elle avait un père, un père vivant et aimant. Kedar, l'homme que sa mère avait aimé de tout son cœur.

— Est-ce bien le sceau de Kedar ?

Alexandra cligna des yeux et releva la tête. Le regard d'Aiden était empli de tristesse.

— Oui, répondit-elle, étonnée par son expression.

Le monde ne s'était pas effondré, comme il le prétendait. Au contraire, même.

— Vous n'étiez pas au courant, n'est-ce pas?

Elle secoua la tête, abasourdie en songeant à la toile de mensonges dont avait été tissée sa vie.

— Quand j'étais enfant, c'était mon vœu le plus secret. Puis je me suis résignée à considérer que ma mère disait la vérité.

— Que va-t-il se passer maintenant?

— Vadeen doit mettre Hanuman hors d'état de nuire, dit-elle après avoir vérifié sur la lettre, et Sarad ne va pas tarder à arriver pour nous remmener en Inde, Mohan et moi.

— Et qu'arrivera-t-il quand votre père apprendra qu'un goujat d'Anglais vous a déshonorée?

Son doux sentiment de bonheur se volatilisa tandis qu'elle prenait conscience de deux choses. Elle était princesse. Et, pour Aiden, cela changeait tout. Le cœur battant, elle replia la lettre avec soin, puis la posa sur le sol, tout en cherchant désespérément les mots justes.

— Premièrement, commença-t-elle, après avoir posé les mains sur les genoux d'Aiden, je ne vois aucune raison pour qu'il l'apprenne. Deuxièmement, je suis la preuve qu'il comprend fort bien la puissance de la tentation et de la passion.

— En tant que princesse, serez-vous moins bien considérée parce que vous êtes à moitié anglaise?

— Par certains, mais pas par Kedar. Il vous plairait. C'est un homme bon et juste.

Il soupira, avala sa salive. Alexandra fut presque soulagée quand la colère assombrit son regard.

— En Angleterre, on marie les princesses avantageusement. Est-ce ce qui va vous arriver? Va-t-on vous unir au plus offrant?

— Le choix d'un mari m'appartiendra. Et...

— Ne sera-t-il pas trop ennuyé de ne pas être le premier ? coupa-t-il avec amertume.

— Je n'en choisirai jamais, acheva-t-elle calmement, dans l'espoir de l'apaiser. Personne ne me forcera à me marier.

— Alors vous passerez votre vie seule.

Dans sa bouche, cela ressemblait à une accusation. À son tour, Alexandra fut saisie par la colère.

— Si mes souvenirs sont exacts, telle était votre intention. Pourquoi serait-ce acceptable pour vous et pas pour moi ?

Les mains enfoncées dans les poches, il fixait un point au-dessus de sa tête. Un petit muscle tressaillait spasmodiquement sur sa joue.

— Vous pourriez rester ici, et garder *L'Éléphant bleu*. Je reprendrais la mer pour vous rapporter ce dont vous avez besoin.

Et elle resterait seule, attendant qu'il rentre au port. Elle ne vivrait que pour ces quelques jours, priant pour que rien ne lui arrive, et appréhendant le jour où il ne reviendrait plus parce qu'il était tombé amoureux d'une autre. Non, ce n'était pas le genre d'existence qu'elle voulait vivre avec lui. Si elle ne pouvait être sa femme et la mère de ses enfants, mieux valait rompre sans délai. Au moins n'aurait-elle que de doux souvenirs à chérir.

Elle pouvait bien sûr lui demander de l'accompagner en Inde. Mais même s'il acceptait, tôt ou tard, il le regretterait. Il était trop fier pour être un homme entretenu, et possédait trop d'énergie pour se contenter d'errer dans le palais sans but. Il devait se réconcilier avec son père et prendre la tête de la compagnie maritime familiale. Son avenir se trouvait à l'ouest, le sien à l'est. Parce qu'elle l'aimait, elle devait le laisser partir.

— En tant que princesse, j'ai des responsabilités, commença-t-elle, le cœur déchiré, mais avec la certitude de faire le seul choix possible. Qui s'ajoutent à celles de tutrice. Je ne peux rester ici, Aiden. La décision a été prise pour moi. En un sens, c'est un soulagement.

— Seigneur, murmura-t-il en se passant les mains sur le visage, je savais que vous diriez cela. Le devoir avant tout. Vous n'êtes pas anglaise pour rien.

— Je vous en prie, ne soyez pas triste ni en colère.

Elle prit ses mains dans les siennes. Elle l'aimait tant qu'elle ne voulait pas se séparer de lui avant d'y être contrainte.

— Nous savions dès le début que ce ne serait pas pour toujours. Simplement, le temps dont nous disposons est plus court que prévu. Ce qui signifie, ajouta-t-elle avec un entrain qu'elle était loin de ressentir, que nous devrions en savourer chaque seconde.

Il ne réagit pas. Comme s'il ne l'avait pas entendue, il continuait de fixer l'autre bout de la pièce. Elle était partagée entre le désir de le prendre dans ses bras et de le bercer doucement, et celui de l'attraper par les revers de son manteau pour le secouer avec vigueur. Elle choisit une voie médiane.

S'étant relevée, elle lui attrapa le pied, une main sur le talon de la botte, l'autre sur la tige.

— Que faites-vous ?

Enfin, elle avait réussi à attirer son attention !

— Un choix, répondit-elle en tirant.

Comme la botte ne bougeait pas, elle rectifia son attitude pour avoir une meilleure prise.

— Alexandra, vous êtes une princesse, dit-il alors qu'elle tirait de nouveau, sans succès. Je sais que cela ne devrait pas faire de différence. Mais ça en fait une, et importante.

Serrant les dents, elle fit une troisième tentative.

— Je suis la même qu'à minuit, Aiden.

— Arrêtez, mon ange !

D'un geste doux mais ferme, il dégagea son pied. Quand elle leva les yeux, il était toujours adossé au mur, mais il n'avait plus cette expression de bête traquée dans le regard. Il esquissait même un sourire, presque imperceptible, mais qui suffit à Alexandra. S'agenouillant entre ses cuisses, elle prit son visage dans ses mains et plongea son regard dans le sien.

— Est-ce que refuser le plaisir me rendra ma virginité ?

— Si seulement !

— Vous regrettez beaucoup trop facilement, Aiden.

Elle l'aimait d'avoir l'âme tendre et, du plus profond de la sienne, déplorait qu'ils ne puissent avoir d'avenir commun.

— Le passé est le passé, continua-t-elle, on ne peut le changer. Ce qui adviendra, nous l'ignorons. Seul existe le *maintenant*. Cet instant unique. Vivez-le avec moi. Je vous en prie, faites l'amour avec moi.

Elle attendit en silence, priant pour que le désir gagne la bataille tandis que, sur le visage d'Aiden, la tentation et l'émerveillement luttaient contre son sens du bien et du mal. Enfin, le souffle court, il murmura :

— Si je vous demandais de...

D'un doigt pressé sur ses lèvres, elle le fit taire.

— Cet instant, Aiden, répéta-t-elle. Ne regardez ni devant ni derrière. Regardez-*moi*.

Il ne pouvait plus se battre, ne parvenait plus à respirer, ne ressentait plus rien d'autre qu'une envie désespérée d'échapper à la douleur et de se perdre dans l'oubli qu'elle seule pouvait lui offrir. Il avait besoin d'elle. Et – le ciel lui vienne en aide ! – il la désirait comme jamais il n'avait désiré une femme. Juste pour ce moment...

Le barrage se rompit et il se laissa emporter par le flot tumultueux. L'enveloppant de ses bras, il l'attira contre lui sans douceur et écrasa ses lèvres sur les siennes. Elle salua sa victoire avec un cri de joie et une férocité au moins égale à la sienne. Avec un gémissement reconnaissant, il se laissa emporter dans la spirale salvatrice de la passion.

Alexandra s'éveilla le sourire aux lèvres, Aiden blotti contre elle. Il n'existait pas de femme plus heureuse et plus profondément satisfaite sur terre. Que n'aurait-elle donné pour passer le reste de la journée là où elle était ! Elle jeta un coup d'œil à la fenêtre et, avec un soupir résigné, admit qu'elle ne pouvait empêcher la vie d'empiéter sur sa félicité.

Quand elle fit mine de s'écarter, Aiden resserra son étreinte et enfouit le visage dans son cou.

— Ne partez pas.

— C'est l'aube, murmura-t-elle en l'embrassant sur le front avant de se glisser résolument hors du lit. Mohan va bientôt se lever. Dormez encore un peu, je vous réveillerai plus tard.

Il roula sur le côté pour la regarder contourner le lit, ramasser la lettre puis se diriger vers l'endroit où gisait son peignoir.

— Je sais que j'aurai à rendre des comptes, dit-il doucement, mais je veux profiter de chaque moment que nous pourrons passer ensemble.

Elle fut si soulagée que ses jambes faiblirent sous elle. Elle avait gagné!

— Moi aussi, avoua-t-elle en revenant s'agenouiller près du lit. Mais il n'y aura guère de moment à voler ici. Pas pendant la journée, en tout cas, ajouta-t-elle en glissant les doigts dans les cheveux emmêlés d'Aiden.

— Nous pourrions aller à Haven House, suggéra-t-il avec un sourire en coin.

— Que voilà une proposition alléchante! Et sous quel prétexte?

— Une leçon d'équitation?

— Ma mère m'a toujours mise en garde contre l'association des hommes et des chevaux, dit-elle comme il repoussait son peignoir pour dénuder sa poitrine.

— Pourquoi?

— Je l'ignore, répondit-elle, le souffle court. Mais c'est un point sur lequel elle était intransigeante.

— Est-ce la raison pour laquelle vous avez utilisé n'importe quelle excuse pour vous dérober? demanda-t-il, l'œil pétillant.

— Oui.

Du doigt, il dessina un cercle autour de la pointe érigée de son sein. Si elle ne l'arrêtait pas sur-le-champ, elle serait incapable de partir.

— À quoi est dû ce brusque changement ?

— Il y a quelque chose à la fin de la leçon qui me tente, répondit-elle en se penchant pour lui donner un rapide baiser avant de se relever. Qui me tente si follement que je suis prête à prendre des risques incroyables pour l'obtenir.

— À quelle heure voulez-vous y aller ?

— Dès que Sawyer sera là.

— Je vous retrouverai dans la cour, avec les chevaux sellés, dit-il en accompagnant ces mots d'un sourire prometteur. Si vous avez des bottes et une jupe fendue, mettez-les.

Une jupe fendue ? Elle n'en possédait pas, mais il lui serait facile de modifier l'une des siennes. Pourquoi une jupe fendue était-elle nécessaire, et pourquoi semblait-il si ravi à cette perspective ?

— Vous savez pourquoi ma mère m'a mise en garde contre les leçons d'équitation, n'est-ce pas ?

Il se mit à rire, les yeux brillants d'espièglerie.

— Vers 9 h 05, mon cœur. En jupe fendue.

— J'y serai, promit-elle alors qu'il se redressait pour attraper son pantalon. Aiden, je vous en prie, restez couché. Vous avez besoin de dormir un peu.

— Non, il faut que je trouve un apothicaire. Je suis à court de condoms, et j'imagine que vous ne souhaitez pas venir en acheter avec moi lorsque nous nous rendrons à Haven House.

— Nous n'en avons pas besoin. Je ne suis pas dans les jours fertiles de mon cycle.

Aiden interrompit son geste, haussa les sourcils et son sourire se fit impudent.

— Vraiment ?

— Vraiment.

Il rejeta son pantalon et déclara d'une voix traînante :

— Eh bien, mon ange, aujourd'hui, vous allez faire de délicieuses découvertes.

— 9 h 05, lui rappela-t-elle en se dirigeant vers la porte. Je vous en prie, ne soyez pas en retard.

Il riait quand elle sortit. Elle s'attarda un instant dans le couloir, les yeux clos, afin de graver dans sa mémoire le souvenir de ce rire. Ce ne fut que lorsque le rappel sinistre de ce qui l'attendait lui revint à l'esprit qu'elle s'éloigna.

Preeya leva les yeux de sa poêle quand Alexandra pénétra dans la cuisinière.

— Ta nuit a été riche, fit-elle remarquer avec un sourire avant de recommencer à touiller les œufs.

Puisque Preeya semblait déjà au courant...

— Je m'occupe des œufs, dit Alexandra en sortant le pli de sa poche, pendant que tu lis ça.

Preeya échangea sa spatule contre la lettre. Elle la déplia, la parcourut, puis pinça les lèvres et tendit la main pour retirer la poêle du feu.

— Le petit déjeuner sera en retard. Comment est-ce arrivé entre tes mains ? s'enquit-elle.

— L'un des gardes du corps du prince Sarad est ici, à Londres. Il l'a confiée à Aiden, et Aiden me l'a remise. Tu ne sembles pas confondue par cette nouvelle, Preeya.

— Nous en reparlerons plus tard. D'abord, je voudrais savoir pourquoi tu me l'as apportée.

— Pour que tu m'aides à décider comment l'annoncer à Mohan. Il faut qu'il l'apprenne à un moment ou à un autre. Et le plus tôt sera le mieux.

— Est-ce l'unique raison ?

Alexandra reposa lentement la spatule dans la poêle.

— Quand je regarde au-delà d'aujourd'hui, j'ai envie de pleurer.

Prenant ses mains dans les siennes, Preeya l'entraîna jusqu'à une chaise.

— Ton monde a été bouleversé, Alexandra chérie. En l'espace d'une nuit. Il est compréhensible que tu ne saches plus où tu en es.

Posant la lettre sur la table, elle remplit deux tasses de thé et attendit qu'Alexandra ait bu quelques gorgées avant de demander :

— Ton Aiden... Il a été gentil avec toi ? Il t'a aimée tendrement ?

Alexandra sourit par-dessus le bord de la tasse. « Tendrement » n'était pas le terme qu'elle aurait choisi.

— Au point que je voudrais passer le reste de ma vie dans ses bras, répondit-elle.

— Si cela doit être, cela sera. Tu le sais.

Alexandra hocha la tête. Elle savait aussi que personne ne disait jamais : si cela ne doit pas être, cela ne sera pas.

— Aiden va un peu mieux ce matin, mais... il n'a pas très bien pris la nouvelle, cette nuit. Il est très doué pour les regrets.

— Parce que c'est un homme bon, au cœur sensible, assura Preeya. Il voudrait que personne ne souffre. Il prendrait le monde entier sous sa protection s'il le pouvait. Qu'il soit arrivé dans ta vie est une bénédiction.

— Je sais que tu as raison. Pour le moment, cependant, je ne me sens pas particulièrement béni des dieux.

— Pourquoi ? Vous vous êtes disputés ?

— Non, pas du tout.

Tenant sa tasse à deux mains, Alexandra but une longue gorgée de thé en s'efforçant de ne pas s'apitoyer sur elle-même. En vain.

— Je vais le perdre, Preeya. Il n'est mien que jusqu'à l'arrivée de Sarad.

— Oh, Alexandra, murmura Preeya en secouant la tête. Ta vie a été difficile dès le début. J'ai su dès que je t'ai tenue dans mes bras que le chemin serait ardu. Mais j'ai su aussi qu'au bout de celui-ci, tu obtiendrais une récompense à la hauteur de ta lutte.

Soudain, Alexandra comprit pourquoi Preeya n'avait pas paru surprise d'apprendre que la tutrice du palais était aussi princesse.

— Tu étais dans le secret, n'est-ce pas ? Ton mari était l'oncle de Kedar. Tu connaissais ma mère avant qu'elle vienne à la cour. Tu connaissais aussi mon existence.

Preeya hocha la tête avec un sourire satisfait.

— J'étais devenue troisième épouse seulement quelques semaines avant l'arrivée de Kedar chez nous. Nous avions le même âge, nous étions tous deux étrangers à la maison. Nous sommes devenus amis. Quand Kedar a rencontré ta mère, il a partagé son bonheur avec moi. Ta mère est devenue aussi mon amie.

« Puis son père l'a jetée dehors et nous avons perdu sa trace. Mais elle a fini par m'envoyer un message pour me demander de l'aide, et je suis allée la voir en secret. J'étais présente quand les sages-femmes t'ont mise au monde, mon Alexandra, et que nous avons cru que ta mère allait mourir. Je te tenais dans mes bras quand elle m'a avoué que tu étais l'enfant de Kedar, l'enfant de leur amour.

— Tu l'as toujours su, souffla Alexandra, abasourdie. Toujours.

De nouveau, Preeya hocha la tête. Cette fois, cependant, elle ne sourit pas.

— Ce jour-là, j'ai promis à ta mère que je m'occuperais de toi si elle ne survivait pas ; que, dans le cas contraire, je ne mettrais pas Kedar en danger en lui révélant ta naissance ou le mariage de ta mère avec l'homme qui passerait pour ton père. Je lui ai promis, avec tristesse mais par respect pour son amour, que je ne dirais pas à Kedar où vous étiez toutes deux.

— Elle a vécu, et il n'a pas su.

— Moi, j'ai toujours su où tu étais, mon Alexandra, et je me suis toujours tenue prête à venir te secourir si ta mère ne pouvait plus te protéger. Mais quand son mari a été tué et qu'elle s'est enfuie avec toi, j'ai été désemparée. J'étais tellement inquiète que j'ai fini par rompre l'une de mes promesses : j'ai tout raconté à Kedar.

— Il a été très en colère contre toi ?

— Non. Il a compris les raisons de notre choix. Et puis, il était trop soucieux de vous retrouver pour s'inquiéter du passé. Il voulait tenir de nouveau dans ses bras la femme qu'il aimait, et découvrir le visage de leur enfant. Rien d'autre ne comptait à ses yeux. Kedar n'est pas homme à gâcher aujourd'hui ou demain en regrettant hier.

— Comme Aiden a tendance à le faire, soupira Alexandra.

— Il changera. Kedar n'a pas toujours été aussi sage. Sur de nombreux points, Aiden me rappelle Kedar au même âge.

La comparaison attisa la curiosité d'Alexandra.

— Preeya ? Tu as su, le jour où Aiden et moi sommes entrés dans la cuisine, que nous deviendrions amants et tu m'y as encouragée. Pourquoi ?

Preeya gloussa et secoua la tête comme si c'était la question la plus sotte qu'elle eût jamais entendue.

— Parce que je veux que tu sois heureuse, et que ton Aiden te fascine et t'enchante. Oseras-tu le nier ? demanda-t-elle après avoir bu une gorgée de thé.

— Non.

De toute évidence, il manquait quelque chose à sa réponse, car Preeya haussa les sourcils, puis demanda dans un soupir :

— Quel est le destin le plus enviable ? Être princesse ? Ou aimer et être aimée ?

— Aimer et être aimée, bien sûr.

— La vie nous inflige assez de chagrins pour ne pas les provoquer nous-mêmes. Aime ton Aiden et laisse-le t'aimer. Étreins le bonheur qui t'est offert aujourd'hui.

Après avoir reposé sa tasse, Preeya se leva et, avant de retourner à son fourneau, déposa un baiser sur la joue d'Alexandra.

— Si cela doit être, cela sera.

Alexandra sourit tristement. Elle comprenait maintenant pourquoi une partie d'elle-même croyait à la main invisible du destin, et l'autre qu'elle possédait le pouvoir de façonner son existence. Malheureusement, ni l'une ni l'autre n'offrait la promesse d'un bonheur durable. Si elle considérait le court terme, néanmoins, la journée avec Aiden s'annonçait prometteuse. Encore lui fallait-il se procurer une jupe fendue.

— Aiden va m'apprendre à monter à cheval, aujourd'hui, annonça-t-elle en se levant à son tour.

— Bien. Tu laisseras Mohan ici ?

Il s'agissait plus d'une affirmation que d'une question.

— Si une catastrophe survenait et qu'il nous faille...

— En anglais, « Haven House » signifie bien « havre de paix » ? coupa Preeya avec un sourire. Nous ferons face aux catastrophes sans vous.

Comment diable Preeya savait-elle qu'ils se rendaient là-bas ? Elle ne lui en avait rien dit. Et Aiden et elle s'étaient entretenus à voix basse. Même si Preeya avait eu l'oreille collée... Non, elle n'était pas du genre à écouter aux portes.

— Pendant ton absence, je raconterai à Mohan l'histoire de sa sœur.

— Merci.

— Va. Sois heureuse aujourd'hui.

Alexandra quitta la cuisine en secouant la tête. Qui pouvait deviner comment Preeya apprenait tout ce qu'elle savait ? Elle savait, point final. Et étant donné le secret qu'elle avait parfaitement gardé pendant vingt-quatre ans, Alexandra pouvait être rassurée : personne d'autre ne saurait jamais où Aiden et elle allaient passer leur journée.

Elle ne put réprimer un sourire. *Leurs* journées, peut-être, si les dieux se montraient bienveillants.

19

La veille, Aiden était rentré à contrecœur à *L'Éléphant bleu*. Encore plus à contrecœur, et encore plus tardivement que l'avant-veille. Quant à aujourd'hui...

Assis dans l'embrasure de la fenêtre, il observait Alexandra en train d'essayer de soutirer à Tippy le bout de corde qu'elle avait dans la gueule. Tippy ne semblait pas se rendre compte que tout chien normalement constitué devait lâcher le jouet afin qu'on le lui relance pour qu'il le rapporte. Fidèle à elle-même, Alexandra ne paraissait pas le moins du monde irritée par le manque de coopération de la chienne. Elle continuait à lui sourire en tirant doucement sur le bout de la corde, tout en lui expliquant les règles du jeu d'une voix patiente.

Non, décidément, il n'avait pas envie du tout de retourner à *L'Éléphant bleu*. À Haven House, Alexandra lui appartenait. Il n'avait pas à la partager avec un jeune frère en adoration devant elle ou une gouvernante aux petits soins. Il n'avait pas à se soucier d'être entendu par de petites oreilles quand il lui parlait, ou d'être surpris par des yeux indiscrets quand il la touchait. À Haven House, le monde vivait à l'heure anglaise, il était prévisible et bien ordonné, sans paons criards ni nourriture étrange. Alexandra n'y était pas une princesse indienne, ni même une tutrice royale, mais sa maîtresse, son amie, sa compagne, son délice absolu. Personne du nom d'Hanuman ou de Sarad n'allait franchir le seuil pour la lui arracher. Ici, la réalité ne pouvait les atteindre.

S'il la gardait entre les murs épais de Haven House...
Si Vadeen accomplissait sa tâche sans délai...

Cela ne changerait rien. Sarad viendrait néanmoins. La passerelle de son bateau serait abaissée et Alexandra s'y engagerait, le menton haut, le dos droit, résolue à accomplir son devoir.

Il n'avait rien à lui offrir pour qu'elle reste. Certes, il n'était pas pauvre, mais il n'était pas prince non plus. Il ne possédait pas de maison, et encore moins un palais. Bon sang, il n'avait même plus de bateau ! La vie avec lui n'aurait rien de royal, or Alexandra méritait d'être princesse. Un jour ou l'autre, elle rencontrerait un prince qui la considérerait comme un trésor et ne vivrait que pour la rendre heureuse.

Et puisqu'il était chargé de la garder en vie pour ce précieux moment, il se devait de la ramener à *L'Éléphant bleu* avant la nuit. Il ramassa son pistolet posé à côté de lui et, après l'avoir coincé dans sa ceinture, il se leva.

— Tippy, assis ! ordonna-t-il en s'avançant vers Alexandra et la chienne toujours récalcitrante.

Tippy s'exécuta sans broncher.

— Donne !

Alexandra vacilla quand la résistance à l'autre bout de la corde cessa brusquement.

— Oh, vous auriez pu me dire comment faire, le gronda-t-elle en riant.

— Pour gâcher la moitié du jeu ? répliqua-t-il avec un sourire qu'il espéra désinvolte. Il est temps de rentrer, mon cœur. Nous sommes en retard.

Alexandra déposa la corde dans une corbeille, puis gratta Tippy derrière l'oreille.

— Nous recommencerons demain. Sois sage en attendant.

Sur ce, elle gagna le vestibule pour récupérer son manteau. Tippy la suivit des yeux, l'air dépité et malheureux. Passant à côté de l'animal, Aiden marmonna :

— Moi aussi, ma belle.

Comme sa mère avait raison au sujet de l'association des hommes et des chevaux ! songea Alexandra tandis qu'ils chevauchaient côte à côte dans le crépuscule. Il y avait quelque chose de sensuel dans le mouvement qui liait la cavalière à sa monture, quelque chose qui n'était pas sans rappeler les gestes de l'amour... Elle n'avait pas encore essayé le galop, mais elle supposait qu'elle y prendrait encore plus de plaisir qu'au trot.

Oui, l'équitation était dangereuse pour la vertu d'une femme. Surtout lorsqu'elle montait en compagnie de John Aiden Terrell. Elle regrettait de n'avoir pas essayé plus tôt.

À côté d'elle, Aiden leva la main en silence. Elle tira sur les rênes de sa monture suivant les règles qu'il avait édictées le premier jour : lorsqu'ils arrivaient en vue de *L'Éléphant bleu*, elle devait le laisser prendre la tête et la précéder dans la cour. Elle ignorait pourquoi. Il ne le lui avait pas expliqué, et elle n'avait pas posé la question, car elle lui faisait confiance. Ils en avaient parcouru, du chemin, depuis le premier jour !

Comme chaque soir à ce moment-là, le cœur d'Alexandra se serra. Cela faisait trois jours qu'au coucher du soleil, elle espérait qu'Aiden suggérerait qu'ils restent à Haven House pour la nuit, ou pour l'éternité. Mais il ne l'avait pas fait et ne le ferait jamais. Le fantôme de Mary Alice Randolph ne laissait aucune place pour elle dans son cœur.

Il n'était pas juste d'éprouver du ressentiment envers une morte. Pourtant, c'était le cas. Mary Alice ne pouvait plus faire rire Aiden, ni le faire gémir de plaisir, ni devenir sa femme et la mère de ses enfants. Qu'il s'accroche à ce qui avait été, ou à ce qui aurait pu être, avec autant de ténacité... Alexandra ravala les larmes qui lui brûlaient la gorge. Il ne lui donnait que ce qu'il était en mesure de lui donner, se rappela-t-elle, et elle devait s'en contenter. Elle ne pouvait changer son passé, pas plus qu'elle ne pouvait l'obliger à l'aimer plus qu'il n'avait aimé sa Mary Alice.

Devant elle, accueilli par les cris aigus des paons, il pénétra dans la cour et immobilisa son cheval dans l'ombre de l'écurie. Sitôt descendu, il vint vers elle, et

Alexandra chassa son accès de mélancolie pour lui sourire.

— Il est temps de revenir sur terre, dit-il en la prenant par la taille.

— Je n'en ai pas envie, répliqua Alexandra en posant les mains sur ses épaules. Si nous allions nous promener au clair de lune ? Il ne fait pas si froid, et Preeya est encore en train de préparer le dîner, ajouta-t-elle après avoir jeté un coup d'œil à la cuisine éclairée.

— Avec vous, la petite voix de la raison a du mal à se faire entendre, mon cœur.

L'ayant posée à terre, il l'avait attirée dans ses bras. Elle leva le visage vers lui et noua les bras autour de son cou.

— Ce n'est pas moi qui vous empêche de l'entendre, ce sont les paons. Où serait le mal ? ajouta-t-elle comme il éclatait de rire. Je ne veux pas rentrer. Pas tout de suite.

Il effleura ses lèvres d'un baiser rapide, le prélude, elle le savait, à un refus.

— Dans ce cas, tenez-moi compagnie pendant que je m'occupe des chevaux, lui proposa-t-il en se dégageant de son étreinte.

Elle n'en obtiendrait pas plus, et se consola en songeant qu'il leur restait encore quelques minutes en tête à tête.

Alors qu'ils arrivaient à la porte de l'écurie, Aiden s'arrêta brusquement.

— Qu'y a-t-il ? demanda-t-elle.

— J'ai poussé les verrous quand nous sommes partis, ce matin, répondit-il en tirant son pistolet de sa ceinture. Reculez et placez ce cheval entre vous et la porte.

— Peut-être que Sawyer a sorti la voiture pendant notre absence, dit-elle en lui obéissant. Il aura oublié de refermer les verrous à son retour.

Il secoua la tête tout en poussant son cheval sur le côté.

— Si jamais les choses tournaient mal, sautez sur ce cheval et foncez chez Barrett au galop.

Alexandra s'abstint de lui dire que, quoi qu'il arrive, elle ne l'abandonnerait pas. Il fallait qu'il puisse se concentrer sans avoir à s'inquiéter de ce qui se passerait derrière lui. Quand il posa la main gauche sur la poignée, elle retint son souffle. Elle n'entendit pas la porte s'ouvrir, mais elle sentit l'appel d'air.

Puis sa perception de la réalité se déforma à mesure que les images atteignaient son cerveau à la vitesse de l'éclair, alors qu'elle n'en déchiffrait le sens qu'avec une effroyable lenteur. Aiden, le pistolet à la main, scrutant la pénombre de l'écurie ; un mouvement fugitif à sa gauche ; le juron d'Aiden ; Hanuman, les vêtements tachés de rouge, le visage tordu par la rage et la détermination ; son rugissement sauvage et l'éclat de la lame ensanglantée quand il bondit sur Aiden.

— Non ! cria-t-elle en hindi en se précipitant vers lui. C'est moi que vous voulez !

Elle vit la haine dans ses yeux quand son regard croisa le sien, à l'instant où il changeait de cible. Un éclair, une détonation, un nuage de fumée. Hanuman tituba, son bras retomba lentement, puis le couteau s'échappa de ses doigts alors qu'une tache sombre s'agrandissait sur sa poitrine.

Comme il s'effondrait dans la paille, le temps parut reprendre son cours normal. Mais Alexandra ne recouvra pas immédiatement l'usage de ses sens. Elle ne se sentait pas bouger, et pourtant elle voyait qu'elle se déplaçait. Elle entendait le grondement de son cœur, mais il lui semblait venir de très loin. Hanuman gisait sur le sol, les yeux fixes, la respiration courte, irrégulière, une bulle de sang au coin des lèvres. Son oncle… son oncle voulait la tuer, et tuer Aiden pour y parvenir.

Elle vit ce dernier écarter le poignard d'un coup de pied, s'agenouiller auprès d'Hanuman pour empoigner sa chemise ensanglantée de sa main libre, puis se pencher vers lui en le soulevant légèrement.

— Où est Vadeen ?

N'obtenant d'autre réponse qu'une expression hagarde et une nouvelle bulle de sang, Aiden se redressa.

— Regardez dans les stalles de ce côté, Alexandra, ordonna-t-il en se dirigeant du côté opposé. Il ne doit pas être loin.

Alexandra obéit comme une automate, vaguement consciente du silence soudain d'Hanuman. Le bienheureux engourdissement de ses sens cessa d'un coup quand, ouvrant l'une des portes, elle découvrit Vadeen affalé contre le mur.

— Aiden! cria-t-elle en se laissant tomber à genoux à côté de l'homme.

Elle pressa aussitôt les doigts sur son cou, cherchant fébrilement son pouls. Il était là, très faible. Ses paupières frémirent, et il ouvrit les yeux au moment où Aiden s'agenouillait à côté de lui.

— Dieu tout-puissant! souffla celui-ci en découvrant les multiples blessures du garde du corps

Les dents serrées, ce dernier prit une inspiration saccadée, puis tenta de se redresser.

— Non, ne bougez pas, lui intima Aiden en le repoussant doucement contre le mur. À quelle distance se trouve le médecin le plus proche, Alexandra?

— À cinq rues d'ici.

Il se débarrassa de sa veste et la lui jeta tout en bondissant sur ses pieds.

— Essayez d'étancher la plus grosse hémorragie pendant que j'attelle la voiture.

La seconde d'après, il avait disparu. Elle l'entendit sortir les chevaux de leur stalle tandis qu'elle examinait la jambe de Vadeen. C'était là que se trouvait la blessure la plus grave. S'il survivait, il ne pourrait peut-être plus jamais remarcher normalement.

— Hanu...

— Aiden a achevé ce que vous aviez commencé, lui dit-elle en hindi. Tout va bien. Nous allons vous emmener chez un médecin. Je vais devoir vous faire mal, Vadeen, et j'en suis désolée, mais je n'ai pas le choix.

Il hocha la tête et se mordit la lèvre quand elle noua la manche de la veste d'Aiden autour de la plaie qui lui entaillait la cuisse de part en part. Puis, Dieu merci, son corps s'amollit et il sombra dans une bienheureuse inconscience.

— Monsieur Terrell !

C'était Sawyer, affolé et essoufflé.

— Nous n'avons rien, répondit Aiden alors qu'Alexandra déchirait le bas déchiqueté du pantalon de Vadeen pour le nouer autour de la blessure béante de son bras. Et ce salaud méritait son sort. Vous seriez aimable de bien vouloir retirer son corps du passage.

— Que puis-je faire d'autre, monsieur ?

— Veillez à ce que Mohan et Preeya ne viennent pas ici. En fait, emmenez Preeya dans la maison et ne les quittez pas des yeux, Mohan et elle jusqu'à notre retour. Prenez ça, ajouta-t-il en lui tendant son arme. Et n'hésitez pas à l'utiliser. Pour l'amour du ciel, tenez-le fermement et essayez au moins d'avoir l'air de savoir à quoi ça sert !

— Et où allez-vous, monsieur ? risqua Sawyer tandis qu'Alexandra appliquait un bouchon de tissu sur l'affreuse entaille au flanc de Vadeen.

— Dites à Preeya que nous serons en retard pour le dîner, fut la seule réponse qu'obtint le majordome.

— Très bien, monsieur.

Les chevaux hennirent puis frappèrent le sol de leurs sabots. L'instant d'après, Aiden revenait dans la stalle.

— Parfait, marmonna-t-il en glissant les mains sous les aisselles de Vadeen. Il ne souffrira pas d'être grossièrement manipulé.

Sous l'œil stupéfait d'Alexandra, il redressa l'homme, l'appuya contre le mur. Celui-ci gémit quand il le chargea sur son épaule. Elle se précipita devant lui pour ouvrir la porte de la voiture.

Après avoir déposé le blessé sur la banquette, Aiden pivota pour faire face à Alexandra.

— Qu'est-ce qui vous pris, bon sang ? explosa-t-il, les yeux lançant des éclairs. Je vous avais demandé de laisser ce cheval entre l'écurie et vous ! Vous vouliez vous faire tuer ou quoi ?

— Mieux valait moi que vous, riposta-t-elle, sincère.
— Je pourrais vous administrer une correction ! Ne vous avisez *jamais* de refaire une chose pareille ! Vous m'entendez ?
— Oui, je vous entends ! répliqua-t-elle, saisie par la colère à son tour.

Les poings sur les hanches, elle soutint son regard sans ciller.

— Mais cela ne signifie pas que j'obéirai.

Il déglutit, les mâchoires serrées.

— Quand nous serons seuls cette nuit, finit-il par dire avec emphase, vous et moi allons avoir notre première vraie dispute.

— Parfait, répliqua-t-elle en le poussant légèrement pour monter dans la voiture. J'ai hâte d'y être.

Il l'attrapa par la taille et l'attira avec force contre lui.

— Je vous avertis charitablement, chuchota-t-il, c'est moi qui vais gagner.

Son baiser fut brutal, dur et vorace. Sous la colère, Alexandra décela non seulement sa peur et son soulagement, mais aussi la profondeur de son attachement. C'était un cadeau précieux, qu'elle ne pensait jamais recevoir, et qu'elle accueillit avec un sanglot de gratitude tout en se fondant dans son étreinte.

Il l'écarta aussi abruptement qu'il l'avait saisie.

— La discussion n'est pas terminée, Alexandra, la prévint-il.

Cependant, l'étincelle qui brillait dans son regard trahissait moins la colère que le désir et l'amusement. Alexandra pivota et grimpa dans la voiture en rétorquant :

— Nous ne la terminerons que si vous promettez de m'embrasser à nouveau de cette manière.

Il sourit en secouant la tête, puis referma la portière derrière elle.

Si Aiden n'avait pas déjà constaté qu'Alexandra avait un cran à toute épreuve, ces quelques heures auraient suffi à l'en convaincre. Le médecin et lui avaient bien tenté de la renvoyer du cabinet, mais elle s'était montrée intraitable. Après s'être brossé les mains, elle s'était résolument attaquée aux soins du blessé. Aiden avait vu des hommes perdre connaissance dans de telles circonstances, et d'autres vider le contenu de leur estomac sur leurs pieds.

Mais pas Alexandra. Sa robe maculée de sang était perdue, mais elle s'en moquait. Elle avait des crampes dans les mains à force de maintenir les chairs déchirées en place pendant que le médecin recousait les blessures, mais elle s'était contentée de faire jouer ses articulations en silence avant de passer à la suivante. Quand Vadeen avait hurlé de douleur, elle lui avait fait avaler avec douceur une cuiller de teinture d'opium, puis lui avait chuchoté des encouragements jusqu'à ce que la drogue agisse.

Et à présent... À présent, elle supportait sa part du poids de Vadeen tandis qu'ils le guidaient avec précaution vers la porte de derrière de *L'Éléphant bleu*.

— Il n'est pas convenable, murmura ce dernier avec un sourire vague, qu'une princesse aide un homme à marcher.

— Il serait plus convenable qu'elle le laisse tomber le nez dans la poussière ? répliqua-t-elle.

— N'insistez pas pour le moment, Vadeen, lui conseilla Aiden avec un petit rire, vous n'êtes pas en état d'utiliser la seule tactique qui vous permettrait de gagner. Et si vous l'étiez, et réussissiez, je vous tuerais. Je préférerais l'éviter.

La tête de Vadeen roula sur son épaule lorsqu'il essaya de la tourner vers lui.

— Vous en avez déjà supporté beaucoup, Aiden.

— Ne le lui dites pas, mais, franchement, je n'ai pas été si malheureux que cela.

Soudain, il s'arrêta.

— Où sont les paons ?

Alexandra jeta un coup d'œil par-dessus son épaule.

— Ils sont partis !

Aiden remercia le Seigneur en silence avant d'observer à voix haute :

— Les voisins ont dû en avoir assez. Sincèrement, je suis surpris qu'ils ne leur aient pas fait un sort plus tôt. Dieu sait que j'ai été tenté !

— Ils sentent bon, fit remarquer Vadeen avec un sourire. Avez-vous déjà mangé du paon rôti, Aiden ?

— J'avoue que non, répondit ce dernier en se demandant pourquoi il n'avait pas remarqué plus tôt le silence de la cour et les délicieux effluves qui s'échappaient de la cuisine.

C'était presque comme si, avec la mort d'Hanuman et la certitude que Vadeen guérirait, son cerveau avait décidé de se mettre en congé.

— Ça ressemble beaucoup à du poulet, en plus sauvage.

Le contraire l'aurait étonné. De quel volatile ne disait-on pas qu'il ressemblait à du poulet sans être tout semblable ? Caille, faisan, perdrix, tourterelle... En vérité, aucun d'eux n'approchait, même de loin, le goût du poulet. Il était bien placé pour le savoir, car on l'avait induit en erreur à de nombreuses reprises...

Il secoua la tête, navré que ce qui lui restait de cerveau s'abîme dans ce genre de considérations inintéressantes.

Quand la porte s'ouvrit, l'intensité de la lumière l'aveugla. Il cligna des yeux, et l'appréhension lui fit battre le cœur lorsqu'il aperçut la demi-douzaine d'hommes qui se tenaient à l'intérieur. Machinalement, il chercha son arme, avant de se souvenir qu'il l'avait confiée à Sawyer. À cet instant, Vadeen marmonna quelque chose en hindi et se pencha si vivement en avant qu'il faillit les entraîner, Alexandra et lui.

— Votre Altesse, traduisit-elle en luttant pour conserver son équilibre.

Aiden recouvra brusquement l'usage de son cerveau. L'individu qui tenait la lanterne était indien et, de toute évidence, au service de l'homme magnifiquement paré qui s'avançait vers eux. Celui-ci ressemblait à Hanuman, en plus âgé. Mohan marchait à côté de son oncle, suivi de trois autres hommes qui devaient être des gardes du corps.

— Ce n'est pas nécessaire, Vadeen. N'aggrave pas tes blessures, fit l'homme dans un anglais appliqué.

Il fit un geste et les trois hommes se précipitèrent vers Vadeen pour prendre la place d'Aiden et d'Alexandra.

— J'ai vu la preuve de ton succès, continua leur maître. Tu as bien mérité de te reposer, Vadeen.

Soulagé de son fardeau, Aiden carra les épaules pour affronter l'inévitable.

— Je suppose que vous êtes le prince Sarad.

— On m'a dit que vous étiez John Aiden Terrell.

— En effet.

Sarad le détailla lentement de la tête aux pieds, puis le regarda droit dans les yeux.

— On m'a dit aussi que vous aviez été le protecteur des enfants de mon frère au cours des dernières semaines.

Le cœur de plus en plus lourd, Aiden acquiesça d'un signe de tête, redoutant la suite.

— Au nom de mon frère Kedar, reprit Sarad, apparemment inconscient de la douleur que ses paroles suscitaient, je vous remercie pour tout ce que vous avez fait. J'ai confié la récompense de vos services à votre domestique, Sawyer. Il a emporté vos affaires et vous attend chez vous. Le prince Mohan, ajouta-t-il en esquissant un geste vers le garçon, souhaite vous offrir les chevaux et la voiture que vous l'avez aidé à acquérir.

— Je te remercie, Mohan. C'est très généreux de ta part.

— Tout le plaisir est pour moi, monsieur Terrell, assura Mohan. Et puis, ajouta-t-il avec un sourire penaud, je ne peux pas les emporter avec moi sur le bateau.

— Eh bien, fit Aiden en se forçant à rire, fais-moi savoir quand tu n'en auras plus besoin, et je viendrai les chercher.

— Vous devriez les prendre dès maintenant, monsieur Terrell. Nous partons demain matin.

— Demain matin ? s'écria Alexandra.

Son expression angoissée reflétait, il le savait, la douleur qu'il ressentait lui-même dans la poitrine.

— Pourquoi si tôt ? demanda-t-elle d'une voix altérée.

— Le danger est écarté et votre père souhaite avoir ses enfants auprès de lui, répondit son oncle. S'il était possible de prendre la mer avant, nous ne passerions même pas la nuit ici.

— Mais, balbutia Alexandra, la voix tremblante de larmes à peine contenues, le magasin, la maison, toutes nos affaires…

— Preeya s'occupe de les faire emballer par mes hommes. Elle est à l'étage si tu as des recommandations à lui faire.

Aiden vit Alexandra déglutir, puis tourner les yeux vers la porte ouverte de la boutique. Elle paraissait sur le point de fondre en larmes. Il savait exactement ce qu'elle éprouvait. Mieux valait que leur séparation ait lieu maintenant, alors qu'ils étaient encore sous le choc de son annonce. Ce serait moins douloureux.

— Vous saluerez Preeya de ma part ? lui dit-il en se forçant à sourire.

— Oui, bien sûr, répondit-elle, l'air hébété, avec un pâle sourire.

Aiden ébouriffa les cheveux du jeune garçon.

— Sois sage, Mohan, lui recommanda-t-il.

— Promis. Je vous remercie pour tout ce que vous avez fait pour moi. C'est un honneur de vous avoir connu, monsieur Terrell.

— La réciproque est vraie.

Aiden pivota, puis s'arrêta pour lancer, par-dessus son épaule :

— Tu emmènes les chats avec toi, n'est-ce pas ?

— Oui, monsieur, répondit Mohan avec un grand sourire. Sawyer a insisté.

— Sawyer est un brave homme.

— Aiden, je vous en prie, murmura-t-elle en essayant de le retenir par le bras.

Les larmes qui perlaient au coin de ses yeux lui déchirèrent le cœur.

— Au revoir, Alexandra.

Il lui prit la main, la porta à ses lèvres et déposa un léger baiser sur ses doigts. Quand il l'eut relâchée, il lui adressa un clin d'œil puis s'éclaircit la voix pour déclarer :

— Vous serez la princesse la plus merveilleuse que l'Inde aura jamais connue.

— Aiden...

— Prenez soin d'elle, recommanda-t-il à Vadeen en s'éloignant, car il était déterminé à partir avant que les larmes d'Alexandra n'aient raison du peu de dignité qu'il lui restait.

— Au péril de ma vie, assura le garde du corps.

Incapable de prononcer un mot, Aiden hocha la tête et continua d'avancer, s'efforçant de garder les yeux rivés sur la voiture.

Ravalant ses larmes, Alexandra se tourna vers son oncle.

— Je vous rejoins dans un instant. Je voudrais faire mes adieux en privé.

— Narain t'attendra ici, répondit-il. Ne t'attarde pas, ma nièce.

Elle n'avait ni le temps ni l'énergie de protester. Empoignant ses jupes, elle se précipita vers la voiture, en proie à un tourbillon d'émotions.

— Vous ne partez pas avec des regrets, n'est-ce pas ? demanda-t-elle, haletante, sitôt qu'elle eut rejoint Aiden. Il n'y a rien que vous ayez à regretter.

— Eh bien, si. Je ne vous ai pas appris à danser.

Il parlait d'une voix tendue, trop tendue. De toute évidence, il souffrait tout autant qu'elle. À la fois dans un élan désespéré pour prolonger cet instant et pour qu'il parte la conscience plus tranquille, elle leva les mains comme sa mère le lui avait appris longtemps auparavant.

— Apprenez-moi maintenant. Montrez-moi comment on danse, Aiden.

Il se raidit. Puis il haussa les sourcils.

— Est-ce qu'une princesse indienne a vraiment besoin de savoir comment dansent les Anglais ? demanda-t-il avec un sourire crispé.

— Il y a une différence entre avoir besoin et envie, répliqua-t-elle, le cœur en miettes. Je veux savoir à quoi cela ressemble de danser avec vous. Ce sera un souvenir que je chérirai au même titre que tous nos autres trésors.

Il lança un coup d'œil vers la porte, devant laquelle Narain l'attendait. Lentement, hésitant presque, il prit sa main dans la sienne et posa l'autre au creux de ses reins.

— Gardez une certaine distance entre nous, chuchota-t-il d'une voix étranglée.

Alexandra se contenta d'acquiescer de la tête, de peur d'être submergée par le chagrin si elle tentait de parler. Et tandis qu'il l'entraînait doucement, elle s'efforça de graver dans sa mémoire ses traits éclairés par la lune, son sourire et le son de son rire.

« Demandez-moi de rester, le supplia-t-elle en silence. Demandez-moi de vous aimer. Dites-moi que vous essaierez de me trouver une place dans votre cœur. »

Il trébucha et s'immobilisa, avant de la lâcher et de reculer.

— Je ne peux pas, Alexandra. Je dois m'en aller.

Il inspira à fond, puis il lui caressa la joue.

— Prenez soin de vous, ma belle princesse, murmura-t-il. Pensez à moi de temps à autre et sachez que je ne vous oublierai jamais.

— Je me souviendrai toujours de vous, Aiden. Toujours.

Sans un mot, il la contourna et rejoignit la voiture. Incapable de le regarder sortir définitivement de sa vie, elle demeura sur place, silencieuse, le visage baigné de larmes. Elle entendit grincer les ressorts de la voiture, claquer les rênes, hennir les chevaux. Puis elle écouta le bruit de leurs sabots résonner sur les pavés avant de décroître au loin.

— Princesse ?

Un sanglot lui déchira la gorge. Elle courut vers la maison et, passant devant le garde stupéfait, se rua dans l'escalier pour chercher refuge dans le sanctuaire de sa chambre.

20

Quand on frappa doucement, un espoir insensé la jeta au bas de son lit. Elle se rua vers la porte de crainte, si elle tardait, qu'il ne change d'avis et l'abandonne de nouveau. Le cœur empli de joie, elle ouvrit le battant d'un geste vif.

— Preeya, souffla-t-elle en reculant, anéantie.

Un flot de larmes lui vint aux yeux comme elle se laissait de nouveau tomber sur son lit. Elle voulut s'excuser pour cet accueil grossier, mais seul un sanglot étranglé franchit ses lèvres.

— Tu n'as pas à t'expliquer, assura Preeya, qui referma doucement la porte derrière elle. Il y a presque vingt-cinq ans, j'ai trouvé ton père dans le même état. Son cœur était brisé et sa souffrance aussi profonde que la tienne.

— Aiden est parti, sanglota Alexandra. Je ne le reverrai plus jamais, je ne l'étreindrai plus jamais. Et je l'aime tant! Je préférerais mourir plutôt que de passer le restant de mes jours à souffrir ainsi.

— Ton père ayant prononcé les mêmes paroles, fit Preeya en s'asseyant près d'elle sur le lit, je te répéterai ce que je lui ai dit alors. Un grand amour est voulu par le destin. Mais il s'accompagne toujours d'une épreuve proportionnelle à sa force, et au bonheur qu'il promet. Si tu échoues dans cette épreuve, tu nies ce que le destin a jugé bon de te réserver. En revanche, si tu gardes confiance et que tu crois que ce qui doit être sera, tu affronteras l'épreuve et tu en seras récompensée.

Alexandra prit une inspiration tremblante. De toutes ses forces, elle intimait à Aiden de passer la porte, ses yeux verts brillant d'amour et de dévotion, et de la détermination à trouver un moyen pour qu'ils soient ensemble.

— Le choix t'appartient, Alexandra, l'admonesta Preeya, qui la prit par le menton pour l'obliger à la regarder. Tu peux souhaiter mourir, et c'est morte qu'Aiden te trouvera quand il reviendra. Tu peux aussi sécher tes larmes, croire en l'amour éternel et considérer que l'espoir n'est jamais perdu.

— Nous partons demain matin, répliqua-t-elle, incapable de retenir ses larmes et de se montrer résolue. Est-ce que je dois espérer un miracle d'ici là ?

— Kedar a cherché ta mère pendant dix ans. Et ta mère a attendu dix années avant de retrouver les bras de l'homme qu'elle aimait. Leur fille n'aurait pas hérité de leur force, de leur foi, de leur courage ?

Dix années de séparation, de tristesse, puis dix années à cacher leur amour, était-ce là une récompense ?

— Non, répondit-elle en détournant la tête. Je veux que ma vie soit plus que cela, et je le veux maintenant. Je veux vivre avec Aiden et être la mère de ses enfants.

— Aiden te trouvera où que tu sois. Peu importe le temps que cela prendra.

Une certitude terrifiante lui enserrait inexorablement le cœur. Elle ne vivrait jamais avec Aiden. Il n'y aurait ni maison ni enfants. Elle avait beau le vouloir désespérément, rien ne changerait Aiden.

Elle essuya ses larmes du revers de la main et se força à inspirer profondément.

— Il est parti de son plein gré, Preeya, déclara-t-elle en relevant le menton. Sarad lui a donné son congé et il est parti. Il ne va pas faire demi-tour et revenir me chercher.

Preeya soupira et secoua la tête.

— Rares sont les hommes à y voir clair au premier coup d'œil. Donne à ton Aiden le droit de tituber dans les ténèbres. Il finira par découvrir ce qu'il cherche. Ce n'est pas seulement en l'amour que tu dois avoir confiance, mais aussi en celui que tu aimes. S'il n'en était pas digne, tu ne lui aurais pas fait le don précieux de ton cœur.

— Il ignore que je le lui ai fait. Je ne lui ai jamais avoué que je l'aimais.

Laissant échapper un grognement bien peu féminin, Preeya se leva et se dirigea vers la porte. Elle l'avait presque atteinte quand elle pivota.

— Tu crois vraiment que l'amour n'existe que lorsqu'on le met en mots ? demanda-t-elle d'un ton affectueux mais ferme. Qu'il ne l'a pas vu dans tes yeux ou senti dans tes caresses ? Qu'il ne l'a pas entendu dans ta voix quand tu murmurais son nom et que tendais la main vers lui dans l'obscurité ?

Pour le bien d'Aiden, Alexandra espérait qu'il n'en était rien. Car quelques regrets qu'il puisse éprouver, ceux-ci seraient encore plus profonds s'il savait qu'il lui avait brisé le cœur.

— Aie confiance, l'exhorta Preeya en passant la porte. Il faut que tu aies confiance.

Alexandra ferma les yeux, consciente qu'aux battements douloureux de son cœur faisaient écho les coups de marteau des hommes de Sarad. Froidement, méthodiquement, ils enfermaient dans des caisses tout ce qui avait constitué son univers. Quand le jour se lèverait, il serait tout entier contenu dans la cale d'un navire en partance pour l'Inde. *L'Éléphant bleu* aurait cessé d'exister ; la vie, l'espoir, les promesses et le bonheur enclos dans ses murs glisseraient pour toujours dans le passé.

Aiden s'adossa à la chaise, les jambes étendues sous la table, les bras croisés sur la poitrine. Devant lui se trouvaient trois objets : un coffret en or garni de velours blanc et rempli de pierres précieuses admirablement taillées, une bouteille du meilleur cognac de Carden et un verre vide.

Le coffret était magnifique. Les pierres étaient dignes d'un roi, ou d'une princesse, le cas échéant. Mais c'est sur le cognac que se concentraient depuis deux heures son attention et ses pensées. Depuis, en fait, le moment où il était entré dans la maison avec la ferme intention de s'enivrer à mort.

Après avoir été chercher la bouteille et le verre dans le bureau, il avait gagné la salle à manger où Sawyer avait laissé brûler une lampe. Il s'était assis sur une chaise et n'en avait plus bougé depuis. Durant tout ce temps, son esprit avait vagabondé d'un souvenir à l'autre et il s'était surpris tantôt à sourire, tantôt à rire, tantôt à vouloir noyer son chagrin dans le cognac.

Mais il avait été incapable de tendre la main pour s'emparer de la bouteille. Il se contentait de rester assis là, à la regarder. Ce qui, s'avoua-t-il avec un soupir, était absolument pathétique.

Apparemment, et bien malgré lui, il ne voulait pas boire. Pourtant, il était bien placé pour savoir à quel point l'abus d'alcool procurait un oubli bienfaisant. Si seulement il savait pourquoi il refusait de fuir et d'oublier ! La réponse à cette question cruciale n'avait cessé de lui échapper au cours de la dernière heure. Même si le verbe « échapper » n'était pas pertinent, car cela suggérait que la réponse existait mais qu'il ne pouvait s'en saisir. Or, rien ne l'autorisait à penser qu'elle existait. Ce dont il était sûr, en revanche, c'était qu'elle ne l'attendait pas au fond d'un verre bien tassé.

— Si tu tends la main vers cette bouteille, je te brise les doigts, fit une voix familière.

Aiden releva la tête. Barrett s'avançait vers la table, preuve que si l'on ne fermait pas la porte derrière soi, une mauvaise rencontre était toujours possible.

— Qu'est-ce que tu fais là ? demanda-t-il sans se soucier d'être poli.

Barrett se débarrassa de son manteau et le laissa tomber sur le dossier d'une chaise.

— Je suis passé te voir à *L'Éléphant bleu*, où l'on m'a informé, assez succinctement, de ton départ. Comme je craignais que tu ne fasses un truc idiot, je me suis arrêté ici avant de rentrer chez moi. Suis-je arrivé à peu près à temps ?

— En vérité, ça fait un bon moment que je suis assis ici, à me demander pourquoi j'ai passé un an de ma vie à boire pour oublier. Regarde cette bouteille. C'est du bon cognac. Tout ce que j'ai à faire, c'est de tendre la main. Et Dieu sait que je souffre ! Mais je ne veux pas noyer mon chagrin. Je ne suis même pas tenté de me verser un verre. Comment expliquer ça, Barrett ?

— Peut-être qu'étant plus âgé d'un an, tu es plus sage.

Aiden se contenta de ricaner.

Après l'avoir observé un long moment, sourcils froncés, lèvres pincées, Barrett finit par lui demander tranquillement :

— Jusqu'à quel point puis-je me montrer franc ?

— Je ne peux pas souffrir davantage, alors vas-y.

— Très bien, fit Barrett en s'adossant au buffet, les bras croisés. Je n'ai jamais rencontré ta Mary Alice. Parle-moi d'elle.

Mary Alice ? Il savait ce qu'elle avait eu à voir avec son désir de boire jusqu'à l'anéantissement, mais quel rapport avec Alexandra ? Il renonça néanmoins à demander des explications. Au fond, quelle importance ? Il était trop fatigué pour essayer de comprendre quoi que ce soit.

— Que veux-tu savoir ?

— Je ne sais pas, répondit Barrett. À quoi ressemblait-elle ?

Aiden s'en souvenait avec une clarté douloureuse. Ils s'étaient rencontrés lors d'une soirée, et elle se cachait derrière une rangée de palmiers en pot.

— Elle était petite, blonde, les yeux bleus... Fragile et délicate... Elle s'habillait toujours en rose.

— Qu'est-ce qui t'a attiré chez elle ?

Aiden fronça les sourcils. Il s'était retrouvé à côté d'elle en essayant d'éviter son ancienne maîtresse, Rose. Ils avaient commencé à parler et... Du diable s'il parvenait à se souvenir de quoi, cependant !

— Tu ne te le rappelles pas ?

— Non, avoua-t-il, mécontent de lui-même et irrité par l'insistance de Barrett. Consommer d'énormes doses d'alcool a tendance à te brouiller l'esprit et à en effacer certaines choses. D'où l'intérêt de la boisson.

L'horloge sonna 3 heures. Barrett attendit que l'écho du troisième coup se fût évanoui pour demander :

— Te faisait-elle rire ?

Aiden ne lui répondit que parce qu'il avait hâte d'en finir.

— Involontairement, avoua-t-il d'un ton las. Elle était timide et plutôt sérieuse.

— Tu sais, nous nous sommes toujours demandé, Carden et moi... Pourquoi ne nous as-tu jamais présenté Mary Alice ? Pourquoi ne lui as-tu pas fait rencontrer Seraphina ?

— Parce que... parce qu'elle n'aurait pas fait le poids face à vous, répondit-il, renonçant à mentir. Je pensais qu'elle serait embarrassée, gênée, et que vous en déduiriez qu'elle n'était qu'une gamine écervelée. Je savais que Seraphina l'intimiderait ; pas volontairement, bien sûr. Simplement, Mary Alice n'avait pas la même assurance qu'elle.

— Était-elle bonne amante ?

Poussant un grognement, Aiden s'adossa à sa chaise et fixa les yeux au plafond. À quoi bon toutes ces questions ?

— Elle est morte, Aiden, reprit Barrett. Tu n'as pas à ménager sa réputation.

— Je n'en ai aucune idée, admit-il avec un soupir, les yeux toujours au plafond. Je n'ai jamais fait l'amour avec elle.

— Vraiment ? demanda Barrett, avec une ironie qui prouvait qu'il l'avait toujours su. Pourquoi ?

— Je voulais l'épouser.

Une réponse superficielle, il le savait. Mais il était soudain fatigué de se remémorer le passé, d'autant que ce qu'il en voyait le mettait mal à l'aise.

— Et alors ? insista son ami. Quel est le rapport ? La plupart des hommes veulent faire l'amour avec leur femme. Au cas où tu ne l'aurais pas remarqué, la plupart d'entre eux n'attendent pas une bénédiction officielle. Pourquoi t'être abstenu ?

— Elle me l'a demandé, et j'ai respecté son souhait. Je la respectais.

— Pourquoi ?

— Tonnerre, Barrett ! s'écria-t-il, exaspéré. Je ne pouvais pas profiter d'elle. Elle était jeune, innocente, fragile ; elle avait le mal du pays et...

— ... elle avait besoin de toi.

— Oui.

— Alors, tu as pris soin d'elle. C'était une demoiselle en détresse, et tu t'es joyeusement précipité pour jouer le chevalier héroïque.

Une étincelle d'indignation s'alluma au plus profond de lui-même. Il quitta le plafond des yeux pour croiser le regard de Barrett.

— À t'entendre, c'était superficiel. Or, ça ne l'était pas.

Barrett s'approcha de la table, posa les paumes à plat sur le plateau et se pencha vers lui.

— Permets-moi de ne pas être d'accord, John Aiden, déclara-t-il avec fermeté. Je suis désolé de me montrer aussi direct, mais il serait temps que tu regardes la vérité en face : tu n'étais pas amoureux de Mary Alice. Tu l'aimais *bien*, certainement.

« Non ! fit-il en levant la main pour prévenir toute objection. Tu ne l'aimais pas. Ce que tu aimais, c'était d'être son héros. Voilà pourquoi tu as regardé dans ses yeux bleus pleins de larmes et lui as promis de forcer le blocus pour la ramener à Charleston. Si tu l'avais aimée, tu n'aurais jamais envisagé de faire une chose pareille. Tu l'aurais incitée à rester en Angleterre, où elle était en sécurité.

Aiden eut soudain l'impression que son cœur se transformait en plomb. Il se remémorait parfaitement la scène dans le salon de ses parents, l'expression angoissée de sa mère, celle, furieuse, de son père. Il entendait encore les paroles de ce dernier, et celles-ci le transperçaient.

— Et je devine, continua Barrett, que ton père t'a dit à peu près la même chose quand il est parvenu à te rapatrier à Saint-Kitts.

— Il m'en a même dit beaucoup plus, reconnut Aiden en se passant la main dans les cheveux.

— Je devine aussi qu'au cours de cette conversation, le brouillard qui t'obscurcissait l'esprit s'est levé, et que tu as soudain compris ce que tu avais fait et pourquoi. Et plutôt que d'affronter le remords d'avoir joué les héros au lieu de te comporter en capitaine de bateau raisonnable, tu t'es réfugié dans la boisson. Il était hors de question que tu acceptes de bonne grâce d'être humain et d'avoir agi stupidement.

La tête baissée, Aiden fixait la table sans la voir. À croire que Barrett avait assisté à la scène. Grâce à la boisson, il avait effectivement réussi à tout oublier. Jusqu'à cet instant.

— John Aiden, reprit Barrett avec un soupir, *tous* les hommes de vingt-quatre ans font des choses stupides. C'est la bête qui veut ça.

— Toi aussi ?

— Et comment ! Tu n'es qu'un amateur, à côté.

Sans savoir vraiment pourquoi, le fait de savoir que Barrett n'était pas différent contribua à alléger l'horrible poids qui lui pesait sur les épaules. Son soulagement fut tel qu'il ne put s'empêcher d'émettre un rire étranglé.

— Est-ce que tu as passé une année à boire comme un trou ?

— Non, répondit Barrett avec un sourire chagrin. Je me suis engagé dans l'armée en espérant rencontrer une balle.

— De toute évidence, tu as échoué.

— Je t'assure que ce n'est pas faute d'avoir essayé. Si je suis encore en vie, c'est grâce au temps, à la chance et à l'amitié de Carden Reeves.

Barrett avait réussi à affronter et à dominer ses démons. Aiden soupira avant de se reporter mentalement à cette période de sa propre vie. Cette fois, cependant, il ne la voyait pas à travers le voile noir du regret ou du désespoir. Barrett avait raison, tout comme son père avait eu raison, un an auparavant. Il n'avait pas tant voulu aimer ou épouser Mary Alice que d'être son héros superbe et téméraire. Il avait lamentablement échoué. Le fait était indéniable, irrévocable, mais il appartenait au passé. En l'acceptant, il permettait à ses souvenirs de reposer en paix.

— Je ne peux défaire ce qui a été fait, déclara-t-il, même si je passe ma vie à le regretter. Je n'ai d'autre choix que de l'accepter et de vivre, ou de me coucher et de mourir. Et j'ai découvert que vivre, même avec des regrets, était préférable.

Barrett expira avec force.

— Ceux d'entre nous qui ont réussi à se survivre à eux-mêmes parviennent en général à ce genre de conclusion, observa-t-il avec un large sourire en retournant s'adosser au buffet. Je suis heureux de constater que tu y es arrivé sain et sauf. Comment t'y es-tu pris ?

— Je le dois au temps, à la chance et à l'amitié de Barrett Stanbridge, répondit Aiden avec un petit rire. Tu m'as forcé à vivre, et je te remercie.

— La seule chose que j'ai faite, c'est d'accepter la requête de ton père et de t'empêcher de boire. Si tu as une dette envers quelqu'un, c'est envers Alexandra Radford. C'est grâce à elle que tu as *voulu* vivre de nouveau.

— Certes, acquiesça Aiden, dont la poitrine se contracta douloureusement. Mais c'est toi qui m'as piégé en sachant pertinemment que je remarquerais sa beauté et que je m'emploierais à la séduire. Tu l'as utilisée de manière éhontée pour me sauver.

— Je le reconnais. Ce n'est pas à mon honneur mais, après quatre semaines à essayer de te faire entendre raison, j'étais désespéré. Et tu dois admettre que, finalement, ça a marché. Tu as de nouveau la tête à peu près sur les épaules.

« Oh, oui », songea Aiden, moqueur. Il avait à peu près recouvré ses esprits et ne pouvait donc se plaindre. Malheureusement, il avait l'impression que le reste de sa personne était meurtri et en lambeaux.

— C'est uniquement parce que tu le vois de l'extérieur, grommela-t-il en fixant de nouveau le regard sur la bouteille de cognac.

— Je n'imaginais pas que tu lui donnerais ton cœur, avoua Barrett. J'étais vraiment persuadé que tu t'étais suffisamment brûlé les ailes pour garder tes distances.

— Apparemment, jouer les héros une fois ne m'a pas suffi, répliqua Aiden avec un petit rire ironique. Mais au moins, les choses ont mieux tourné cette fois. Je vais devoir me procurer un destrier blanc. Peut-être même faire imprimer des cartes de visite professionnelles.

Barrett se frotta la mâchoire, soupira, puis risqua :

— Juste par curiosité… est-ce qu'Alexandra te fait rire ?

— Tout le temps, répondit Aiden, qui ne put réprimer un sourire. Non pas qu'elle plaisante ou qu'elle raconte des histoires amusantes. C'est juste qu'elle a une façon tellement inattendue et personnelle d'envisager la vie. Je ne peux pas te l'expliquer autrement. C'est elle, tout simplement. Alexandra est Alexandra, et c'est délicieux.

— Selon toi, qu'est-ce qui t'a atttiré en elle ? demanda Barrett après quelques instants de réflexion.

— Tout, répondit Aiden instantanément. Elle est indépendante et forte, mais elle sait aussi quand et comment céder. C'est une survivante et…

Il s'interrompit, secoua la tête, puis se tourna sur sa chaise de manière à faire face à Barrett.

— Non, ce n'est pas exactement ça, corrigea-t-il. Tu vois, Alexandra *sait* qu'elle survivra quoi qu'il arrive, si bien que rien ne l'effraie vraiment. Elle accepte ce qui advient, s'adapte et poursuit sa route avec une grâce et une sérénité extraordinaires.

« Elle n'est pas passive, cependant, se dépêcha-t-il d'ajouter, de crainte que Barrett n'ait une opinion erronée. Ni faussement réservée. Je n'ai jamais connu de femme aussi honnête et naturelle. Tu n'imagines pas la différence que cela fait ! Prends le flirt, par exemple :

la plupart des femmes battent des cils et disent des choses que tu ne sais pas comment interpréter. Elles t'obligent à endosser le rôle du chasseur et à prendre tous les risques. Alors qu'Alexandra... Tu me croiras si tu veux, Barrett, mais il lui suffit de sourire – de *sourire*, tu m'entends ? – pour que tes orteils se recroquevillent dans tes bottes et que tu en oublies de respirer. Et le pire, c'est que tu t'en moques complètement.

S'efforçant de toute évidence de réprimer un sourire, Barrett hocha la tête.

— J'en déduis qu'elle est une amante intéressante.

— Oh, doux Jésus ! souffla Aiden, submergé par un flot de souvenirs et d'inoubliables sensations.

Il la revoyait à la lueur des bougies, sa peau de satin, sa chevelure luxuriante, l'éclat passionné de son regard. Il se rappelait cette extraordinaire satisfaction qu'il avait éprouvée à ne faire qu'un avec elle, à s'abandonner au plaisir inimaginable, indescriptible qu'elle lui avait offert.

— Tonnerre, gémit-il, conscient que même s'il vivait mille ans, il ne rencontrerait jamais une femme comparable à son Alexandra, si belle, si ardente, si généreuse. Tu sais ce qui la rend tellement unique ? murmura-t-il, le cœur serré.

— Quoi donc ?

— Elle aime sans condition. Il n'y a ni contraintes ni piège caché. Elle s'offre tout entière, cœur et âme, et ne demande rien en retour. Absolument rien. As-tu idée de l'effet que cela fait ?

Barrett secoua la tête.

— Je n'ai jamais eu cette chance extraordinaire.

Quand il pensait à l'avenir, Aiden savait que, chaque fois qu'il coucherait avec une femme, il fermerait les yeux et prétendrait qu'il s'agissait d'Alexandra. Chaque matin, quand il s'éveillerait, il tendrait la main, croyant la toucher. Chaque soir, à l'heure de regagner son lit, il s'attendrait à l'y trouver. Cent fois par jour, il dresserait l'oreille pour entendre sa voix, son rire. Mais cela n'arriverait pas. Jamais. Alexandra était partie sans qu'il esquisse un geste pour la retenir.

Le vide de son cœur se creusa au point d'atteindre son âme, balayant toutes les dénégations et les faux-semblants. La vérité lui apparut alors, nue, évidente, irréfutable.

Aiden plongea le regard dans celui de son ami.

— Je l'aime, Barrett. *Elle*, je l'aime.

— Je sais. Je t'ai observé au cours de ces dernières semaines. Je viens de t'écouter vider ton cœur en espérant de toutes mes forces que tu finirais par t'en apercevoir. Cela ne fait aucun doute pour moi, John Aiden ; tu as trouvé le grand amour de ta vie. La question qui se pose, à présent, c'est : que vas-tu faire ?

Le cœur battant à tout rompre, Aiden détourna les yeux. Sa décision était déjà prise.

Barrett s'empara de la bouteille, remplit le verre puis le poussa vers lui.

— Si tu ne tentes pas de la rattraper, autant replonger là-dedans. Parce que tu ne seras plus jamais aussi vivant et aussi heureux que quand tu étais avec Alexandra. Une chance pareille ne se présente pas deux fois dans la vie d'un homme.

— C'est tout à fait vrai, acquiesça Aiden en attrapant le verre pour en avaler le contenu d'une traite.

— Bon sang, John Aiden ! s'emporta Barrett. La leçon ne t'a donc pas servi ?

Aiden reposa le verre d'un geste brusque, puis se leva et se dirigea vers la porte.

— Nous parlerons plus tard, lança-t-il par-dessus son épaule. Beaucoup plus tard.

— Où diable vas-tu ?

— M'acheter un grand destrier blanc, jeta-t-il sans se retourner, tandis que la liqueur brûlante anesthésiait la crainte qui lui tordait l'estomac. Et ça ne va pas être une partie de plaisir, au beau milieu de la nuit !

La bouteille de cognac s'écrasa contre le chambranle, juste devant lui. Sans y prêter attention, Aiden franchit le seuil.

21

Alexandra remontait le quai qui, en dépit de l'heure matinale, bruissait d'activité. Flanqué et suivi de ses gardes du corps, Sarad menait la procession vers le navire richement décoré, amarré non loin. Derrière lui, dans la litière royale au baldaquin festonné de couleurs vives, venait Vadeen, resplendissant dans le nouvel habit qui dissimulait ses bandages. Trottinant à son côté, Mohan s'entretenait avec lui. Il avait échangé son costume anglais contre une riche soie d'un pourpre princier. Preeya arrivait juste après, drapée dans un nouveau sari brodé d'or, et accompagnée par le très digne et très souriant Sawyer, qui portait son sac, son ombrelle ainsi que le panier des chats.

Loin derrière eux, Alexandra luttait pour ne pas assombrir la bonne humeur générale. Elle repoussait à grands coups de pied sa longue jupe de voyage, déterminée à ne pas regarder par-dessus son épaule. Ce n'était pas parce qu'elle souhaitait revoir Aiden qu'il se matérialiserait à son côté. Le chercher des yeux ne servait qu'à accroître son chagrin. Elle devait impérativement concentrer son attention sur le navire et la passerelle qui permettait d'y accéder.

« Regarde devant toi, pas derrière », s'intima-t-elle de peur de succomber à une nouvelle crise de larmes. Sarad avait atteint la passerelle et parlait avec un homme qui devait être le capitaine. Ses gardes se tenaient un peu en retrait, mais suffisamment près pour protéger n'importe quel membre de la suite royale si besoin était. Sauf elle, remarqua Alexandra. Elle était trop éloignée pour qu'ils puissent intervenir. Ils discutaient entre eux en lui lançant des regards peu amènes. Sans doute critiquaient-ils son goût pour les vêtements occidentaux et sa tendance à lambiner. À en juger par leurs sourcils froncés, ils n'appréciaient ni l'un ni l'autre chez une princesse.

L'espace d'une seconde, elle envisagea de presser le pas pour les satisfaire, puis y renonça. C'étaient ses derniers instants sur le sol britannique, et personne ne l'obligerait à les abréger. Son statut de princesse donnait à Sarad, et à lui seul, le pouvoir de lui faire des reproches. En outre, plus elle tardait, plus grandes étaient les chances de…

Non. Traîner des pieds pour retarder le plus possible son départ équivalait à regarder par-dessus son épaule. Si cela devait être, cela serait. Qu'elle marche vite ou lentement ne changerait pas sa destinée. Soit Aiden viendrait, soit il ne viendrait pas.

Ayant rejoint sa famille, elle s'immobilisa. Le bateau se balançait doucement, et le léger clapotement de l'eau contre sa coque offrait un contraste reposant avec l'agitation qui régnait sur le quai. Alexandra ferma les yeux, espérant que ce doux murmure atténuerait la douleur insupportable de son âme.

Un appel bref lancé par Vadeen en hindi la fit sursauter. Elle rouvrit aussitôt les yeux et nota la tension qui s'était emparée des gardes du corps. Suivant la direction de leurs regards, elle se retourna pour voir ce qui les avait alarmés.

Aiden! Son cœur se mit à chanter. Son Aiden au regard malicieux et aux cheveux en bataille galopait vers elle, la mâchoire serrée. Il n'existait pas d'homme plus séduisant sur terre, pas d'homme susceptible de revendiquer son cœur comme lui l'était.

C'est alors qu'elle s'aperçut qu'il ne montait pas son propre cheval, mais un grand palefroi blanc qu'elle n'avait jamais vu. Tous les regards étaient rivés sur lui, offrant un curieux mélange de joie et d'appréhension, nota-t-elle. Arrivé devant elle, Aiden se laissa glisser de sa monture.

Espérer qu'il était venu pour autre chose que pour un banal adieu relevait de la folie. Ne supportant pas de rester dans l'ignorance, elle prit les devants.

— Je suis contente que vous soyez venu dire au revoir, Aiden.

Le regard sombre, les lèvres serrées par la détermination, il secoua lentement la tête.

— Ne montez pas sur ce bateau, Alexandra, dit-il d'une voix posée. Je vous en prie.

L'espoir fit palpiter son cœur, mais, connaissant Aiden, ses démons et les limites de ce qu'il avait à offrir, elle s'adjura au calme.

— J'ai des responsa… commença-t-elle en s'efforçant de sourire.

— Si quelqu'un connaît le prix du devoir et la valeur de l'amour, c'est Kedar, coupa-t-il. Il comprendra que vous choisissiez l'amour, Alexandra.

Elle sentit ses genoux fléchir tandis qu'un espoir fou la submergeait.

— Je ne veux pas être seule, avoua-t-elle, tremblant comme une feuille. Je ne veux pas passer ma vie à attendre votre retour, et à prier pour que rien ne vous soit arrivé. Je ne peux vivre ainsi, Aiden.

— Alors, je ne partirai pas.

— C'est votre travail, et l'activité que pratique votre famille. Vous êtes un marin, vous êtes donc obligé de partir.

— Dans ce cas, vous m'accompagnerez, répliqua-t-il sans hésiter. Nous pouvons établir une liaison régulière entre l'Inde et Londres. Je m'occuperai de la partie navigation, et vous de la partie commerciale. Et chaque fois que vous en aurez envie, je vous promets de vous emmener voir Preeya et Mohan. Dites oui, je vous en prie, Alexandra.

Il ne s'agissait pas d'une déclaration d'amour, ni de promesses éternelles. Mais Aiden lui offrait une vie en commun. Avec le temps, il en viendrait peut-être à l'aimer, et cela lui suffisait.

C'est alors que, haussant les sourcils, il détourna le regard en demandant :

— Qu'a dit Vadeen ?

Arrachée à ses pensées, Alexandra cligna des yeux. Elle n'avait même pas entendu Vadeen parler.

— J'ai dit, répondit ce dernier avec un large sourire, que j'étais désespéré mais que je ne le suis plus. À force de tourner et de tourner à la manière anglaise, Aiden, vous êtes presque arrivé à demander la princesse Alexandra en mariage. Je vous supplie d'avoir pitié de nous tous et de cesser de tourner.

Un immense sourire éclaira le visage d'Aiden. Le cœur d'Alexandra bondit dans sa poitrine, et c'est avec une joie mêlée de certitude qu'elle le vit poser de nouveau les yeux sur elle.

— Alexandra est princesse, intervint Mohan. La permission de se marier doit venir de notre père, le rajah.

Le sourire d'Aiden s'évanouit. Il haussa les épaules.

— Très bien. Si c'est ainsi que cela doit être, c'est ainsi que cela sera.

Alexandra en resta bouche bée. Mais déjà, il se dirigeait vers son oncle.

— Je sollicite une place sur votre bateau, Votre Honneur. Je paierai le prix qu'il faudra. Mon intention est de me rendre chez Kedar afin de de lui demander officiellement la main de sa fille, la princesse Alexandra.

Il ne le lui avait encore pas demandé, à elle ! Elle n'avait pas accepté d'être sa femme. Non pas qu'elle eût la moindre intention de refuser. Mais que leur union soit conclue sans même lui demander son consentement...

— Mon frère s'attendra à recevoir une dot en échange de sa fille, répliqua Sarad en croisant les bras. À moins que vous n'ayez quelque chose de grande valeur à offrir, il est inutile de faire le voyage.

— Que voudra-t-il ? Je le lui donnerai.

Il valait mieux que ce soit un cheval blanc car, autant qu'Alexandra pouvait en juger, c'était la seule chose de valeur qu'il avait avec lui sur le quai. Et s'il s'imaginait qu'elle allait embarquer et attendre qu'il arrive par le bateau suivant...

— C'est difficile à dire, répondit son oncle d'un air songeur. Elle occupe une place à part dans son cœur, et il y aura de nombreux prétendants prêts à offrir de grandes richesses pour elle.

Aiden se hérissa. Elle le devina à sa manière de carrer les épaules.

— Alors, nous irons voir Kedar, déclara-t-il d'un ton froid. Il nous dira ce qu'il veut et j'enverrai quelqu'un le chercher.

— Je pense qu'il vaudrait mieux que vous attendiez de...

— Excusez-moi, messieurs, intervint Alexandra en se joignant à eux, mais je n'ai pas disparu. Je suis ici même et je n'ai pas l'intention d'être tenue à l'écart de cette discussion.

Sans laisser à l'un ou à l'autre le temps de protester ou de lui présenter des excuses, elle posa la main sur le torse d'Aiden et le força à reculer. Ce ne fut que quand elle le jugea suffisamment éloigné de son oncle qu'elle le saisit par les revers de sa veste.

— John Aiden?

Ses yeux rieurs étincelaient ; il lui adressa un sourire éclatant.

— Vous ne m'appelez jamais John Aiden.

La colère d'Alexandra s'évapora en un instant. Dieu, qu'elle l'aimait ! Comment envisager un instant de vivre sans lui ?

— Parce que je suis rarement en colère contre vous, expliqua-t-elle avec un petit rire.

Elle était sienne ; l'amour de sa vie. Elle l'avait toujours été, et le serait toujours. Aiden le savait au plus profond de son cœur. Glissant les bras autour de sa taille, il l'attira à lui.

— Vous êtes incroyablement belle, lui chuchota-t-il à l'oreille. Chaque fois que je vous regarde, j'en ai le souffle coupé. Alexandra, vous êtes tout pour moi : mon bonheur, mon cœur, ma vie. Je ne peux vivre sans vous. Je vous aime.

Il effleura ses lèvres d'un baiser, avant de se redresser pour ajouter d'un ton solennel :

— Alexandra, voulez-vous être ma femme ?

Nouant les mains sur sa nuque, elle arqua les sourcils.

— Vous rappelez-vous votre vœu de n'être jamais heureux ?

Il avait été un tel idiot, et pendant si longtemps ! Dieu seul savait pourquoi Alexandra avait fait preuve d'une telle patience avec lui, mais, quoi qu'il arrive, il lui en serait toujours éperdument reconnaissant.

— Parfois, ce que vous n'attendez plus arrive, au moment où vous vous y attendez le moins, et c'est un cadeau si magnifique qu'il change complètement votre manière de voir le monde. Ce vœu, je l'ai renié. En vous aimant, j'ai compris que je l'avais fait pour de mauvaises raisons.

— Renierez-vous un jour vos vœux de mariage ?

— Jamais, jura-t-il. Je les ferai pour de bonnes raisons. Je me tiendrai devant Dieu et je promettrai de les considérer comme sacrés. Il n'y aura jamais d'autre femme, Alexandra. Je n'aimerai que vous pour l'éternité. Je vous en prie, restez. Dites-moi que vous m'aimez.

Une joie indescriptible l'envahit.

— Ce qui doit advenir adviendra, Aiden. Nous ne pouvons savoir à l'avance ce que ce sera. Ce que je sais, en revanche, c'est que je vous aime, et que mon destin est d'affronter l'existence à vos côtés. Oui, Aiden, je veux être votre femme.

— Merci, murmura-t-il avant de s'emparer de ses lèvres avec une tendresse qui la bouleversa.

Ce ne fut que lorsque les flammes de la passion jaillirent qu'il s'écarta. Affichant un grand sourire, il se racla la gorge et demanda :

— Que faisons-nous à présent, mon cœur ? Allons-nous en Inde demander la bénédiction de votre père ?

Alexandra secoua la tête.

— Kedar sait que l'amour est une bénédiction. Nous allons souhaiter aux autres un bon voyage.

Main dans la main, ils rejoignirent le petit groupe. Sarad étant le seul à ne pas arborer un air satisfait, Alexandra s'adressa à lui en premier.

— Je vous prie de dire à mon père que j'ai choisi l'amour, et que je lui présenterai mon mari avant qu'une année se soit écoulée.

Il laissa échapper un grommellement, mais un coin de sa bouche se releva.

— Kedar sera déçu. Mais il comprendra ton choix mieux que quiconque. Respecte ta promesse, car ton père tiendra le compte des jours.

Alexandra hocha la tête avant de se tourner vers Mohan.

— Je serai toujours ta sœur, assura-t-elle en lui lissant les cheveux. Si tu as besoin de moi, je serai là. Je veillerai sur toi et je te rappellerai, le moment venu, de te montrer un rajah bon et honorable. Et je prierai pour que tu connaisses un jour un amour aussi parfait que moi.

— Je suis heureux pour toi, Alexandra.

— Merci, petit frère, murmura-t-elle en se baissant pour l'embrasser.

— Je te verrai dans un an ? demanda-t-il, la voix soudain chevrotante.

— Peut-être même une ou deux fois d'ici là, intervint Aiden en ébouriffant les cheveux qu'Alexandra venait juste d'aplatir.

Le garçon se mit à rire et Alexandra se détourna pour affronter l'épreuve la plus douloureuse.

— Merci, Preeya, souffla-t-elle, les larmes aux yeux, en prenant ses mains dans les siennes. Merci d'avoir veillé sur moi et gardé mes secrets, de m'avoir fait profiter de ta sagesse et permis d'être forte quand je doutais de moi. Si Brahma veut bien me donner des enfants, je demanderai à Aiden de me ramener auprès de toi afin que tu les mettes au monde.

— Pas de larmes à l'heure de la séparation, mon Alexandra, la gronda Preeya avec un sourire tendre. Tu as bien choisi. Aiden est un homme bon et fort. Vous aurez de nombreux enfants et tu seras souvent en Inde. Ton père sera content de serrer ses petits-enfants dans ses bras. Je te reverrai avant que l'année soit écoulée. Et je serai prête à t'accueillir.

Alexandra l'étreignit avec force et l'embrassa. Elle répugnait à la lâcher avant d'avoir réussi à refouler ses larmes. Au bout d'un moment, cependant, elle y renonça. Avec un sourire triste, elle s'essuya vivement les yeux, puis s'écarta pour se tourner vers l'homme debout à côté de Preeya.

— Au moins, nous n'avons pas à nous dire au revoir, Sawyer. Je regretterai néanmoins de ne plus vous avoir à la maison. J'ai beaucoup apprécié votre compagnie.

Le majordome s'éclaircit la voix.

— Je vous remercie, mademoiselle Radford. Je suis sûr que nos chemins se croiseront bientôt. Notamment quand M. Terrell et vous vous rendrez en Inde.

— Ai-je bien entendu ? s'exclama Aiden. Vous serez en Inde pour nous y accueillir ?

De nouveau, Sawyer toussota.

— Vous avez bien entendu, monsieur. Quand lord Reeves sera rentré, j'ai l'intention de lui demander mon congé afin d'aller rejoindre Preeya sans attendre.

Abasourdie, Alexandra les regarda tour à tour.

— Mais, comment… ?

— On m'a demandé de traduire une conversation, se hâta d'expliquer Mohan. Je t'assure que je n'ai rien appris d'inconvenant et que j'ai été fort déçu.

— Carden va me tuer, gloussa Aiden. Toutes mes félicitations, ajouta-t-il en tendant la main à Sawyer. La question de ma mort imminente mise à part, je vous souhaite sincèrement beaucoup de bonheur à tous les deux.

— Je vous remercie, monsieur.

Aiden enlaça Preeya et planta un baiser sur sa joue.

— Aiden dit qu'il est très heureux pour vous deux, traduisit Alexandra, alors que Preeya rougissait. Tu es très adroite pour garder les secrets, continua-t-elle en l'embrassant à son tour. Je n'avais rien deviné. Mais je suis ravie de cette surprise, et très contente pour toi.

— Ma destinée a pris un chemin moins tortueux que la tienne, mais je suis tout aussi comblée. À présent, déclara Preeya en souriant, il est temps de partir avec ton Aiden et d'être heureuse. Je te verrai bientôt, mon Alexandra.

Oui, chaque chose venait en son temps, et le moment était venu de s'en aller. Reculant de quelques pas, elle les embrassa tous du regard et leur adressa à chacun un sourire.

— Prête ? s'enquit Aiden.

Elle hocha la tête, et il lui prit la main pour l'entraîner jusqu'à son cheval. Il grimpa en selle, puis se pencha vers elle et demanda avec un sourire :

— Voulez-vous que je vous enlève, princesse ?

Elle se souvint de leur conversation et se mit à rire, comprenant soudain le pourquoi du destrier blanc. Grâce à lui, son rêve de jeune fille romantique s'était réalisé.

— Il y a déjà quelque temps que c'est fait, mon beau prince.

— Et je n'ai pas l'intention de vous lâcher. Jamais, promit-il. Tournez-vous, mon cœur, que je vous soulève.

Après l'avoir assise devant lui en amazone, Aiden referma son bras libre autour de sa taille. Alexandra l'enlaça et se blottit contre lui, la tête nichée au creux de son épaule. Il déposa un baiser sur ses cheveux et murmura :

— Y a-t-il sur le bateau des choses dont vous ayez besoin ?

— Non, répondit-elle en se serrant davantage contre lui avec un petit soupir d'aise. J'avais ordonné qu'on ressorte ce qui avait été mis dans les caisses. Je me suis contentée de fermer la porte de *L'Éléphant bleu* en laissant tout là-bas.

— Pourquoi ? s'étonna-t-il en mettant son cheval au pas.

— Au fond de mon cœur, je savais que vous viendriez me chercher, et que je ne partirais pas. C'était un acte de foi.

— Vous me connaissez mieux que je ne me connais moi-même.

— N'est-ce pas ainsi que cela devrait être ? dit-elle avec un petit rire.

— Si.

Elle releva un peu la tête, juste assez pour croiser son regard.

— Je vous aime, Aiden. De tout mon être.

— Je sais, chuchota-t-il en appuyant les lèvres contre son front.

— Cela ne vous ennuie pas que j'aie dit à Preeya que nos enfants naîtraient en Inde ?

— En Inde, vraiment ? fit-il avec un sourire. Je l'ignorais. Personne ne m'a traduit la conversation.

— Je suis désolée.

— Inutile, mon cœur. J'ai entendu mon prénom assez souvent pour ne pas me sentir exclu. Et je pense que l'idée de mettre nos enfants au monde en Inde est excellente. Ils doivent connaître l'environnement qui a fait de leur mère une femme admirable.

— Vous savez, dit-elle d'un ton songeur tout en s'insinuant plus étroitement entre ses cuisses, épouser une princesse fait de vous un prince.

— Le prince Aiden ? Pour l'amour du ciel, n'en dites rien à personne. C'est ridicule !

Alexandra ramena l'une de ses mains entre eux et la fit doucement descendre le long de sa chemise. Elle s'arrêta au dernier bouton, juste au-dessus de la ceinture de son pantalon, et le défit.

— En tant que prince indien, on attendra de vous que vous preniez d'autres épouses ainsi que des maîtresses.

— Eh bien, je vais en décevoir beaucoup, parvint-il à articuler comme elle s'attaquait au bouton de sa ceinture.

Son sexe durcit instantanément, et il dut changer de position sur la selle.

— Je n'aurai ni le temps ni l'énergie pour elles, conclut-il d'une voix sourde, les tempes battantes.

— Je suis ravie de l'apprendre.

Il avait beau savoir ce qu'elle s'apprêtait à faire, son geste le prit de court. Le balancement du cheval associé au doux frottement de sa main sur sa peau transforma son sang en lave brûlante. Il gémit quand elle glissa la main plus bas pour lui infliger la torture la plus délicieuse qu'il eût jamais endurée.

— Bon sang, Alexandra ! dit-il dans un souffle. Vous voulez donc que je vous fasse l'amour ici, sur ce cheval ?

En guise de réponse, elle lui adressa un sourire éclatant et délicieusement impie. Le sang d'Aiden se mit à chanter, et il cessa de respirer. S'il parvenait simplement à atteindre la remise à voitures...

Il la souleva, la fit pivoter vers l'avant et l'installa fermement entre ses cuisses. Son bras l'enserra avec force pour l'attirer contre lui.

— Nous allons à la maison, promit-il en éperonnant son cheval.

Entre ses bras, la douce tentatrice qui l'avait conquis corps et âme éclata de rire.

*Découvrez les prochaines nouveautés
des différentes collections J'ai lu pour elle*

Le 4 juillet

Inédit *Les insoumises - 4 - Daphné*
Madeline Hunter
Pourquoi Daphné Joyes répondrait-elle aux avances de l'arrogant duc de Castleford ? Au diable les hommes dans son genre ! Enfin, c'est ce qu'elle pensait. Car si incroyable que cela puisse paraître, Castleford et Daphné ont un point commun qui ne tarde pas à les rapprocher : la haine qu'ils vouent au duc de Becksbridge. Une haine qui donne bientôt naissance à une alliance des plus... sensuelles.

Inédit *Mademoiselle la curieuse* Julia Quinn
À Londres, les rumeurs vont bon train. Qu'attend lady Olivia Bevelstoke pour se marier ? En réalité, Olivia a bien d'autres préoccupations en tête et mène des activités passionnantes. Comme espionner depuis sa fenêtre son nouveau voisin, l'intrigant Harry Valentine qui aurait, dit-on, assassiné sa fiancée...

Le trésor de la passion **Leslie LaFoy**
Barrett Stanbridge, accusé à tort d'avoir assassiné sa maîtresse, doit impérativement prouver son innocence. Quand la cousine de la défunte frappe à sa porte, lui affirmant posséder cette preuve, Barrett reste coi. Isabella est particulièrement séduisante et son étrange histoire de carte au trésor éveille en lui une grande curiosité. Puisque Isabella est la seule capable de l'innocenter, Barrett n'a pas le choix : il l'accompagnera à la recherche de ce fabuleux trésor.

Le 11 juillet

Inédit — ***Les archanges du diable* - 3 -**
Une lady à épouser ⋈ **Anne Gracie**
Ce séjour au Caire n'aura rien d'un voyage d'agrément pour Rafe Ramsey. Sa mission: retrouver une lady disparue et la ramener en Angleterre. Il s'agit de la petite-fille de lady Cleeve, Alicia, que tout le monde croyait morte. Mais où se trouve la jeune femme que nul n'a revue depuis le décès de ses parents ? Ne se cacherait-elle pas sous les traits d'Ash, cet adolescent qui survit dans les rues sordides de la capitale ?

Inédit — ***Le Club des Gentlemen* - 1 - *Valse de minuit*** ⋈
Tessa Dare
Le Club des Gentlemen est une organisation très privée qui ne compte que dix membres. Parmi eux, Spencer, duc de Morland, célèbre sous le surnom de « Duc de minuit ». Car chaque nuit, il choisit une jeune femme qu'il invite à danser, le temps d'une valse étourdissante. Mais Spencer est un cœur à prendre, qui pourrait bien vaciller pour la belle Amelia d'Orsay...

Les machinations du destin ⋈ **Judith McNaught**
Incorrigible séducteur, le duc de Hawthorne prétend volontiers ne pas croire à l'amour. Pourtant, à la surprise générale, il vient de se marier. L'heureuse élue ? Une ravissante inconnue, Alexandra. Épousée, il le sait, par simple reconnaissance : elle a sauvé la vie de Jordan. Étrange et volcanique union... Tendres baisers, caresses sensuelles, plaisirs exquis de la passion la plus folle... Mais l'ombre de la mort plane sur le duc.

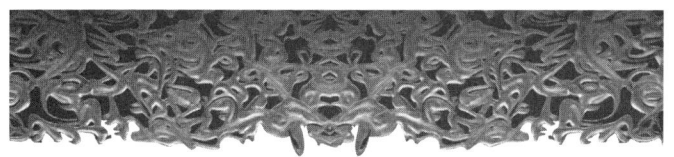

Le 4 juillet

CRÉPUSCULE

Inédit *Les guerriers maudits - 2 -*
Le lion de Nottingham ෬ **Lisa Hendrix**
Il y a des siècles, Steinarr a été victime d'une malédiction qui le contraint, chaque nuit, à prendre l'apparence d'un lion. Caché, il erre dans les bois où il tente de survivre, menant une vie solitaire. C'est en parcourant la forêt près de Nottingham qu'il fait la rencontre de la sublime Marian et de son demi-frère, Robin Fitzwalter. Quand les deux voyageurs lui révèlent être en quête d'un trésor, malgré son terrible secret, Steinarr accepte de les accompagner.

Les Highlanders - 6 - La punition d'Adam Black ෬
Karen Marie Moning
Pour punir Adam Black, le plus dangereux des Faës, de son insoumission, la reine Aoibheal l'a privé de ses pouvoirs et de son immortalité. Au moins demeure-t-il invisible aux yeux des humains... sauf à ceux de Gabby O'Callaghan, une avocate aux dons de clairvoyance. Au premier regard, chacun a compris qui était l'autre. Puis Gabby a pris la fuite, terrifiée. Adam la retrouvera. Et ce jour-là, il goûtera à des voluptés inconnues...

Le 11 juillet

PROMESSES

Inédit   *Toquée de toi*   **Louisa Edwards**
À 17 ans, Juliet Cavanaugh s'est retrouvée à la rue. Par chance, elle a trouvé refuge dans la famille Lunden, propriétaire d'un restaurant. Aujourd'hui, Juliet est un chef cuisinier de talent mais le Lunden & Sons Tavern connaît des jours difficiles. Pour relancer l'affaire, le restaurant est inscrit au célèbre show télévisé « The Rising Star Chef ». Et c'est Juliet qui y participera... au côté de Max, le fils aîné des Lunden, sur qui elle craque depuis toujours !

Les Kendrick et les Coulter - 3 - Libre d'aimer
Catherine Anderson
Durant dix années, Molly Sterling a vécu sous le joug d'un mari qui la tyrannisait. Apeurée, elle s'enfuit, emportant avec elle Sonora Sunset, un magnifique étalon grièvement blessé que Rodney violentait sans cesse. Elle trouve refuge au ranch de Jake Coulter. Mais sa fuite et le vol du cheval sont des délits qui la mettent en grand danger. Jake, saura-t-il la protéger de Rodney, lancé à ses trousses ?

Et toujours la reine du roman sentimental :

Barbara Cartland

« Les romans de Barbara Cartland nous transportent dans un monde passé, mais si proche de nous en ce qui concerne les sentiments.
L'amour y est un protagoniste à part entière : un amour parfois contrarié, qui souvent arrive de façon imprévue.
Grâce à son style, Barbara Cartland nous apprend que les rêves peuvent toujours se réaliser et qu'il ne faut jamais désespérer. »
Angela Fracchiolla, lectrice, Italie

Le 4 juillet
Un soupirant bien encombrant

Le 11 juillet
La fugue de Celina

8630

*Achevé d'imprimer en Italie
par GRAFICA VENETA
le 7 mai 2012*

Dépôt légal : mai 2012
EAN 9782290054635
L21EPSN000885N001

ÉDITIONS J'AI LU
87, quai Panhard-et-Levassor, 75013 Paris

Diffusion France et étranger : Flammarion